Armadilhas da Mente

Augusto Cury

Armadilhas da Mente

Nota do Editor: Este romance foi baseado em vasta bibliografia, que será apresentada no final do livro. Optamos por não colocar referências ao longo do texto para não comprometer a fluência da leitura.

Copyright © 2013 por Augusto Cury

Todos os direitos reservados. Nenhuma parte deste livro pode ser utilizada ou reproduzida sob quaisquer meios existentes sem autorização por escrito dos editores.

preparo de originais: Regina da Veiga Pereira
revisão: José Tedin, Rafaella Lemos e Rita Godoy
projeto gráfico e diagramação: Ana Paula Daudt Brandão
capa: Raul Fernandes
imagem de capa: Mark Owen/ Trevillion Images
impressão e acabamento: Associação Religiosa Imprensa da Fé

CIP-BRASIL. CATALOGAÇÃO NA PUBLICAÇÃO
SINDICATO NACIONAL DOS EDITORES DE LIVROS, RJ

C988a

Cury, Augusto
  Armadilhas da mente / Augusto Cury. - 1. ed. - Rio de Janeiro : Sextante, 2021.
  208 p. ; 21 cm.

  ISBN 978-65-5564-197-4

  1. Ficção brasileira. I. Título.

21-71525   CDD: 869.3
                                     CDU: 82-3(81)

Meri Gleice Rodrigues de Souza - Bibliotecária - CRB-7/6439

Todos os direitos reservados, no Brasil, por
GMT Editores Ltda.
Rua Voluntários da Pátria, 45 – Gr. 1.404 – Botafogo
22270-000 – Rio de Janeiro – RJ
Tel.: (21) 2538-4100 – Fax: (21) 2286-9244
E-mail: atendimento@sextante.com.br
www.sextante.com.br

CAPÍTULO 1
Uma fazenda bela e misteriosa

Camille detestava psiquiatras. A nobre área da medicina não conseguia sensibilizar uma mulher que enfrentava o mundo exterior, mas tinha medo de entrar em contato com seu mundo interior. Sua mente era um cofre, tão sofisticada quanto fechada. Sua inteligência era extraordinária, tão complexa quanto difícil de lidar.

Ela acabara de sair do consultório de mais um profissional. Como sempre, foi embora confrontando-o, esbravejando, em eloquente crise de ansiedade. Dessa vez, no entanto, tinha sido diferente. A intelectual que deixava embasbacados psiquiatras, psicólogos, intelectuais e políticos com sua surpreendente capacidade de debater ideias saiu no meio da consulta inteiramente abalada. Recebera um diagnóstico que fez o mundo ruir aos seus pés.

A mulher rica e culta que tinha fobia social, que não andava sozinha nas ruas, que se recusava a ser o centro das atenções e detestava plateias, tornou-se atriz principal de um espetáculo público, uma peça que representava sua cálida e asfixiada emoção. Não se importava com mais nada. Raramente chorava e nunca deixava transparecer sua dor. Dessa vez, porém, chorou descontroladamente. Conheceu a linguagem das lágrimas, a mais universal e penetrante de todas as locuções. Sentou-se numa mureta que contornava um belo jardim onde cresciam margaridas, jasmins e violetas multicoloridas. Seu mundo, no entanto, era destituído de cores e de flores.

Os passantes interromperam sua marcha para ver o espetáculo. Rodearam-na. Atônitos, vislumbravam uma bela mulher em prantos, desesperada, sofrendo tanto que havia perdido os freios sociais. Alguns se emocionaram e se identificaram com ela. Cedo ou tarde, todos têm seus dias de desespero, e não poucos espectadores ali presentes já os tinham experimentado. Com as mãos cobrindo o rosto, Camille proclamava:

– Quem sou eu? Quem sou eu? É insuportável! Quem sou eu?

A plateia emudeceu diante dessas simples e tépidas palavras. As pessoas não sabiam o que dizer ou como intervir. Alguns ficaram com lágrimas nos olhos. Outros, que iam se reunindo à multidão, perguntavam entre si "o que aconteceu?". Outros ainda indagavam "quem morreu?". Momentos depois, animado por um ímpeto altruísta, um homem de meia-idade tentou ajudá-la. Pensando que ela tivesse rompido a conexão com seu passado e perdido a memória, tocou suavemente no seu ombro direito e perguntou:

– Moça... Moça, você precisa de alguma coisa? Você está com seus documentos?

Ela não respondeu. Parecia não estar ali. Os passantes não tinham ideia de quem se tratava. Alguns eram leitores dos seus livros, mas não conheciam seu rosto, já que raramente ela dava entrevistas. Não sabiam que a mulher em pânico costumava ser discretíssima, raramente falava de si, sobretudo com estranhos, embora falasse dos porões da sua história de forma subliminar, através dos personagens que criava. Para aquela mulher, as ideias eram mais importantes do que a imagem. Após poucos segundos, ela rompeu as amarras do silêncio. Ergueu seus olhos úmidos para as pessoas e, revelando uma face angustiada e inconformada, exclamou:

– Estou muito doente! Muito... Mas digam-me! Eu pareço oferecer algum perigo? – E, passando os olhos pela plateia, perguntou: – Coloco suas vidas em risco?

Perplexo e confuso, o homem que havia falado com ela se adiantou e respondeu:

– Não! Penso que não...

Outro homem, de cabelos grisalhos e aparência de médico, arriscou-se a perguntar:

– O que você está sentindo?

Camille não demorou a responder.

– Estou com câncer.

Uma senhora com lábios trêmulos, tentando consolá-la, interveio:

– Oh, minha querida. Eu também já tive, mas me curei.
Camille olhou fundo em seus olhos e comentou:
– Mas o meu é na alma...
Mais uma vez o burburinho da plateia cessou. E alguém fez duas perguntas impossíveis de responder:
– Como localizá-lo? Como extirpá-lo?
Diante das faces atônitas dos passantes, Camille cobriu novamente o rosto, inconformada. Momentos depois, suspirando e soluçando, ela se levantou e partiu. Deixou para trás as pessoas que assistiam ao seu caos sem saberem quem ela era e qual o seu drama. Apenas agradeceu-lhes, com acenos de cabeça.

Camille certa vez escrevera em um dos seus romances: *A dor que eu vejo está na periferia do espaço, a dor que eu sinto está no centro do Universo. É maior do que você entende e muito maior do que explico.* Nunca tais palavras foram tão verdadeiras em sua própria história. Para a plateia, ela era mais um ser humano ferido que atravessara seu caminho. Mas o mundo de Camille estava desabando. A tarde caía. A noite rapidamente revelou seu rosto.

~

Enquanto isso, a 200 quilômetros de São Paulo, numa deslumbrante fazenda, nuvens carregadas cobriram a lua. Raios cortavam como lâminas o breu da noite, regurgitando trovões ribombantes que pareciam gritar aos ouvidos dos homens e dos animais:
"Sois pequenos! Sois mortais!"
Assombrados pelo espetáculo de estrias de luzes e sons altissonantes, os pássaros encolhiam-se nos ninhos, os animais se abrigavam trêmulos sob os galhos das árvores e os homens se refugiavam calados sob seus cobertores. Foi uma noite de chuva torrencial na linda e misteriosa fazenda Monte Belo.

A tempestade insistia em se eternizar, mas, sem pedir licença, o sol convidou-se para a mesa daquela manhã. Reciclou a estética. Nuvens esparsas pincelavam a vasta tela do espaço azul-turquesa e cinza-claro. Segura diante dos embates da natureza, a estrela que rege a orquestra do dia acalmou os ânimos dos habitantes daqueles relevos com sua indecifrável luminosidade. Parecia bradar sem palavras:

"Aquietem-se! Angustiantes tempestades anunciam belos amanheceres."

E sutilmente foi aparecendo como gema de ouro brindando a floresta, produzindo silhuetas vivas que dançavam como sombras sob a regência dos ventos. Numa euforia irrefreável, os pássaros começaram a assoviar para o espetáculo. Nascia um dia radiante.

Os animais saíam do abrigo das árvores sem delas se despedirem. Nenhum reconhecimento, nenhum agradecimento. Tal como os homens que nunca saldam as dívidas de quem os acolhe. Mas as árvores, de braços abertos, mais altruístas do que os humanos, nada lhes cobravam. Desprendidas, anunciavam com os suaves estalidos das folhas:

"Na próxima tempestade estaremos aqui!"

A fazenda Monte Belo cumpria mais uma jornada. Algumas lágrimas do céu ainda percorriam o contorno dos corpos das aves. Os bem-te-vis, os primeiros a despertar, tinham motivos irrefutáveis para emudecer, se enraivecer, protestar contra a cruel natureza. Ninhos derrubados, seus filhotes silenciariam o chilrear. Mas, com magia inexprimível, homenageavam a vida, cantarolavam com vigor, revelando uma transcendência e uma resiliência inexplicáveis. As rolas salpicavam sons sem alternâncias de notas, mas não menos arrebatadores do que os dos pássaros gorjeadores. As andorinhas, como acrobatas dos céus, felizes, viraram a página da noite aterrorizante, serpenteando performances com rara envergadura.

Não pensar tem seus privilégios: cada dia é um novo show. Pensar, um privilégio humano, traz à memória o passado. Nós nos tornamos uma história: ganhos inesquecíveis, perdas irreparáveis. A história engravida as tempestades mentais. As frustrações escrevem parágrafos; as perdas, capítulos; as mágoas, textos. Tênues gotas tornam-se torrentes, diminutas poças geram oceanos. Sofremos pelo futuro.

A fazenda Monte Belo tinha tanta terra quanto segredos. Havia 35 casas de colonos na propriedade, mas apenas 32 estavam ocupadas. Quarenta e cinco funcionários trabalhavam ali, dos quais 29 sangravam seringueiras, uma atividade em muitos casos financeira, social e ecologicamente correta. As folhas das árvores desprendiam-se nos invernos e, para refazer os renovos, sequestravam o carbono com que os carros e a indústria poluíam o ar. Bem remunerados, os sangradores trabalhavam à sombra. Feriam delicadamente as árvores, que choravam generosas lágrimas brancas, o látex.

Os demais funcionários cuidavam da plantação de grãos e do gado. A fazenda tinha também reflorestamento, uma bela plantação de mogno africano, cujas árvores nos primeiros anos pareciam altíssimos cotonetes, por crescerem rapidamente sem ramificações, com hastes verde-escuras, devido às suas largas folhas.

Nos tempos antigos e áureos do açúcar e do café, 430 pessoas moravam ali; dois terços eram escravos. Aqueles solos testemunharam alegrias e muitos horrores. Os barões do café colhiam grãos em abundância, mas ideias com escassez. Os donos do engenho espremiam a cana da qual jorrava o melaço de doçura inigualável, mas sua indócil emoção não destilava generosidade. Mentes incautas negavam que a fina camada de cor da pele branca ou negra jamais deveria servir de parâmetro para discriminar seres da mesma espécie...

As lágrimas dos negros eram da mesma cor das dos brancos. Mas ninguém as observava. Seus pensamentos e imagens mentais eram confeccionados pelos mesmos inimagináveis fenômenos. Mas ninguém os avaliava. Onde o lucro cresce, decresce a razão, e a mente embriaga sua lucidez. A escravidão gerava lucros, era conveniente não pensar, sempre fora.

Escravos dilataram os bolsos de poucos senhores. Alguns arrancados dos braços de suas mães, outros capturados em terras longínquas, caçados como animais, vendidos como produtos, tratados como subespécie. A história transmitida nas escolas terá sempre uma dívida impagável com a crua realidade.

A teoria nazista já estava posta em prática séculos antes de Hitler e Goebbels. A diferença entre os escravos de Auschwitz e os escravos africanos era que os primeiros recebiam uma ração aviltante nas fábricas químicas, o suficiente para sobreviverem alguns meses, enquanto os segundos se transformaram no ouro negro das fazendas coloniais.

Riqueza e dor sulcaram os solos da belíssima fazenda. Mas o tempo da escravidão não cessou. No passado, algemava-se o corpo, hoje, algema-se a mente.

De repente, o som estridente deixou eufóricos os animais e os habitantes da magnífica fazenda. Um helicóptero bimotor de doze lugares, valendo nove milhões de dólares, descia no jardim da casa centenária.

Um piloto, um copiloto e alguns seguranças traziam um casal nunca visto naquelas bandas: milionários bem-sucedidos, discretos, bem-vestidos. Desceu uma mulher sofisticada em todos os aspectos, do físico ao mental. Camille, acompanhada por seu marido, o banqueiro Marco Túlio. Eram os novos patrões.

Camille acreditava que num ambiente espaçoso e permeado pela natureza ela poderia ser livre. Sua emoção voltaria a respirar. Os sonhos são generosos; a realidade, nem sempre. Ela guarda suas surpresas.

CAPÍTULO 2
Um amor entre o céu e o inferno

O sofisticado casal estava completando doze anos de relacionamento. Dois de namoro e dez de casados. Forte na razão, frágil na emoção, a esplêndida mulher não confiava em homem algum. Apresentada por amigos a Marco Túlio, ele desbravou vales e montanhas para conquistá-la. Camille foi seu maior troféu; porém, era mais do que uma notória conquista. Ele aprendeu a amá-la. Dizia às amigas dela, em tom descontraído:

– Primeiro amei a inteligência de Camille; depois, a beleza dessa mulher incrível.

Camille era uma pessoa transparente, talvez em excesso. Nenhum de seus relacionamentos durava mais que um semestre. Não suportava mentes vazias, destituídas de sentido, superficiais. Ela eliminava os homens da sua história, mesmo gostando deles.

Rejeitou Marco Túlio durante meses, até que ele, tateando alguns dos seus segredos, começou a encantá-la. Iniciaram a relação, mas não sem percalços. A vida emocional de Camille era flutuante. No primeiro ano de namoro, ora pensava ser ele o homem da sua vida, ora queria desistir de tudo. A insegurança dela o levava às lágrimas. Conquistá-la era uma tarefa hercúlea. Quem chorava na relação era ele, e não ela. Perdê-la estava fora de seus planos.

Quando se conheceram, Camille tinha 26 anos. Era alta, morena, cabelos lisos, rosto bem torneado. De família tradicional, determinada, ousada, impulsiva, gentilíssima em alguns momentos e intolerante em outros. Nunca aceitava uma ideia sem antes questioná-la. Fazia doutorado em ciências da comunicação, com ênfase em psicanálise.

Marco Túlio, 33 anos, era magro e tinha 1,80m, cabelos louros e esparsas sardas no rosto. Era sensível, tímido, de família humilde, tinha cultura mediana, modos rústicos, mas possuía um dom inigualável para os negócios. Camille lapidou o mármore, educou a emoção do inseguro Marco Túlio. Aluno disciplinado mas introvertido, ele aprendeu com Camille a arte da ousadia. Tornou-se mestre em correr riscos. Foi escolhido para trabalhar na bolsa de valores. Vendia ideias. Logo que se casou, tornou-se acionista minoritário de um banco de investimentos. Perspicaz, com foco nos clientes, ocupou espaço no banco, construiu oportunidades.

Ficou rico nos tempos de bonança bancária, e mais rico ainda nos tempos de crise. A maldita crise foi para ele uma bênção. Tornou-se acionista majoritário do seu banco. Mas, apesar de suas inegáveis habilidades, provavelmente teria um futuro empresarial medíocre sem Camille. Ele sempre reconheceu isso, dizendo que "ao lado de um grande homem há sempre uma mulher espetacular". "Não sou um grande homem, mas tenho uma grande mulher", dizia ele.

No começo da relação, raramente se via um casal tão apaixonado. Esse oásis perdurou por cinco anos.

– Camille, você me enlouquece! – expressava ele em tom alto, rompendo sua timidez, para todos os seus amigos ouvirem. Era o tipo de homem que fazia as mulheres suspirarem.

– Você perturba a minha história, mas dá sentido a ela. Eu te amo como jamais pensei que pudesse amar alguém – dizia ela, emocionada. E, apaixonada, rompia o cárcere do seu intelectualismo e ia mais longe. Com suas mãos pegava delicadamente as mãos dele e com sua linda voz cantava a música de Tom Jobim e Vinicius que se tornara tema da sua vida: *Eu sei que vou te amar.*

Marco Túlio ia às nuvens quando ela cantava essa música. Mas os anos se passaram e a relação, que era regada a afeto, cumplicidade e companheirismo, foi sendo pouco a pouco substituída por atritos, disputas, cobranças. Havia muitos motivos para a contração do amor desse admirável casal, e não envolviam apenas a personalidade dela. O romântico Marco Túlio descobriu que é mais fácil lidar com o fracasso do que com o sucesso.

– Você é um homem rico, mas o dinheiro o empobreceu. Tem tempo para a empresa, mas não para mim, e muito menos para você mesmo, o que é pior – afirmava Camille.

Marco Túlio ficava desconcertado. Sabia que ela estava com a razão. Infelizmente, tinha dificuldade de admitir, e mais dificuldade ainda de mudar.

– Você tinha uma autoestima muito sólida. Agora é uma especialista em me cobrar...

– Uma dívida injusta jamais deve ser cobrada, mas uma dívida justa deve ser saldada. Como perdoá-lo, se você se tornou uma máquina de trabalhar? Se não lhe cobro, sou conivente – declarava ela.

Não se entendiam. Viviam uma perigosa guerra de pontos de vista. Vencer a batalha individual era mais importante do que resolver o conflito conjugal. Ele sempre tentava mostrar que ela é quem mudara, que se afastara dele, que não lhe dava mais afeto, era fria, distante, imersa em seus próprios conflitos. Marco Túlio tinha fortes argumentos para defender suas teses. Até que um dia foi longe demais.

– Você não é mais a mesma, Camille! A mulher que eu amei vive em outro universo. Desculpe, mas não tenho prazer de chegar em casa e ver você sempre triste, abatida, infeliz, deprimida. Se não está sentada nessa maldita varanda com o olhar fixo, está isolada no quarto com seus livros.

Ela respirou profundamente, chocada. Mas não recuava nunca.

– Viva dentro de mim e entrará em pânico ao conhecer meus

fantasmas. Se me isolo nessa varanda é porque tento afugentá-los; se leio livros, é porque me conecto comigo mesma através deles. Os livros me convidam à serenidade, a solidão me convida à loucura.

Marco Túlio ficou sensibilizado com suas palavras e seus olhos se encheram de lágrimas. Mas também não conseguia recuar.

– Então, por que exige de mim o que você não pode dar? Você me cobra atenção, uma atenção que não me dá. Você exige sorriso, um sorriso que não tem. – E, soltando um gemido quase que inexprimível, sentenciou: – As empregadas vivem tensas. Eu vivo tenso. Os médicos que a assistem também vivem tensos. Nenhum profissional é inteligente o suficiente para ajudar você. Esta casa se tornou uma prisão! Uma fábrica de loucura!

Camille não podia acreditar no que ouvia. Embora dissesse a verdade, Marco Túlio nunca fora tão cortante. Abalada, baixou seu tom de voz.

– Lembro-me de que, quando você era um homem simples e inseguro, mal sabia expor suas ideias. Lembro-me de que treinei sua oratória e o incentivava a se libertar da timidez e a não depender da opinião dos outros.

– Nunca neguei isso – afirmou Marco Túlio.

– E fiz essas coisas com prazer. Ficava feliz com a sua evolução. Deleitei-me com seu sucesso. O tímido se tornou ferino. Hoje você é um mestre em correr riscos, inclusive o risco de me perder.

Refletindo mais intensamente, ele tentou recuar.

– Bobagem, Camille. Você está no centro da minha história, e não no rodapé.

– Suas palavras traem suas ações, Marco Túlio. Hoje você é um perito em ganhar dinheiro, mas está perdendo a sua essência.

Ele respirou profundamente. Sabia que Camille tinha razão. Ambos eram culpados, ambos eram vítimas.

Marco Túlio fazia muitas reuniões com seus diretores nos finais de semana no seu palacete na cidade. Todos sabiam que Camille era imprevisível. Ora poderia tratá-los muito bem, ora poderia ser indiferente, ou ainda golpeá-los com palavras desagradáveis. Certa vez, num momento decisivo de uma transação no banco, ela entrou na

sala de reuniões onde estavam Marco Túlio e sete diretores do banco, e tumultuou a reunião:
— Não consigo entender essa paixão extrema por dinheiro.
— Camille, por favor — pediu Marco Túlio.
— Só quero que me expliquem que adrenalina é essa que o dinheiro provoca, e eu me calarei.

Os diretores se entreolharam e ficaram em silêncio. Segundos depois, Rodolfo, o mais ousado, expressou:
— Trabalhamos para dar conforto a nossas famílias.

A resposta provocou a concordância de todos. Mas não a de Camille.
— Ótimo! Rodolfo, você tem três filhos. Ferdinando, você tem um casal. Gilberto, você tem duas meninas. Todos têm lindas famílias. Se trabalham para elas, que assunto familiar discutiram aqui? Tenham a santa paciência, vocês são riquíssimos. Ganhar dinheiro vicia.
— Mas é um vício que contribui para os outros — interveio Marco Túlio. — Quanto mais ganho, mais aplico; quanto mais aplico, mais produzo empregos. A roda do dinheiro é a roda da vida no capitalismo.
— Mas e quando essa roda atropela as relações mais importantes?

Naquele grupo, quatro homens já eram divorciados. Desses, dois estavam em vias de se separar novamente, e os outros dois não sabiam negociar afetos e trocas com suas parceiras. Do time dos não separados, um estava impotente devido ao estresse, um vivia muito bem e o terceiro fazia da relação uma praça de guerra.

Mais tarde, Marco Túlio aproveitou para tocar num tema que o angustiava.
— Nosso casamento está morrendo porque não temos filhos.

Marco Túlio sonhava em ter filhos, mas Camille tinha dificuldade de engravidar. Sua maior barreira era emocional. Também os queria muito, mas tinha medo de colocá-los no mundo e de que sofressem como ela.
— Filhos, será essa a nossa solução? A solução está em nos repensarmos.

Em seguida, ela desviou do assunto e tocou numa antiga ferida.
— Você já me traiu uma vez. Dilacerou minha alma, mas eu o per-

doei. Sei que não sou uma pessoa fácil, mas, se não quiser conviver comigo, você é um homem livre.

Ele suspirou. A discussão estava indo longe demais. Recuou.

– Nossa relação está desgastada. Mas eu te amo como nunca amei ninguém... Mas você também é uma mulher livre.

E foi para o escritório esfriar a cabeça. Ele precisava comprar tempo, mas no mercado da existência o tempo não estava à venda. Não tinham tempo quantitativo, mas poderiam transformar o tempo qualitativo num vinho encorpado de rara textura.

Camille tinha seus motivos para reclamar da ausência do marido, mas, sempre crítica e obsessiva, deixara de ser uma companhia agradável. Nem ela se suportava em alguns momentos. Seus rituais obsessivo-compulsivos, que eram brandos no início do casamento, começaram a piorar ao longo dos anos. Ela tentava escondê-los dos seus colegas professores, dos alunos, dos empregados da casa, mas eles iam se tornando cada vez mais visíveis.

Camille era professora e, vez por outra, interrompia a aula subitamente quando sua mente era assaltada pela imagem de um acidente. Ficava um minuto em silêncio para tentar sair dos escombros. Era visível a sua crise de ansiedade. Alguns alunos sorriam sarcasticamente, mas disfarçavam seu deboche porque Camille era uma fera intelectual. Passar na matéria dela não era fácil. Outros queriam entrar na cabeça da professora para descobrir os segredos que ela escondia.

Quando encontrava um viaduto, tinha que passar por ele três vezes para seguir em frente e ir para casa. O trânsito de São Paulo, que já era horrível, se tornava um inferno para ela, e por isso passou a usar o serviço de motoristas.

Sua mente era um trevo de imagens que conspiravam contra a sua tranquilidade. Imaginava também que estava sendo infectada por um vírus, sofrendo um infarto, perdendo Marco Túlio. Às vezes demorava cinco minutos para girar a maçaneta da porta. Primeiro procurava dissipar as imagens aterradoras, para depois abrir a porta. As empregadas ficavam condoídas pelo comportamento bizarro da patroa. Amavam-na por sua afetividade e temiam-na pelas suas censuras.

O ser humano vibrante tornou-se depressivo. A mulher que

levara seu homem a ser um desbravador recolheu-se dentro de si mesma. A autoestima deu espaço à autopunição. Seu baixo limiar para frustrações diminuiu mais ainda. Pequenas contrariedades geravam grandes impactos.

Sua emoção flutuava entre o céu e o inferno. Quando calma, era encantadora, atenciosa com garçons, porteiros e idosos. Era capaz de sentar-se na calçada e conversar com mendigos completamente desconhecidos. A obsessão por contaminação a perturbava, mas naquele tempo ainda não chegara a ponto de asfixiar seu altruísmo. Sua generosidade e seu desprendimento deixavam espantados o marido, os amigos e seguranças.

– Você coloca em risco a sua vida, Camille – dizia Marco Túlio.

Ela dava de ombros e retrucava:

– A vida é um contrato de risco.

Ele não tinha gosto pela leitura, interessava-se apenas por notícias sobre o mercado financeiro. Ela era uma leitora voraz. Lia dois a três livros de uma vez. Em média, setenta livros por ano. Lia Platão, Aristóteles, Agostinho, Maquiavel, Kant, Voltaire, Schopenhauer, Hegel, Nietzsche, Albert Camus, Sartre, Freud, Vygotsky, Saussure e muitos outros pensadores. Gostava de livros densos.

Ninguém a vencia em discussões, nem os amigos nem os colegas mais perspicazes da universidade em que lecionava, muito menos os psiquiatras e psicólogos que dela tratavam. Deixava todos perplexos com suas críticas ácidas. Camille era uma daquelas raras mulheres geniais que por onde andam viram o ambiente de pernas para o ar. Não passava incólume: ou a amavam ou a odiavam.

Marco Túlio se perdia quando discutia com ela. Apelava.

– Todos esses livros fazem você delirar...

– Convença-me Marco Túlio, e eu me curvarei à sua inteligência. Mas usar chavões para encerrar a discussão é um convite à estupidez.

Ele saía indignado, meneando a cabeça, não tinha respostas para confrontá-la.

O pai de Camille, Dr. Mário Lacosta, que fora presidente da Associação Nacional de Neurocirurgiões, era um médico afetuoso, bem-sucedido, respeitado, abastado. A mãe de Camille morrera quando ela ainda era menina. Seu pai casou-se de novo. Acontecimentos marcantes fizeram com que a relação entre pai e filha se tornasse um instrumento que jamais se afinou: fria e conflitante.

Ela tentava negar que seu pai fora seu maior amigo na infância. Ninguém a amara e a decepcionara como ele. Em ninguém tinha confiado tanto, e ninguém a traíra tantas vezes. As decepções de uma criança percorrem as artérias do adulto. Ele tentara se aproximar muitas vezes, mas, resistente, ela não lhe dava espaço.

– Meu pai quer se aproximar da esposa de um banqueiro, e não de sua filha – falava ela, magoadíssima. No fundo, sabia que exagerava nas palavras. Marco Túlio intervinha em favor dele.

– Camille, seja mais generosa. Seu pai é um bom homem! E, por mais defeitos que tenha, ele a ama.

– Você sabe as marcas que ele deixou em mim?

– Que marcas? Como vou saber? Você nunca se abre.

Ela fez uma breve pausa.

– Esqueça!

Não estendia a conversa. Mentes fragmentadas, emoções fraturadas, mágoas submersas jamais resolvidas. Marco Túlio conhecia a sala de estar da personalidade da sua esposa, mas não seus aposentos mais íntimos.

Camille, além de ser professora universitária e coordenadora do curso de comunicação da sua faculdade, era uma profícua escritora. Construía personagens complexos. Era uma romancista cuja vida se tornara um drama. Escrevera três obras, duas premiadas. Críticas literárias elogiosas eram insuficientes para despertar o ânimo e a inspiração de uma mulher que vivia travando batalhas na própria mente. A dor branda incendeia a criatividade, a dor intensa torna a mente estéril, como era o caso de Camille nos últimos anos. Segredos soterrados em sua história sabotavam sua fertilidade intelectual e sua saúde emocional.

Sete anos depois de se casar, deixou o palco da universidade para se dedicar ao palco da leitura e da literatura. Era rica, podia se dar esse luxo. Acreditava que finalmente teria tempo e liberdade para escrever. Teve tempo, mas a liberdade não veio. Sua mente continuava infértil. Marco Túlio se distraía com seus clientes, ela se perturbava com seus fantasmas. Diariamente imaginava-se infectando-se, infartando, acidentando-se.

Nos últimos dois anos e meio vivia tão transtornada que não saía mais de casa. Desenvolveu uma grave fobia social. Ficava horas a fio sentada nos jardins do seu palacete, assaltada por pensamentos controladores. Tinha um comportamento que lembrava o de um paciente autista. Não conseguia chorar, embora tivesse muitos motivos para derramar lágrimas. Não conseguia estabelecer grandes diálogos, embora tivesse competência para construí-los. Cabeleireiros, costureiros, pedicures, vendedoras de roupas a atendiam em casa. Até clínicos gerais vinham à sua residência. Só saía, e com sacrifício, quando ia a psiquiatras ou psicólogos, e nunca sozinha. Olhando fixamente para o vazio, não poucas vezes concluía para si mesma:

– Procuro descansar, mas não relaxo. Sou convidada para festas, mas não tenho vontade de sair. Tenho espaço para correr, mas não sou livre. Por quê? Por que, meu Deus?

A escritora conhecia os personagens das suas histórias, mas desconhecia o mais complexo dos personagens – ela mesma. Seu marido procurava animá-la. Programava viagens, comprava passagens para cruzeiros marítimos, mas nada a tirava do seu oceano. Suas amigas suplicavam para que ela saísse do seu claustro, mas, atada por algemas invisíveis, ela não conseguia.

A fazenda Monte Belo conhecia algumas noites de chuvas torrenciais, Camille conhecia meses, anos... A fascinante mulher era abatida por tempestades mentais. Mas, o que era pior: ao contrário dos animais da fazenda, não tinha onde se abrigar.

CAPÍTULO 3

Debatendo com psiquiatras

Camille disparava suas críticas contra todos, em especial contra os profissionais da saúde mental. Era tão crítica que considerava seus psiquiatras fechados em seus pequenos mundos teóricos. Criticava os que encaravam o cérebro humano apenas numa perspectiva biológica, cartesiana, lógica. Para ela, supervalorizar os problemas metabólicos, como os déficits de serotonina e outros metabólitos na gênese das doenças, e minimizar a história da formação da personalidade, bem como o movimento e o conteúdo dos pensamentos nesse processo, era uma visão parcial. Considerava que enfatizar a perspectiva biológica sem valorizar a perspectiva existencial era reduzir a complexidade da mente humana. Era negar as ideias dos grandes pensadores da história, em especial da filosofia.

Certa vez, disse para um psiquiatra:

– Meu intelecto é mais do que um mero computador biológico, doutor. – E completou: – Os computadores sempre serão escravos de estímulos programados. A mente humana ultrapassa esses limites. Até as características doentias da nossa personalidade gritam que somos muito mais que um computador cerebral.

– Como assim? – perguntou, atônito, o profissional.

Discutir essas ideias era uma atitude incomum, ainda mais com uma paciente. Mas tudo em Camille escapava ao trivial. Ela transformava os consultórios em palco de debates. Ela continuou:

– A insegurança, as fobias, o ciúme, a inveja e a raiva jamais serão experimentados pela inteligência artificial, ainda que os super-robôs possam simulá-los.

O psiquiatra parou, pensou e afirmou inteligentemente:

– Você tem razão. Os fenômenos psíquicos ultrapassam os limites da lógica da programação.

Camille concluiu:

– As mazelas emocionais, ainda que angustiantes, são testemunhos solenes de nossa inimitável complexidade, e não de nossa pequenez intelectual. Não me vejo de outro modo.

Psiquiatras e neurologistas mais abertos viajavam nas reflexões de Camille, que parecia embriagada pelo seu extraordinário conhecimento. Embora fosse uma paciente, não se comportava como tal. Não se sabia se ela questionava seus terapeutas por considerar importante para seu tratamento que eles abrissem o leque de sua mente, ou porque quisesse simplesmente desafiá-los, ou, ainda, porque desejasse se esconder atrás de sua notável cultura. O fato é que sua personalidade era surpreendente e perturbava quem cruzava com ela. Era uma grande especialista em estressar seus psiquiatras. Quando não sabiam o que responder ou perdiam o ponto de equilíbrio, ela os cortava da sua história.

Em outra ocasião, após ela bombardear um outro profissional com suas penetrantes perguntas, ele reagiu asperamente:

– Você não tem o mínimo autocontrole.

E, quando isso aconteceu, ela disparou críticas desconcertantes.

– Não tenho autocontrole? Até os leigos que convivem comigo sabem disso. Mas apontar minhas mazelas sem esquadrinhá-las não me sacia. Tenho sede de saber como funciona minha mente doente. Como se formam meus pensamentos asfixiantes e por que me controlam? Vamos, doutor, me responda.

Ele emudeceu. Ela continuou:

– Que vínculos tais pensamentos têm com meu estado depressivo? Quais são os fundamentos do meu cárcere emocional: sou vítima de um erro metabólico nas sinapses nervosas ou da energia metafísica de imagens mentais aterradoras? Os erros metabólicos geram meus pensamentos perturbadores ou são meus pensamentos perturbadores que geram os déficits metabólicos? Eu aceito sua medicação, mas me dê explicações lúcidas, e não vazias.

O psiquiatra não soube o que responder. Atônito, nunca tinha feito essas perguntas para si mesmo. E nem imaginava que ela estudava o cérebro. Mas não se rendeu. Tentando transformá-la numa paciente tratável, afirmou:

– Você é resistente e rebelde demais! Pergunta demais! Questiona demais!

Ele deu a deixa para Camille colocá-lo contra a parede.

– Conhece a tese de Descartes, "Penso, logo existo"?

– Sim, claro.

– Concorda com ele, doutor?

– Sim – respondeu ele titubeando, temendo que Camille o pegasse em suas próprias palavras.

– Pois a tese de René Descartes está incompleta. Deveria ser: "Pergunto, logo penso. Penso, logo existo."

O psiquiatra franziu a testa admirado e, ao mesmo tempo, perturbado. Pela primeira vez uma paciente deu-lhe um golpe fatal que mudou sua maneira de pensar, mas não reconheceu a inteligência dela nem lhe pediu desculpas. E isso fez com que mais uma vez ela entrasse em cena:

– Se deixar de perguntar, estou morta como ser pensante. E, desculpe-me, doutor, se aqui não é ambiente para perguntar e questionar, não é o lugar para me tratar. – E saiu no meio da consulta, para nunca mais voltar.

Se Camille desse uma outra oportunidade ao psiquiatra, talvez ele pudesse repensar e contribuir com ela. Mas ela era assim, inteligente, infeliz, cortante.

Quando saía frustrada dos consultórios, tinha tendência de se punir, de condenar a própria miserabilidade. E, para sobreviver, cantava a música-tema da sua relação com Marco Túlio, agora como tema da sua própria vida. Mudava a letra e a cantava angustiadamente só para ela ouvir: *eu sei que vou **me** amar, por toda a minha vida eu vou **me** amar, a cada despedida vou **me** amar, desesperadamente eu sei que vou **me** amar...*

Camille precisava se amar, mas estava esgotando suas habilidades para desenvolver sua saúde emocional. Na maioria dos tratamentos ela se frustrava na primeira consulta ou sessão de psicoterapia. Era comum que perguntasse logo após conhecer o profissional de psiquiatria e psicologia:

– Conhece Kierkegaard, Sartre e Camus?

Mas eles desconheciam os pensadores existencialistas, o que a decepcionava muitíssimo.

– E Hume, Kant, Husserl, Hegel?

A grande maioria não os conhecia, pelo menos não muito. Frustrada, discorria então sobre os linguistas:

– E Bertrand Russel, Ludwig Wittgenstein, Lev Vygotsky, Noam Chomsky, o que sabe sobre eles?

Mas raramente alguém tinha lido algo sobre eles.

– E o que eu tenho a ver com esses caras? – disse certa vez um psiquiatra irritado. Ele era um bom profissional para tratar de pacientes previsíveis, mas não de uma personalidade completamente imprevisível.

Camille não se intimidava. Mais irritada do que ele, afirmou:

– Esses caras, doutor, foram os primeiros "loucos" que romperam o cárcere da rotina e se aventuraram a desbravar o psiquismo humano. Como quer conhecer minha mente se não conhece minimamente a mente dos grandes pensadores da história? É uma incoerência.
– E mais uma vez saiu antes de terminar a consulta, encerrando o tratamento.

Alguns psiquiatras ficavam boquiabertos quando Camille lhes explicava sinteticamente as ideias centrais desses personagens. Mas, acuados, alguns declaravam que ela citava esses intelectuais para esquivar-se dos seus próprios traumas. Outros defendiam que ela os citava porque estava iniciando um processo delirante, construindo ideias de grandeza e um raciocínio numa perspectiva irreal. Havia alguns que admiravam o intelecto daquela mulher difícil de ser explorada e dificílima de ser tratada. Mas mesmo esses não conseguiam criar vínculos com ela.

Era dona de um discurso intelectual raro. Ao defender sua tese de doutorado, deixou a banca examinadora em estado de êxtase. Seu pós-doutorado também foi espetacular. Mas o tempo passou e a intelectual foi adoecendo cada vez mais. Ninguém a entendia, e ela não entendia ninguém. Vivia profundamente só em meio à multidão. A solidão dominava sua mente.

Mas nem só de conflitos se constituía sua personalidade. De vez em quando ainda era capaz de mostrar um altruísmo ímpar, um raro prazer em se doar e se preocupar com a dor do outro. Críticas ácidas e generosidade aguda habitavam a mesma alma. Viver com uma pessoa com humor flutuante dificulta a organização das defesas. Nunca se sabe onde pisar. Conviver com ela era um convite à loucura, diziam alguns amigos.

Frequentara nove profissionais de saúde mental nos últimos anos, dos quais seis psiquiatras e três psicólogos. Todos diziam a uma só voz, e com razão, mesmo os que nutriam respeito por sua inteligência:

– Você não cria pontes consigo mesma, por isso não cria pontes com os outros.

Confrontando-os, ela retrucava:

– E como faço conexão comigo mesma? Que instrumentos devo

usar? É fácil afirmar que vivo numa masmorra sem indicar quais são as ferramentas para abri-la.

– Você deve encontrá-las.

– Se eu é que devo descobrir as ferramentas que preciso usar e os caminhos para encontrá-las, então devemos trocar de lugar.

Raramente alguém escapava das suas armadilhas. Sempre que suspeitava que os psiquiatras lhe davam respostas fechadas, ela partia para o ataque. Estava se debatendo cada vez mais, fazendo ruir a estrutura da sua personalidade.

~

Certa vez travou um embate com um famoso psiquiatra, Dr. Claus Rummy. Nesse dia, algo incomum aconteceu: a gladiadora finalmente desabou. Como os outros profissionais, o Dr. Claus usou o mesmo método para tirá-la do pedestal: diminuir a importância da sua cultura e de sua capacidade intelectual e enfatizar as bases da sua doença. Mas ela não funcionava assim. Depois das investidas de Camille, buscando domar sua impetuosidade, ele afirmou categoricamente:

– Você é ignorante quanto ao conhecimento sobre o seu psiquismo. Precisa crescer e assumir suas limitações e sua doença, pois sua imaturidade é evidente.

O Dr. Claus pisou em campo minado. Desconhecia que Camille era culta em áreas nas quais ele se achava um especialista.

– Doutor, é tão evidente assim a minha ignorância sobre minha psique e sobre a minha doença? Então me responda: quais os limites entre a doença e a saúde mental? Algumas características culturais ou pessoais bizarras podem não indicar uma doença mental. Será que a psiquiatria não erra ao não estabelecer claramente esses limites?

– É possível... – falou ele, pensativo. Porém, quanto a Camille, o médico não tinha dúvida. – Mas você está claramente doente.

– Estou? – indagou ela irritada. – Se sou uma doente mental, diga-me: o pensamento incorpora a realidade do objeto pensado?

– Como assim? – perguntou ele, sem entender a dimensão filosófica do questionamento dela.

– Não está clara a minha pergunta? Vou explicá-la. Tudo o que você pensa sobre a minha personalidade incorpora minha realidade mental ou é um discurso que acusa e conceitua o que sou, mas não incorpora a realidade do que realmente sou?

Camille ponderou sobre um dos mais complexos fenômenos da relação médico-paciente. Dependendo da resposta do Dr. Claus, ela o pegaria em sua própria armadilha. Ele se calou. Ela acrescentou:

– O pensamento dos mais renomados psiquiatras, e talvez você seja um deles, é virtual ou real? Incorpora a essência dos conflitos dos pacientes ou é virtual e teórico sobre eles?

O Dr. Claus tinha uma mente brilhante. Fora muito bem-sucedido no tratamento de muitos pacientes, mas nunca tivera a oportunidade de estudar a natureza do pensamento, seus limites e sua validade. Ficou mais convicto ainda de que Camille iria colocá-lo contra a parede.

– Bom, depende... Mas o que tem esse fato a ver com a sua doença?

– Tudo. O que você pensa sobre mim é um discurso seu, uma interpretação sua dentro dos limites da sua teoria e da sua mente ou é uma verdade absoluta e concreta sobre minha dor, minhas fobias, meu humor depressivo?

– É uma interpretação do que você é.

– Se é uma interpretação do que eu sou, e não a realidade do que realmente sou, então por que você usa suas palavras como se elas tivessem as cores e o sabor de uma verdade irrefutável?

– Não uso! – discordou ele.

– Não? Há um minuto você me disse que sou claramente uma doente mental. Será que não está usando seu diagnóstico para se proteger do desconhecimento sobre o meu caso?

O psiquiatra bateu na mesa de maneira contida, mas tensa.

– Você está me afrontando!

– Talvez, mas, como você é pago para me ouvir, me ouça. Se o diagnóstico psiquiátrico for mal usado, ele pode servir como instrumento de controle, e não de orientação. Pode nos marcar para sempre.

– Isso é falácia!

– Falácia? Nossa relação é tremendamente desigual, doutor. Você é o saudável, e eu sou a doente. Você é o psiquiatra, e eu sou a paciente. Suas palavras têm um poder incomensurável. Podem me libertar ou me encarcerar. Você não acha que deveria usar suas interpretações e seu diagnóstico dentro do regime da democracia das ideias: "Eu penso, eu acho, eu creio"?

O Dr. Claus nunca ouvira falar sobre a democracia das ideias. Desprotegido emocionalmente, não se dobrou diante da inteligência de Camille. Aplaudi-la seria o começo de uma história entre eles. Mas, sentindo-se invadido, deixou escapar a oportunidade.

De repente Camille desviou seu olhar do psiquiatra. Olhou para o alto fixamente, como se ele não estivesse presente. Colocou as mãos na cabeça como se estivesse querendo esmagar os pensamentos perturbadores que assaltavam sua mente. Imaginou mais uma vez seu carro acidentado na marginal do rio Tietê. Viu seu corpo todo ensanguentado. Era difícil sair dos escombros. Era uma mulher sofrida. As ideias fixas de conteúdo negativo faziam parte do seu roteiro diário. Observando seu gesto bizarro, o psiquiatra foi implacável.

– Sinceramente, Camille, você se esquiva do seu próprio problema, não tem foco. Tangencia seus conflitos. Não entende nada de psiquiatria e se atreve a entrar em assuntos que não domina...

Sem perceber, ele a retirou do foco de tensão. Ela rapidamente saiu dos escombros das suas imagens e reassumiu o controle mental. Em seguida, desferiu perguntas surpreendentes.

– Não entendo nada de psiquiatria? Talvez não como o senhor, mas não sou ignorante. Qual é o nascedouro da psiquiatria? Como ela surgiu? Quem foram seus pais ou seus pensadores pioneiros, e o que pensavam?

Ele se recusou a responder, não queria entrar no jogo dela. Camille se adiantou e mencionou os anos dourados do nascimento da psiquiatria como ciência e seus precursores, como o Dr. Charcot, Bleuler e outros. Depois, retornou no tempo para mais de dois mil anos e citou algumas teses do juramento de Hipócrates, o pai da medicina. O Dr. Claus se perguntava: "Que mulher é essa que detém esse conhecimento?"

Ele estava perplexo. Mas, apesar disso, continuava achando que era tudo um jogo dela, um jogo doentio do qual ele insistia em não participar, embora não tivesse êxito. Emudeceu. Não percebeu que Camille não estava jogando, estava afundando...

Amigas e conhecidos tiveram sucesso no tratamento com os mais diversos psiquiatras. Ela, não. E ficava angustiada ao ouvir a superação dos problemas dos outros. Ela queria se desarmar, mas não confiava em ninguém, nem em si mesma. Incomodada pelo silêncio absoluto do psiquiatra, reagiu como lâmina afiadíssima.

– Por que se recusa a debater comigo, Dr. Claus? A psiquiatria é uma ciência nova se comparada à matemática, à física, à química e mesmo à filosofia. Se a psiquiatria é nobre, mas tão nova, uma ciência em construção, por que o senhor se apropria dela como um deus cujas verdades são inquestionáveis?

Ela o fisgou nas raízes da sua alma. Ele não se conteve. Rompeu o silêncio e protestou.

– Não sou deus! Nem tenho verdades inquestionáveis! Você tem uma necessidade neurótica de perguntar.

Ela ficou indignada.

– Tenho? O que acha dessa tese "Pergunto, logo penso! Penso, logo existo!"?

– É o pensamento de Descartes.

– Não, é o meu pensamento completando a tese de Descartes. Não o entendo. Você reage como um deus, sem me dar o direito de questioná-lo, mas fala como humano, assumindo suas limitações. A quem devo me dirigir?

Ele contraiu a face e pôs as mãos na cabeça, tenso.

– Você tem uma necessidade neurótica de estar sempre certa. Se não se reciclar, estará condenada a arrastar sua doença por toda a sua história. Parece que tem apreço pela dor.

Dessa vez foi ela que protestou, e o fez com maestria.

– Eu sou masoquista? Quero me autodestruir? Já sentiu sua emoção ser asfixiada pela ansiedade? A dor indecifrável da depressão já invadiu os recônditos da sua mente e sequestrou seu ânimo? E as fobias assombraram sua tranquilidade ao sol do meio-dia? Quem quer sofrer, doutor? Eu protesto! Tanto os sábios quanto os loucos querem cortar as raízes da dor da própria alma!

Depois de uma pausa, ainda concluiu, angustiada:

– Não poucas vezes eu tento acalmar minha emoção cantando "eu sei que vou me amar, a cada decepção eu vou me amar, desesperadamente vou me amar", mas estou perdendo as forças...

Expressou de forma quase inaudível as últimas palavras. Era um momento ímpar, uma chance para o Dr. Claus criar pontes com Camille, pois ela abrira uma janela de oportunidade e estava parcialmente desarmada. Mas ele não havia decifrado os códigos do comportamento dela.

– Nada a convence. Nunca vi uma paciente bombardear um psiquiatra. Estou estarrecido. Desconfio que você queira tomar o meu lugar.

Ela reagiu pessimamente a essas palavras, o que provocou um corte fundo na relação.

– Tomar o seu lugar...? Será que eu quero tomar o seu lugar ou você é que não se sente digno dele!?

O Dr. Claus fervilhou de raiva com essas palavras. Comprou novamente o que não lhe pertencia. O ambiente psicoterapêutico, que deveria ser um espaço de cooperação, onde terapeuta e paciente construíssem juntos o conhecimento, tornara-se um caldeirão de disputas. E em disputas ninguém era capaz de vencer Camille. Seu raciocínio tinha um envolvimento e uma complexidade inigualáveis, era dificílimo não se enredar nas suas tramas. Era uma especialista em tirar as pessoas do seu ponto de equilíbrio, mesmo pessoas ponderadas. Mas não o fazia por prazer, tentava apenas sobreviver.

– Você é petulante, intratável, arrogante. Não há clima para continuar o tratamento. – Ele ameaçou levantar-se. Mas ela o trouxe de volta para a arena, sem saber que dessa vez seria nocauteada.

– O que você queria? Uma paciente submissa, que o reverenciasse em tudo? Convença-me, doutor, que eu me submeterei às suas ideias. Explique-me os fundamentos do seu raciocínio e eu me curvarei à sua inteligência. – Camille falou honesta e ansiosamente, como sempre fazia com Marco Túlio quando ele lhe dava um golpe baixo.

– Olha, moça, a explicação é que o mundo gira em torno das suas verdades. Você se sente perseguida por todos, inclusive pelos psiquiatras. A explicação é que você tem uma psicose paranoica.

Camille assombrou-se. Ele continuou:

– Se você não se tratar, seu transtorno mental vai progredir a tal ponto que não conseguirá conviver com mais ninguém...

O mundo desabou sobre Camille. Nunca um psiquiatra a diagnosticara como portadora de uma psicose. Havia uma grande diferença entre sentir-se perseguida, ser paranoica e não confiar em ninguém. Como muitas pessoas, Camille tinha medo de enlouquecer e algumas vezes achava que seu raciocínio estava se desorganizando. No fundo, sua mente era brilhante, mas não livre. Não conseguia gerenciar os próprios pensamentos.

Dr. Claus foi ainda mais contundente:

– Se não se tratar, colocará em risco a sua vida e a dos outros... Você conhece a história de Camille Claudel?

Camille ficou em silêncio. Sabia que Camille Claudel tinha sido uma célebre escultora francesa, amante de Rodin – o mestre da escultura, autor de obras magistrais, como *O Pensador*. Camille Claudel passara o final da vida internada num asilo para doentes mentais, em condições inumanas. Ela se sentiu traída pelo irmão, Paul Claudel, e pelo pai. A esposa de Marco Túlio tinha medo de repetir a trajetória da escultora. Imagens de seu marido ou seu pai internando-a passavam pela sua mente, deprimindo-a. Naquele momento, as imagens ocuparam seus pensamentos, fazendo-a abaixar a cabeça para tentar dissipá-los. Tinha medo de ser abandonada.

– Dizer que terei o mesmo destino de Camille Claudel me mata por dentro. Depressão bipolar, transtorno obsessivo-compulsivo, síndrome do pânico, depressão distímica... O senhor já me deu quatro diagnósticos nesses três meses de tratamento. Agora está me dizendo que sou louca?

O Dr. Claus era o psiquiatra que a tratara por mais tempo nos últimos anos.

– Você tem uma coleção de doenças, mas eu não disse que é louca. Loucura é um rótulo maléfico.

– E ter um diagnóstico de psicótica não é um rótulo maléfico? E dizer que posso colocar em risco a vida dos outros não é marcar com ferro e fogo minha biografia?

Camille se digladiava com as pessoas, mas era incapaz de matar uma mosca. O diagnóstico que serviria para orientar seu tratamento a encarcerou. Caiu-lhe como uma bomba. Faltavam cinco minutos para encerrar a sessão, mas ela não esperou. Levantou-se e saiu desorientada. O médico assistiu impassível a sua saída, sem se despedir. Camille não sabia onde pisava, nem por onde andava. Estava inconsolada. Não quis retornar para casa com o motorista. Não queria que ele visse seu desespero. Precisava ansiosamente respirar, mas o mundo parecia-lhe um cubículo sem ar. Tentou cantar a música-tema da sua vida, mas a melodia não exerceu qualquer efeito sobre ela.

A mulher não cedia às lágrimas e saiu pelas ruas transtornada. O motorista rapidamente telefonou para Marco Túlio.

– A Dra. Camille não quis entrar no carro.

– Mas como? Por que o senhor não insistiu para que ela entrasse? – disse Marco Túlio ansioso.

– Seu Marco, quem consegue fazer a dona Camille mudar de opinião?

Ninguém, ele sabia. O motorista acrescentou:

– Deu dó. Ela estava chorando.

– Estava chorando, seu Dionízio? Mas ela nunca chora.

– Mas dessa vez ela sentou na mureta de um jardim e chorou, e muito. Eu vi de longe. E chorou na frente das pessoas. Agora não sei para onde ela foi.

– Como isso é possível? O que aconteceu? – indagou o banqueiro, preocupado.

– Não sei. Ela está muito mal...

Marco Túlio não se despediu do motorista e sequer desligou o telefone. Saiu desesperadamente para procurá-la. Já era início da noite. Procurou-a pelas ruas e avenidas com vários seguranças. Acionou a polícia. Muitas pessoas envolveram-se na busca. Depois de duas horas, encontrou-a na avenida principal que levava à sua casa. Quando a viu, estacionou o carro e correu ao seu encontro. Ela estava tão abalada que não teve forças para correr e se entregou ao seu abraço. O marido ficou abismado ao ver seus olhos úmidos e inchados.

– É melhor você desistir de mim.

– Calma, meu amor. Jamais vou desistir de você.

– Não me interne. Deixe-me, mas não me interne! Prometa! – suplicou, abalada.

– Prometo! Mas o que está acontecendo?

Abraçou-a e levou-a para casa. Foi então que ela contou de sua ida ao consultório do psiquiatra e do diagnóstico que ele lhe dera. Marco Túlio tentou consolá-la, tentou vender-lhe esperança. Abraçou-a e beijou-a várias vezes na testa e no rosto, mas o terremoto já havia feito seus estragos.

~

Conhecendo a gravidade do transtorno psíquico de Camille, o psiquiatra convocou seu marido no dia seguinte. Como também desejava muito esse encontro, Marco Túlio mudou sua agenda e foi ver o médico. Estava decepcionado com ele. Mas o Dr. Claus disse claramente o que pensava e procurou alertá-lo.

– Camille margeia seus problemas, não enxerga dentro de si. É um ser humano impenetrável que se perde no redemoinho de sua capacidade de argumentar.

Querendo encontrar esperança quanto à saúde mental da mulher que amava, Marco Túlio ponderou:

– Mas doutor, a maioria de nós fica na superfície. Falamos dos outros, mas não temos coragem de enfrentar a nós mesmos. Camille pelo menos é cristalina, transparente, não dissimula.

– Mas o caso dela é muito sério. Não é possível levá-la a se interiorizar. Ela discute minha cultura, quer avaliar meu conhecimento e até a minha personalidade. É uma paciente altamente resistente ao tratamento. Ela deve tomar os remédios psiquiátricos sem questionamentos.

– Ajude-a, por favor.

– Sinto muito. Parece que quer me colocar no banco dos réus.

Insistindo para que o psiquiatra não desistisse da sua esposa, Marco Túlio tentou induzi-lo a mudar seus métodos. Isso só piorou as coisas.

– Desculpe, doutor, minha falta de cultura na sua área. Sou empresário e portanto tenho que me adaptar às necessidades do cliente, e não ele às minhas. Será que o senhor não poderia mudar sua abordagem...

O Dr. Claus entendeu o recado de Marco Túlio, mas interrompeu sua fala.

– Meu consultório, minhas regras. Quanto ao método psicoterapêutico, se sua mulher quiser se tratar comigo, a resposta é simples: ela tem que se adaptar ao método que escolhi. Não há concessão.

O marido estava perdendo as esperanças, um tratamento após outro, todos sem sucesso. Insistiu com o psiquiatra:

– Ela ficou abaladíssima com seu diagnóstico.

– Ficou? É um bom sinal, pois nada parece abalá-la.

– É possível que a doença dela seja um caso sem solução? – falou Marco Túlio com os olhos marejados.

– Não estou dizendo que é um caso sem solução, mas é um caso em franca evolução.

– Ela sempre foi mais desprendida e generosa que eu. Mais culta, mais inteligente, mais criativa.

– Doenças mentais não escolhem cultura. Mentes espetaculares também podem adoecer – respondeu o psiquiatra de maneira seca.

Marco Túlio pôs as mãos no queixo, parecendo querer segurar a cabeça. Em seguida, o psiquiatra fez um alerta, dando novamente seu diagnóstico e prognóstico, embora com mais brandura, pois lembrou-se da democracia das ideias expressas pela própria Camille.

– No meu entendimento, ela está desenvolvendo uma esquizofrenia paranoica que irá progredir. Se ela se recusar a se tratar, você não terá dias felizes pela frente.

– Não, não é possível. Esquizofrenia, não...

– Mas não é o fim do mundo. Há tratamentos. O paciente pode se estabilizar e recuperar sua qualidade de vida. Ela precisa confiar num profissional e seguir o tratamento direito, ter uma rotina – disse o Dr. Claus. – Mas, diante da resistência dela, creio que em breve Camille precisará ser internada compulsoriamente.

– Uma internação contra a vontade dela? Impossível!

– Está previsto em lei esse tipo de internação quando o paciente coloca em risco a própria integridade física e a de outros...

– Meu Deus, aonde Camille chegou! Que futuro teremos? Para que lutei tanto?

– Se o senhor não está satisfeito, tem o direito de se separar...

Ao ouvir a sugestão, Marco Túlio derramou-se em lágrimas na frente do psiquiatra. Estava indignado. Com a voz embargada, ele falou:

– No passado, tive ao meu redor muitas mulheres que me admiraram, mas só há uma que posso dizer que amei... Como me separar da mulher da minha vida no momento em que ela mais precisa de mim?

– A verdade dói.

– Sua sugestão me alivia como homem, me asfixia como amante e me mata como ser humano...

E assim se despediu. Camille não procurou mais o Dr. Claus nem outros psiquiatras. Cometeu um grave erro. Nos últimos tempos, ela se tratava só com neurologistas, que não eram especialistas em transtornos psíquicos. Tomava antidepressivos e tranquilizantes. Mas seus conflitos progrediam. Continuava cada vez mais intimista, isolada, encarcerada em seu mundo. Sentada na varanda de casa, sem prazer de viver, fugia da morte que desenhava em seu imaginário. Criava seus monstros e procurava mecanismos para escapar deles.

Depois de incontestável sucesso financeiro e solene fracasso emocional, o casal resolveu realizar um sonho: comprar uma magnífica fazenda. Um ambiente calmo, sereno, para Camille arejar sua mente e, quem sabe, começar um novo capítulo em sua história. Queimava em seu peito a chama de procurar a si mesma e começar tudo de novo. Mas, na mente humana, a sanidade e a loucura se mesclam, a criança e o adulto se entrelaçam, a coragem e a fragilidade se entremeiam. O desafio de Camille era saber por onde começar...

CAPÍTULO 4

Um presente para quem amo

A rotação da hélice do imponente helicóptero ainda não havia se interrompido, mas o piloto já abrira a porta para os novos donos da fazenda Monte Belo. Dois seguranças desceram primeiro. Marco Túlio desceu em seguida. Imediatamente pegou a mão direita de Camille e ajudou-a a descer. Ela estava ofegante, suando frio, tensa, taquicárdica.

– Não suporto aeronaves! – comentou.

Camille era assaltada por vários tipos de conflitos e fobias. Mas, entre todas as algemas que retiravam o oxigênio da sua emoção, a claustrofobia, o medo de ambientes fechados, era a mais presente, embora não fosse a mais grave. Foi um sacrifício deslocar-se da capital para a fazenda num helicóptero.

Com a mão esquerda ela segurava um lindo chapéu comprado em Paris. Um chapéu que não era apropriado para usar no campo, mas, afinal, era um chapéu, ela pensou. Trajava um vestido longo, estampado com listras coloridas. Exteriormente tudo estava em ordem.

Sentiu pânico ao descer da aeronave, mas ficou profundamente aliviada ao pisar o solo. A mulher imbatível nos debates se comportava como menina diante de seus medos. Momentos depois de se refazer do estresse, sentiu a brisa massageando seu rosto e movimentando seus longos cabelos. Relaxou, sorriu e, com seus grandes olhos verdes, capturou os tons da natureza.

Marco Túlio, que raramente a via sorrir nos últimos meses, encantou-se. Saiu abraçado a ela e, em voz alta para sobrepujar o som dos motores ainda ligados, disse:

– Seremos muito felizes aqui!

– Tomara! – disse ela, sempre temendo o futuro.

O gerente da fazenda, Zé Firmino, homem de meia-idade, rígido, austero, de pouca conversa com os funcionários, foi recebê-los. Mostrando satisfação, saudou-os sorridente.

– Bem-vindos, doutor Marco Túlio e doutora Camille.

Marco Túlio não era doutor, mas, com tanto dinheiro, muitos o chamavam com tal deferência. Os cumprimentos foram breves. De repente, Camille se surpreendeu novamente. Observou, perplexa, à sua direita, a cerca de 100 metros, o casarão da sede, uma belíssima construção do tempo da escravidão.

– Que incrível!

O casarão tinha uma gigantesca varanda de 38 metros de comprimento e 5 de largura. Saltavam aos olhos as 15 janelas frontais de mogno brasileiro, uma madeira avermelhada nobilíssima, cuja extração fora proibida pelo governo. A varanda circundava toda a casa, exceto os fundos, onde ficava a cozinha.

– Marco Túlio, aquela é a sede?
– Sim, Camille!
– Mas você não me disse que havia um casarão colonial na fazenda. Para mim, havia uma tosca casa moderna.

Marco Túlio escolhera a dedo o novo lar de Camille.

– Como você ama casas antigas, escolhi uma fazenda cuja sede tivesse a sua cara. – E, apesar da crise no relacionamento, enfatizou: – É meu presente de casamento. Obrigado por esses 12 anos de história. – E beijou-a suavemente na testa.

Resgatando sua sensibilidade intelectual, Camille comentou:

– Esse casarão parece uma das mais belas pinturas expressionistas que já vi. Que cores! Que contraste entre a madeira e a pintura! Que história essa mansão esconde? Quem passou por ali? Que sonhos viveram? Que pesadelos tiveram?

Zé Firmino, que todos os dias caminhava pelo casarão, nunca se fizera essas indagações. Pela primeira vez percebeu que aquele local guardava uma fonte de mistérios. Tirou o chapéu branco e surrado e coçou a cabeça diante da "cabeça" da nova patroa.

Marco Túlio chamou sua atenção para outra magnífica imagem:

– Veja no fundo aquelas montanhas com matas virgens.
– Elas estão a apenas 1.200 metros da sede e pertencem à fazenda. Daí o nome Monte Belo – informou o gerente.

Para quem vivia em condomínio fechado, frequentemente tensa, angustiada, disparando críticas a quem encontrava pela frente, fotografar com os olhos a mansão cercada por 11 mil metros quadrados de jardim e com um mural de montanhas ao fundo era como repaginar a sua história. Camille sorriu. Algo raro. Por instantes ecoaram as palavras iniciais do marido, mas, nesse momento, só para ela mesma ouvir, como se fora um contrato emocional que acabasse de assinar.

– Serei feliz aqui...

Marco Túlio percebeu. Virou o rosto para o lado, para que ela não visse suas lágrimas. Estava emocionado por vê-la feliz. O amor e a perspicácia de Camille o tinham contagiado nos primeiros anos da relação. Depois, a ansiedade e o excesso de trabalho de Marco Túlio a haviam contagiado nos anos intermediários. E, por fim, nos últimos anos, o pessimismo, as fobias, o humor depressivo e a impulsividade de Camille tinham infectado a relação. Como sempre, ninguém é completamente santo nem vilão num relacionamento. Inocentes têm suas culpas, e culpados, seus descontos.

De repente, quebrando o clima que se estabelecera entre o rico casal, surgiu um homem simples, de cabelos grisalhos, mas atrevido e divertido. O gerente não gostou de sua aproximação e imediatamente fez um sinal para que ele se afastasse. Mas o homem deu de ombros. Aproximou-se com um sorriso largo no rosto.

Camille achou estranha a sua atitude. Sentiu-se invadida. Marco Túlio, mais aberto, se antecipou.

– Pode deixar, seu José Firmino.

O homem chegou mais perto e estendeu a mão direita para o patrão, que retribuiu o gesto e o saudou.

Depois estendeu a mão para Camille, mas ela não retribuiu. Meio sem jeito, ele recolheu a mão. Não era o preconceito que a dominava, mas especialmente o medo de se contaminar. Cada vez que era obrigada a cumprimentar os outros, Camille corria para o banheiro e esfregava as mãos algumas vezes para evitar se infectar com vírus e bactérias. Para diminuir a tensão que se instalara, o funcionário tentou desviar o assunto, mas só piorou as coisas.

– Bonito avião, madame...

Ela detestava ser chamada de madame, pois dava-lhe um ar de que era inútil, de que vivia à sombra do marido. Irritou-se com isso e com o fato de ele ter chamado Marco Túlio de doutor, coisa que ele não era. Quem possuía os títulos acadêmicos era ela. Cortando as atitudes do empregado pela raiz, colocou limites:

– Não sou madame. Sou a Dra. Camille.

O homem parou, pensou e reagiu:

– Que nome estranho! Conheço Camilo, Camila, mas mulher

com esse nome nunca vi. Mas seja bem-vinda, dona... – falou, ainda sorrindo.

– Doutora Camille, eu já disse. – O tom agora foi áspero.

Marco Túlio sorriu meio sem graça. O gerente ficou tenso, fazia sinais para que se retirasse, mas o empregado não deixou o redemoinho...

– Desculpa, madame, quer dizer, doutora... Sabe como é. Tenho pouco estudo – disse, humildemente. Em seguida, querendo agradá-la, emendou: – Mas será um prazer trabalhar junto com a senhora.

– Trabalhar junto? O que você faz na fazenda? – indagou ela rapidamente.

– Sou o jardineiro.

Ela falou bem alto, e todos ouviram.

– Só me faltava essa...

Para amenizar a situação, Marco Túlio perguntou:

– Como é o seu nome?

– Sou o Zenão do Riso.

– Zenão do Riso? Que nome diferente. É seu sobrenome? – questionou ele, sempre mais bem-humorado do que ela.

– Não, doutor, é meu apelido, com muito gosto. Eu era nervoso e negativo, tudo era não: não posso, não concordo, não vai dar certo. Daí o nome Zenão, Zé do "não".

Zé Firmino, um especialista em rebaixar as pessoas, querendo que os novos patrões não pensassem que a fazenda Monte Belo era uma casa de malucos, mostrou sua autoridade.

– Aqui nestas bandas todo mundo acha que Zenão é meio maluco. Vive dando risada sozinho, assoviando, cantando. Já mandei ele procurar um psiquiatra, se não, vai ser despedido.

– E você se acha normal, por acaso? – desferiu Camille para o gerente.

– Bom, eu...

– Esqueça – interrompeu ela.

Camille ficou decepcionada com o preconceito de Zé Firmino e mais decepcionada ao ouvir a descrição da personalidade do jardineiro. Ela se identificou com ele, o que lhe causou certo desconforto.

Zenão respondeu ao gerente:

– Já lhe disse que procurei um psiquiatra há alguns anos, homem de Deus! – afirmou categoricamente.

– Pois o tratamento piorou a situação. Hoje você fala até com as flores – observou o gerente, irritado.

– Os loucos falam sozinhos – pensou Camille em voz alta.

– Verdade, dona... doutora Camille, principalmente os loucos de alegria.

O jardineiro reagira ao gerente e a Camille. Corria um sério risco, mas uma mente verdadeiramente livre, por simples que seja, tem mais medo de ser infiel ao que pensa do que de perder o salário no final do mês. Em seguida ele completou:

– Aí o Dr. Marco Polo, o psiquiatra dos mendigos e dos miseráveis, me piorou para melhor... Hoje sou Zenão do Riso.

"Dr. Marco Polo, psiquiatra dos mendigos?", pensou Camille. A explicação do jardineiro sobre a razão do seu apelido e sobre o tratamento supostamente eficiente lhe provocou uma crise de ansiedade.

– Que loucura é essa? Não vou aguentar esse hospício! – exclamou Camille, olhando para o marido. Ela estava à procura de um ambiente tranquilo da zona rural para se refazer e quem sabe voltar a escrever, mas parecia que tinha pisado no espaço errado. Marco Túlio a pegou pelo braço para retirá-la do cenário pesado.

O jardineiro, ousado que era, em vez de recuar, deu-lhe uma alfinetada.

– Essa loucura é das boas, doutora. Todo mundo precisa dela!

Camille ficou irada com o atrevimento do jardineiro. O gerente tentou protegê-la.

– Ponha-se no seu lugar, Zenão do Riso. Ela é sua patroa. Pode despedi-lo agora.

– Uai, seu Zé Firmino. Por quê? Trabalho direito, não sou folgado, trato cada planta com carinho.

Marco Túlio gostou do espontâneo e ingênuo atrevimento de Zenão, mas temeu pelo futuro. Camille era obsessiva; se decidisse demiti-lo, não falaria em outra coisa. Mas, quem sabe, pensou ele, poderia ser pedagógico para ela conviver com pessoas tão diferentes daquelas da cidade grande. Porém, a reação de Camille foi péssima. Martelando a tese do homem da roça na cabeça como se fosse uma afronta, respondeu agressivamente.

– Eu não deveria dar explicações a um simples empregado, especialmente quando ele não tem cultura para me entender. Mas prefiro meu pessimismo inteligente à sua alegria irracional.

O clima ficou ruim. Era como se não se ouvissem mais os pássaros da fazenda. Marco Túlio segurou com mais força o braço de Camille, levando-a para a sede. O gerente fez um sinal para Zenão como se estivesse cortando-lhe a garganta. Indicou que não havia mais lugar para o jardineiro na fazenda. Seria despedido. Alguns metros à frente, Zenão, de costas para Camille, olhou fixamente para o lago à sua frente e golpeou-a num lugar inesperado.

– O que é isso, minha gente? Essa mulher foi contaminada por Arthur Schopenhauer.

Camille ouviu o desaforo embasbacada. Contraiu o rosto e caminhou apressadamente para o jardineiro. Face a face, perguntou em alto e bom som:

– Contaminada por quem...?

Zenão se calou.

– Vamos, fale, homem!

Marco Túlio e o gerente ficaram pasmos. Não sabiam o que estava acontecendo. Ouviram o jardineiro citar um nome, mas não sabiam quem era. Camille dava a impressão de que ia sair no tapa com ele. O jardineiro falou destemidamente:

– Arthur Schopenhauer! O mais afiado dos filósofos pessimistas.

– Como...? Como você sabe disso? Vamos, diga! Como você, um...

– Um trabalhador braçal, sabe disso... – completou Zenão do Riso. Mas apenas riu, sem dar mais explicações. Saiu do espaço da batalha, deixando-a boquiaberta.

– Vamos, querida. Vamos ver o casarão – disse Marco Túlio.

Ela olhou para trás, buscando focalizar o jardineiro, que seguia o caminho dançando e batendo os pés como se fosse um personagem de Charles Chaplin. Parecia feliz da vida. Camille fervilhou de raiva e de espanto. Sempre provocara as pessoas, mas dessa vez se sentiu provocadíssima.

De repente, o chapéu de Marco Túlio revoou, e ele voltou atrás alguns metros para pegá-lo. Nesse meio-tempo, Zenão se agachou, tocou uma flor e soltou outra frase. Mas só Marco Túlio ouviu, pois Camille estava perturbada demais para escutar qualquer coisa.

– Primeira regra: Você nunca vai entender a mente de uma mulher...

"Quem é esse sujeito?", pensou ele, sorrindo para si mesmo. Ao se aproximar da esposa, indagou:

– Como é que ele sabe sobre esse filósofo?

Ela não pensou para responder.

– Talvez tenha lido em alguma revista popular.

– Mas essas revistas discorrem sobre os pensadores?

– Falam frases soltas!

Enquanto caminhavam, o banqueiro, intrigado, perguntou a Camille:

– Afinal de contas, quem é esse tal de Schopenhauer?

Sempre impaciente, ela respondeu:

– Será que o jardineiro é mais culto do que você, Marco Túlio? Saia do mundo dos números e entre no mundo das ideias. Deixe sua mente respirar...

Em seguida se refez, pediu desculpas e explicou:

– Arthur Schopenhauer foi um brilhante professor na Universidade de Berlim. Polêmico, afiado, um grande defensor das ideias de Kant. Morreu em 1860, pouco tempo antes de Abraham Lincoln incluir a 13ª emenda na Constituição americana e abolir a escravidão. Mas Schopenhauer discorreu sobre outro tipo de homens não livres. Para ele, a vontade é o fundamento de tudo o que pensamos e fazemos. Nietzsche também defendeu essa ideia, mas de uma forma diferente. Schopenhauer acreditava que a vontade é, ao mesmo tempo, a grande causa de nossos sofrimentos.

– A vontade é a grande causa dos nossos sofrimentos? Por quê? – perguntou, curioso, o banqueiro para a sua inteligente esposa.

– Porque para ele nós nos submetemos à vontade como escravos. Uma ideia da qual os pensadores existencialistas, como eu, discordam. A vontade é o canal de nossa liberdade, e não uma masmorra para ela. Mas vamos falar sobre isso em outra hora.

Marco Túlio não entendeu muito bem o que ouviu. Mas, mais uma vez, surpreendeu-se com Camille. Entretanto, a intelectual, que raramente se surpreendia com alguém, saiu intrigada com o personagem chamado Zenão do Riso.

CAPÍTULO 5

Um amor à beira da falência

Conduzido pelo gerente, o casal se aproximou do casarão. Camille deslumbrou-se com a arquitetura. Queria tocar cada detalhe. Quatro degraus de 18 centímetros de altura precisavam ser escalados para adentrar a varanda. Esta era apoiada sobre troncos rústicos de aroeira entalhados a machado pelos escravos que viveram na fazenda, de dureza e longevidade inigualáveis. Longas terças de jatobás cruzavam o teto, ultrapassando grossas vigas de peroba-rosa que repousavam sobre as toras de aroeira. As terças que saltavam da varanda tinham sido entalhadas por artesãos com desenhos de peito de pomba. Madeira de qualidade ultrapassa os séculos.

A fazenda fora comprada de porteira fechada: animais, implementos, mobílias. Ao entrar na sala de estar, Camille colocou as mãos na boca: 125 metros quadrados divididos em cinco ambientes. Móveis antigos, quadros únicos, dois deles pintados por escravos libertos. Eram livres, mas os anos de confinamento conspiraram contra o medo de arriscar. Como pássaros que se adaptaram à gaiola, preferiram ficar e servir aos antigos donos da fazenda Monte Belo. Isso se passara havia cinco gerações, antes de os últimos herdeiros venderem a fazenda para Marco Túlio.

Havia dez quartos, dos quais três suítes. A suíte máster tinha 35 metros quadrados, com uma pequena antessala onde ficavam dois guarda-roupas de imbuia entrecortados por belíssimas estrias marrons e pretas. Parecia um closet improvisado. O banheiro da suíte tinha 20 metros quadrados. Nas paredes havia azulejos centenários pintados à mão com motivos campestres.

– Marco Túlio, é tudo tão lindo. Obrigada, meu amor.

Ele foi às nuvens. Havia anos não recebia um elogio desses. Olhou bem nos olhos dela, sentindo a voz embargar. Derramou algumas lágrimas. Estava feliz por ela. O amor precisa de elevadas doses de tolerância e de pequeníssimas doses de cobrança para ser cultivado, mas o casal Marco Túlio e Camille invertera esse processo.

Por instantes, ele recordou alguns diálogos cortantes: "Você é radical. Culta, mas fechada como um cofre!", dissera ele tantas vezes. "Você é insensível! Vive para o trabalho! Me dá relógios de ouro, mas não o seu tempo! Me dá o trivial, mas me nega o essencial", retrucara ela outras tantas. Críticos um do outro, não entendiam que na guerra da razão quem perde é a relação, não há vencedor. Marco Túlio lidava com grandes empresários e não se intimidava diante de grandes decisões. Somente Camille o deixava sem voz. Começar um novo capítulo parecia um doce delírio.

– Não é incrível que esta fazenda e este casarão estejam tão perto de São Paulo? A quarenta minutos de helicóptero!

– É o ambiente perfeito para eu voltar a escrever.

– Não, é o ambiente perfeito para você voltar a ser você mesma. Primeiro você, depois a literatura.

– Eu sei. Primeiro o ser humano, depois a arte. Mas a arte faz o ser humano – retrucou ela, relaxadamente.

Momentos depois, na sala de estar, Camille viu Zenão do Riso entrar na varanda trazendo flores: lírios e tulipas que colhera. Colocou-as num vaso, murmurando algumas palavras enquanto as arrumava. Ela ficou tensa pelo fato de ele se aproximar sem se anunciar. Marco Túlio não o viu. Em seguida, distraiu-se.

Marco Túlio e Camille combinaram que, a partir da semana seguinte, ele viajaria nas segundas-feiras pela manhã para as atividades do banco e das suas empresas, retornando nas sextas-feiras à tarde para a fazenda. Mas ele não tinha condições de cumprir sua promessa, pois estava passando por um momento delicado de investimentos e fusões.

Diversas viagens internacionais aconteceriam. Mas, dessa vez, Camille não se importou. Ficaria na fazenda repousando, relaxando, pintando, cuidando da nova decoração da casa e, quem sabe, voltando a escrever. Também cuidaria dos jardins. Teria que enfrentar o jardineiro, se não quisesse despedi-lo ou transferi-lo. Fazer isso era exercer o mesmo preconceito que haviam manifestado contra ela. Camille era irritadíssima, mas não injusta.

Uma hora depois de conhecerem o casarão, Zé Firmino apresentou-lhes as duas empregadas da casa, Mariazita e Clotilde. Mais tarde, quis apresentar os chefes de serviço que cuidavam do gado, da plantação de grãos e de mogno africano e os líderes da sangria de seringueira. Mas só Marco Túlio os conheceu. Camille refugiou-se em seu quarto. Havia cem mil árvores que já estavam em período de produção. Havia trinta anos que a fazenda não produzia mais café.

Na manhã de domingo, Camille levantou-se inspirada bem cedo. Não se sentou numa cadeira ou poltrona com seu olhar compenetrado, como sempre fazia. Marco Túlio ainda repousava. Ela foi até a varanda, viu as gotículas de orvalho embebendo a relva e trazendo às suas narinas o perfume inigualável de terra molhada. Lembrou-se da infância, recordou seu pai, um amante da natureza, mas fez questão de dissipar rapidamente essas lembranças.

Foi para a sala e teve vontade de escrever, algo que não sentia havia mais de um ano. Abriu seu notebook e começou a digitar. Escreveu uma página, revisou-a, mas, excessivamente crítica dos seus textos, não gostou. Escreveu mais um pouco e teve a mesma repulsa. Mordeu levemente os lábios de tensão. Não conseguiu escrever mais nada. Levantou-se e foi caminhar pela varanda.

Logo Marco Túlio apareceu, e foram tomar café. Ela quase não comeu nada, para tristeza das empregadas. Não sabiam que ela tinha medo de se contaminar. Eram raros o restaurante ou a cozinheira que lhe transmitissem confiança. Em seguida, foram sentar-se na varanda. Como havia muito tempo não faziam, pareciam dois namorados.

– Fico tão feliz por você não ter se isolado esta manhã em seus pensamentos. – Ele segurava a mão dela e a acariciava.

Na frente deles, a 230 metros, havia uma lagoa plácida de três hectares com paturis e alguns martins-pescadores, que se deliciavam pescando alevinos.

– Que vista linda! – exclamou Camille. – Atrás do casarão temos uma coluna vertical de montanhas e, na frente, uma coluna horizontal de água. Compramos a vista, a fazenda veio de graça. Por que não compramos uma fazenda ou uma chácara antes?

– Não sei. Nós nos viciamos em cidades, shoppings, restaurantes. Não percebemos que estávamos asfixiados. Não pensamos em outras possibilidades.

– Veja, Marco Túlio, que ave enorme pousando na margem esquerda da lagoa. Qual será seu nome?

– Não sei.

– É um tuiuiú – disse Zenão do Riso, como se fosse um fantasma que tivesse aparecido do nada. E acrescentou: – É a rainha das aves dessas bandas, mas, como muitas pessoas, é solitária.

O casal se entreolhou, e Zenão saiu cantando uma moda de viola. Foi em direção a algumas pequenas árvores 50 metros à frente para podá-las.

– Mas esse jardineiro é atrevido. Quem perguntou para ele?

– Paciência, Camille. Ele é simples, mas parece um bom homem.

– Mas hoje não é dia de descanso? – perguntou ela.

– Claro – respondeu Marco Túlio.

– Então ele está querendo impressionar. Tem medo de ser mandado embora – afirmou ela.

Querendo poupá-lo, Marco Túlio bradou:

– Zenão, vá descansar! Hoje é domingo.

– O dia está só começando, doutor.

– Fale que você não paga hora extra, para ele nos deixar em paz – murmurou ela.

– Isso não, Camille. É uma ofensa. É melhor o gerente dizer isso.

– Você nunca me atende? Não vê que quero ficar sozinha com você?

– Zenão! Por enquanto não estamos pagando horas extras. Vá descansar! – insistiu ele.

O jardineiro ficou surpreso. Virou-se para o casal. Abriu os braços para o alto, como se estivesse agradecendo a Deus o dom da vida.

– Não trabalho só pelo dinheiro, doutor. Trabalho também porque as plantas precisam de mim.

– Que arrogante! – esbravejou ela.

– Calma, Camille. Esse povo da roça é transparente.

– Transparente ou invasivo?

– Transparente igual a você! – disse ele, já irritado, tentando fazê-la refletir. – Você não percebe que seu excesso de sinceridade parece um trator que passa por cima de quem a desafia? Queria eu ter meia dúzia de pessoas que trabalhassem por paixão, como esse homem, e não apenas pelo salário que lhes pago.

No fundo, ela queria ser generosa com ele, mas sua impulsividade a controlava. Sentia que o humilde jardineiro possuía o que ela sonhava, o que a deixava ainda mais irritada. Zenão podava as árvores sorrindo. Tinha uma alegria contagiante, mas não para Camille.

– Zenão, você está destruindo essas árvores! – falou ela.

– Sem dores, não há flores.

Marco Túlio sorriu. Ela ficou mais tensa. Em seguida, viram Zenão abrir uma sacola que levava pendurada no corpo, tirar uma porção de um pó branco e pulverizar ao redor das plantas.

– Pare! Você está jogando agrotóxico! – bradou ela, raivosamente.

– Não é agrotóxico, doutora.

– Deixe-me ver se você está falando a verdade – disse Camille, indelicada.

Ela queria de qualquer jeito tirá-lo do seu ponto de equilíbrio. Mas foi ele quem a tirou do eixo. Aproximou-se dela e lhe deu um choque intelectual.

– Doutora Camille, bem antes de a senhora nascer, um sujeito chamado Copérnico, em 1530, formulou a teoria de que a Terra gira em torno do Sol. Sabia disso?

Ela ficou impressionada com o jardineiro e confirmou com a cabeça que sabia. Em seguida, ele deixou o casal abalado:

– Esse mesmo Copérnico também entendia de economia. Sabia disso?

Ela engoliu em seco e teve de admitir:

– Não sabia.

– Muito menos eu – respondeu Marco Túlio, que era economista e banqueiro. Mas achou que ele estivesse brincando.

– Pois bem, Copérnico disse que são quatro as principais desgraças que destroem os governos: as lutas, as pestes, a perda do valor do dinheiro e a terra estéril. Eu só entendo um pouquinho da última. Estou corrigindo a acidez da terra com calcário, para que ela não fique estéril, para que as plantas absorvam melhor o adubo.

E saiu sem dar outras explicações.

– Espere! – chamou Camille. Mas ele se foi, como sempre, sorrindo.

Ela se virou para o marido e, saturada de dúvidas, indagou:

– Marco Túlio, quem é esse sujeito?

– Não sei.

– Você o contratou para que ele pudesse me monitorar?

– O que é isso, Camille? Ele mora aqui há anos. É um homem do campo.

– Mas como ele tem essas informações?

– Estou tão perplexo quanto você. Mas se Copérnico realmente disse isso em 1530, acertou em cheio. A desvalorização excessiva da moeda é de fato uma desgraça para os governos e corrói o valor dos salários.

Minutos depois um helicóptero sobrevoou a fazenda. Camille observou o voo apreensiva. Instantes depois, o helicóptero pousou a 100 metros do casal. Trazia personagens ilustres.

– Você não me disse que receberia visitas. Quem são?

– Meus amigos – respondeu Marco Túlio sem espontaneidade.

– Seus amigos? E nós? Pensei que iríamos ficar sozinhos na fazenda nesse primeiro final de semana! – falou ela, decepcionada. – Detesto esse seu modo de nunca me comunicar as coisas.

Ele tinha essa atitude porque ela era sempre contra suas reuniões. O jeito que ele encontrou para levar as pessoas à sua casa foi avisar na última hora.

– Entenda, Camille. São empresários e políticos importantes. São os homens que decidem os rumos da economia do país. Eles querem meus conselhos.

Tentando manter a calma, Marco Túlio acrescentou:

– Querida, esse almoço já estava marcado há um mês. Não havia outra data para reuni-los. Infelizmente coincidiu de ser aqui.

– Os negócios sempre em primeiro lugar – disse ela mais uma vez, bufando fortemente, como se estivesse expelindo sua frustração.

Ele se irritou.

– Seus sapatos e suas roupas custam dinheiro. Os funcionários, médicos, carros, inclusive esta fazenda, também custam muito dinheiro. Acho que você deveria ter um pouco mais de humildade.

– Por acaso não sou dona de metade das ações do banco? Você não paga tudo isso só com o seu dinheiro, mas com o nosso dinheiro.

Ela tinha razão. Eram casados em regime de comunhão parcial de bens. Tudo o que tinham adquirido na vigência do casamento pertencia a ambos.

Mais calmo, ele tentou consertar as coisas.

– Eles vêm para um breve almoço e depois partirão. Se não quiser, não fique na mesa. Pedirei desculpas mais uma vez, dizendo que você não está bem.

Camille se calou, e Marco Túlio, o poderoso homem das finanças, foi receber seus convidados sob uma nuvem de tensão, tanto pela subida da inflação e as mudanças no câmbio que estavam ocorrendo na economia nacional como pelas reações imprevisíveis de sua esposa.

Ao descerem do helicóptero, os visitantes ficaram admirados com a beleza da fazenda, que combinava matas e campos. Impressionaram-se mais ainda com o casarão centenário. Quando estavam à mesa, Camille saiu do quarto e quebrou o clima.

– Está melhor, querida? Vai almoçar conosco? – perguntou Marco Túlio.

Ela assentiu com a cabeça.

Em seguida, Marco Túlio fez uma apresentação breve dos quatro convidados. Primeiro falou dos dois empresários, um presidente de uma indústria automobilística e um do setor de mineração. Depois apresentou dois líderes políticos de expressão nacional. Após ser apresentada aos políticos, Camille, sempre provocativa, lhes disse:

– É um prazer conhecer empregados tão respeitáveis.

Marco Túlio ficou constrangido. Tentou consertar as coisas.

– Empregados? Não! São líderes nacionais.

– Os políticos são empregados da sociedade. Quem paga seus salários são os impostos que incidem sobre o arroz, a carne, a luz, os carros. São as pessoas deste país.

– Os empresários não gostaram do que ouviram.

Ela acrescentou:

– Os políticos que não se veem como empregados do povo não são dignos do poder de que estão investidos!

Camille só se sentia viva e segura quando usava a palavra como instrumento de defesa ou de ataque. Tornava-se imbatível. Mas aquilo que a libertava também a encarcerava, pois se tornava inatingível, intocável. Tão solitária quanto o tuiuiú apontado por Zenão do Riso.

O clima entre Marco Túlio e seus amigos ficou pesado. Um político torceu o nariz, mas o outro, de conduta ética sólida, reconhecendo e aprovando humildemente a tese de Camille, aplaudiu-a.

– Está corretíssima, Dra. Camille! Devemos nos orgulhar de sermos empregados do povo, e não do poder que o cargo nos confere.

O cardápio das palavras naquela reunião ganhou um ar filosófico com a presença de Camille. Eles a admiraram. Depois de quarenta minutos, ela se retirou, e eles entraram em assuntos técnicos.

CAPÍTULO 6

Voltaire e a superstição

Na manhã de segunda-feira, Marco Túlio partiu para o trabalho. Devido à agenda complicada e às frequentes viagens a outros países, ele passou a ir à fazenda Monte Belo a cada duas ou três semanas. Camille, por sua vez, desejava construir uma nova rotina num ambiente completamente novo, com pessoas desconhecidas e uma cultura muito diferente da sua.

Marco Túlio torcia para que ela se adaptasse, se soltasse, mas no fundo sabia que havia a possibilidade de ela piorar. Logo nos primeiros dias na fazenda, Camille voltou a ser vítima das imagens mentais estranhas. Não havia pressões sociais, convites diários para festas, visitas, ninguém se importava com a roupa que ela estivesse usando. Mas ela não se soltava. Era uma estrela sem plateia. Não se libertava do seu comportamento "autista".

De vez em quando tinha vontade de sair do seu curral emocional. Sonhava em sair sozinha para conhecer as crianças, as mulheres, os funcionários que sangravam seringueira, lidavam com o gado, feriam a terra para abrigar os grãos. Mas, mesmo na fazenda, sua fobia social a limitava. O medo de ter um ataque de pânico, de sofrer um infarto ou desmaiar a controlava. Poucos conheciam a estranha patroa.

Achava que o jeito simples de viver da fazenda poderia fazê-la respirar um ar de liberdade, abrandar suas imagens mentais aterradoras. Mas não era um processo mágico. Fez várias tentativas fracassadas de voltar a escrever, mas a autocrítica implacável aos seus textos e a autopunição a paralisavam. Ficou tão frustrada que adiou o novo romance que desejava escrever.

As empregadas não conheciam direito a patroa, mas sabiam que seu temperamento era tão imprevisível quanto o clima: estava sempre sujeito a chuvas e trovoadas.

– Clotilde, você não alinhou direito o lençol! Deixou meu livro fora do lugar! Mexeu nos objetos sobre a mesa! – reclamava a obsessiva e perfeccionista patroa.

A empregada, solícita, de 45 anos, alta, pele clara, com leve sobrepeso e andar tranquilo saía desesperada para arrumar o quarto de acordo com os caprichos de Camille. Nada fora do lugar, embora em sua mente houvesse muitas coisas desorganizadas.

– Mariazita, você colocou sal demais na comida. Quer me matar? – dizia na hora do almoço. – Não está usando máscara enquanto cozinha. Está atirando milhões de bactérias na comida. Quer me contaminar? – expressava em outro momento.

Mariazita, uma mulher de 38 anos, também alta, magra, rápida nas tarefas, pele um pouco mais escura, entrava em crise ao ouvir a voz da patroa. Camille começou a apreciar os pratos preparados pela cozinheira, mas era impossível satisfazer alguém cuja especialidade era encontrar defeitos em tudo e em todos.

— Vocês sempre me decepcionam, sempre! — comentava quase todos os dias, para a tristeza das duas esforçadas funcionárias.

Ambas eram sensíveis e detestavam que lhes chamassem a atenção. Tinham pouca proteção emocional contra as investidas da dona da fazenda. Camille furtava-lhes o prazer de servir, sua maior riqueza. Algumas vezes iam às lágrimas na frente dela. Reconhecendo seus excessos, Camille lhes pedia desculpas, uma atitude incomum diante de psiquiatras, psicólogos, políticos, empresários, amigos. Era o ar da fazenda começando a agir.

— Não é fácil viver comigo. Desculpem-me.

Elas enxugavam as lágrimas e saíam de cena, movendo a cabeça em silêncio, como se tentassem compreendê-la, algo quase impossível diante de alguém tão instável. De vez em quando, Camille as surpreendia positivamente. Tirava do armário roupas caríssimas, dos melhores costureiros internacionais, e presenteava as duas.

— Doutora, não podemos aceitá-las — dizia Clotilde extasiada, com água na boca.

— Por que não? Estou dando para vocês. É um presente.

— Nunca vesti algo assim — comentava eufórica Mariazita, mais vaidosa. Amava ganhar presentes, sobretudo roupas. — Só vi essas roupas na TV.

— Pois agora as verá ao vivo e a cores em seu corpo.

Fazia com que as vestissem e desfiava generosos elogios. A antiga dona da fazenda mantinha uma relação distante com elas, tratava-as como meras empregadas. Nunca lhes dava presentes, nem admitia intimidades. Camille era diferente, tratava-as como colaboradoras.

Após três semanas de refúgio no casarão, Camille sentiu uma brisa de liberdade. Prisioneira da sua fobia social, pela primeira vez em mais de dois anos atreveu-se a sair da residência onde se enclausurava. Ultrapassar os limites da varanda era um acontecimento incomum. Animada, convidou Clotilde para fazer uma caminhada. Andaram 250 metros para o lado sul. E, então, no meio de um bosque mais denso, avistaram uma velha construção. Camille amava história. Quando viu a casa, ficou curiosíssima. Queria conhecê-la de perto, embora tivesse pavor de lugares fechados. Mas Clotilde hesitou em levá-la.

– Vamos até lá?

– Aquele lugar não é bom, doutora.

– Por que não? – perguntou ela.

– É assombrado.

– Deixa de tolices!

De repente, apareceu Zé Firmino, o gerente, como se tivesse surgido das sombras, assustando Camille.

– Não é tolice, não! Lá dormiam os escravos. Até hoje se ouvem os gritos e gemidos deles de madrugada.

Zé Firmino trabalhava na fazenda havia quinze anos e parecia que sabia do que estava falando.

Camille, que já estava saturada de medos mas não era supersticiosa, engoliu em seco.

– Você já ouviu gritos?

– Gritos e gemidos.

– Como pode um gerente que dirige a fazenda, lida com números, que é, portanto, uma pessoa que usa a lógica, ser influenciado por essas bobagens ilógicas? – indagou ela, de forma ofensiva.

Zé Firmino coçou a cabeça, sentindo que desagradara a patroa. Mas, com seu jeito caipira, tentou convencê-la.

– Esses meus ouvidos aqui já ouviram três vezes.

Camille, por sua vez, tentou usar a filosofia para estimular o raciocínio dos seus funcionários.

– Vocês conhecem Voltaire?

– Conheço o Valter – falou Zé Firmino.

– E eu, o Volnei e o Valdir – afirmou Clotilde.

Esforçando-se para controlar sua impaciência, Camille disse:

– Voltaire era um brilhante pensador francês que morreu em 1778. Escreveu, entre outras obras, a *Enciclopédia*, um notável trabalho intelectual. – Interrompeu-se para não divagar muito diante de pessoas que não estudaram filosofia e afirmou: – Ele defendeu a razão diante da superstição: "Amo a Deus, amo meus amigos, não odeio meus inimigos, mas detesto a superstição."

– O que essa tal de superstição fez de ruim para ser detestada? – indagou Clotilde, ingênua, mas sincera.

– Superstição não é uma pessoa, mas uma crença falsa. Voltaire quis dizer que nossa mente tem que ser racional, não acreditar em tolices, fantasias, crendices.

– Mas a senhora tem medo de ser contaminada. Isso não é fantasia? – falou novamente Clotilde, expondo a patroa.

Camille pensou.

– Num certo sentido, é, mas no ar e sobre os objetos há bilhões de bactérias. Por mais estranho que seja, é uma reação lógica – disse, tentando se esquivar. – Os escravos, entretanto, já morreram. Foram para a sepultura. Não emitem palavras, gritos, gemidos – afirmou, tentando ser racional.

– Então, como é que eu ouvi os gritos? – indagou o gerente.

– A mente mente. A mente é uma das maiores pregadoras de peças, Zé Firmino – falou como uma especialista.

Subitamente, por trás de Camille, uma voz surgiu, parecendo vir do além e assustando-a.

– E prega mesmo!

Era Zenão do Riso. Camille voltou-se um tanto pálida, e ele completou:

– Eu gosto desse iluminista.

– O que você disse? Que iluminista? – perguntou Camille.

– Esse tal de Voltaire que a senhora citou.

– E como você sabe disso?

– Li por aí – disse, humildemente.

– As revistas estão melhorando de padrão – comentou ela, preconceituosa. Camille nunca lia revistas de interesse geral, só livros.

Zenão do Riso aproveitou para provocá-la.

– A senhora não acredita nos mortos, mas parece muito assustada.

Zé Firmino o repreendeu. Sabia que o rio poderia transbordar.

– Zenão, é hora de ir.

Mas Camille amava um embate.

– Assustada, eu? Por acaso você é um psiquiatra para me avaliar?

– Não, mas já fui doido. Todo maluco sabe avaliar os... – Zenão ia dizer "outros malucos". Amava falar sério por meio de brincadeiras. Mas, sob o olhar censurador de Zé Firmino e as tosses de Clotilde, o mais ousado personagem daquelas bandas freou a língua e inverteu as palavras. – Todo maluco sabe avaliar os normais...

Ela contraiu a face e resmungou, meio desconfiada:

– Huuummm...!

Camille, que só saía da rinha quando o embate terminava, dessa vez recuou. Pegou no braço da empregada e, pela primeira vez, saiu de cena.

– Clotilde, vamos enfrentar essa superstição agora. – E caminhou em direção à antiga senzala. Enquanto saía, pensou: "Acovardei-me!"

A senzala ficava próximo do casarão dos senhores de engenho, pois eles gostavam de estar perto do seu tesouro. As duas passaram por cinco figueiras centenárias que precisavam de cinco homens para abraçá-las. Das figueiras desciam raízes aéreas, que saíam dos troncos e se fixavam no chão, formando uma bela silhueta aos olhos de Camille e uma visão fantasmagórica aos olhos de Clotilde, que não gostava de passar entre elas, porque "dava azar".

– Clotilde, isso é pura superstição. A sorte acorda bem de manhã e o azar dorme durante o dia – disse Camille, lembrando-se do seu pai. Há muito não resgatava ensinamentos dele, mas a fazenda abria áreas da sua memória que estavam na periferia. Clotilde enfrentou o medo e passou debaixo das raízes aéreas.

Camille foi cativada pela resiliência dessas enormes árvores, cujas folhas enchiam a palma da mão e tinham uma coloração verde-escuro e textura acetinada. Chegando à senzala, o coração de Clotilde bateu mais forte. O de Camille, também. Sua claustrofobia começou a dominá-la. Tentou se controlar, mas não conseguia. Ambientes fechados provocavam nela um estado de pânico. Por instantes pensou que estava brincando com fogo.

– Abra as portas, Clotilde!

– Eu, não!

– Vamos, seja lógica – disse Camille, sendo ilógica.

– Vou, não! Estou ouvindo barulhos estranhos. Parece que estou sendo sufocada.

– Isso é tolice!

– A senhora não é a forte? Por que não vai?

Camille engoliu saliva. Mas não podia mostrar fragilidade diante da funcionária. Tomou fôlego e foi abrir a porta. Tinha que ter fé no pensamento de Voltaire.

– Então, vamos juntas.

– Não consigo. Acho que vou desmaiar. Se algum espírito te "pegar", eu grito – disse Clotilde.

Camille começou a transpirar, a ficar ofegante, mas seu orgulho falava mais alto. Foi pega na própria armadilha.

Ao entrar na senzala, começou a ser acometida de uma crise de pânico e, para piorar, a porta se fechou atrás dela. Parecia que seu coração ia sair pela boca. Sentiu que ia morrer.

– Não tem luz! Não tem luz, Clotilde! – bradava desesperada.

No fundo, os fantasmas que assombravam Camille eram maiores do que os que espantavam Clotilde, que sempre dormia com a luz do abajur acesa. Entrar numa senzala no escuro deu-lhe arrepios. Além de ter a sensação de morte e sufocamento, tropeçou e caiu. Soltou gritos de pavor. Ouvindo o barulho da queda e os gemidos da patroa, Clotilde começou a gritar. Como ninguém apareceu, encheu-se de coragem e entrou naquele ambiente lúgubre, úmido, saturado de fungos, ratos, baratas. Tropeçou no caminho; depois, na patroa. Uma rolou sobre a outra. Pensando que o corpo de Camille fosse o de algum escravo morto há muito, Clotilde bradou altíssimo:

– Ahhhh! Socorro!

– Sou eu, Clotilde!

Camille não sabia mais onde estava a porta de saída. Levantou-se e foi tateando as paredes, quase sem ar. Não encontrou nenhuma janela. Sentiu-se a mais enclausurada das escravas. Minutos depois, descobriu a porta central, que se fechava sozinha. Bateu nela como se quisesse arrombá-la, até que uma fresta surgiu com os impactos e ela se abriu.

Camille tossia sem parar. Clotilde também estava com falta de ar.

– Meu Deus, pensei que fosse morrer... – exclamou Camille, ofegante e aliviada ao ver a luz do sol.

– Eu também, eu também. Está vendo o perigo que é brincar com os mortos?

Camille quase sucumbiu à superstição.

– Que horrível é o lugar onde esses escravos dormiam. É pior do que uma prisão.

Culta que era, detinha diversas informações sobre a escravidão, mas a história mais uma vez revelou um débito cruel com a experiência concreta. Os escravos não podiam fugir, por isso não havia nenhuma janela. Muitos se infectavam com bactérias, vírus e fungos, e ali morriam. Doentes e sadios dividiam o mesmo espaço. Por instantes, ela entrou nos porões de sua mente e teve lampejos de alguns conflitos que a amordaçavam na adolescência. Nunca mais se arriscou a sair das cercanias do casarão colonial. Era uma escrava de luxo, mas não menos sofrida...

CAPÍTULO 7

Quando os fantasmas voltam a assombrar

À noite, Camille foi pesquisar na biblioteca da casa e encontrou um livro que contava a história da fazenda. Leu coisas horríveis. Os escravos dormiam algemados, não podiam se virar, se acomodar, relaxar. Os poucos que conseguiam dormir tinham pesadelos sufocantes devido à saudade dos seus filhos, pais e amigos que haviam ficado na África. Outros se fechavam em seu mundo, se isolavam, perdiam a vontade de viver. Estavam morrendo de depressão. Os feitores os espancavam para extrair a última gota de energia deles.

Os escravos fujões, que amavam a liberdade acima do risco da morte, eram procurados pelos caçadores de recompensa. Quando encontrados, eram punidos, açoitados, recebiam uma ração menor do que a de um cão. Além disso, castigavam-nos, obrigando-os a usar uma máscara de ferro por meses, para educá-los. Leu a história de uma menina de 13 anos, de nome Mali, que fugira três vezes. Ficou estarrecida.

Mali e seu pai tinham sido levados para a fazenda Monte Belo logo que chegaram ao porto de Santos. Na época, a menina tinha 10 anos, e seu pai, Kunta, 29. Mesmo espancada e com risco de morrer, ela não se submetia ao cárcere. Ninguém entendia seu comportamento rebelde.

Ao que tudo indicava, concluiu Camille, a menina queria ansiosamente voltar para a África. Queria sua liberdade, seus amigos, sua vida de volta a qualquer preço. A escritora sabia o que era perder a liberdade – não a física, mas a psíquica. Conhecera a África quando era pequena, nos safáris que fizera com a família. Para ela, não havia lugar que mais inspirasse liberdade e contemplação do que esse continente.

– Mali, que sonhos te nutriram? Que pesadelos te sufocaram? – expressou em voz alta. Haviam tentado enterrar a menina viva.

Fechou o livro e foi para a sala de estar. Tentou esquecer os escravos, mas não se libertava da própria escravidão. Sua mente era assaltada pelas imagens de seu pai abandonando-a, pela perda de sua mãe, pelo isolamento social na escola. Depois começou a se imaginar dentro de um carro acidentado na capital da África do Sul, Johanesburgo. Tentava sair do veículo destruído e despertar sua mãe, que estava desacordada.

O ataque de pânico dentro da senzala e a história da menina Mali pioraram seu estado. Intensificaram a frequência e a dramaticidade das imagens mentais aterradoras. Além das imagens de acidentes na África, continuou sendo sequestrada por imagens na capital paulista. Via-se num acidente na marginal Tietê, imaginava Marco Túlio acidentando-se na Avenida Paulista, precisando ser resgatado pelo corpo de bombeiros.

Imaginava-se ainda contaminada por algum vírus mortal e via-se em muitos outros cenários ameaçadores. Precisava colocar as mãos na cabeça e abrir e fechar os olhos várias vezes para dissipar essas imagens aprisionadoras. Nem Marco Túlio sabia que ela sofria desse modo, nem mesmo os psiquiatras que a assistiram. Ela só lhes contava sobre os fantasmas mais domesticados.

Foi dormir. O sono foi entrecortado, não reparador. Teve pesadelos. Neles sentia-se na pele da menina Mali. Queria fugir da senzala. Quando conseguia, corria sem parar. Os sons dos latidos dos cães e dos seus caçadores a apavoravam. Acordou assustadíssima, ofegante. O lençol estava regado de suor.

Clotilde, apavorada com os sons vindos do quarto da patroa, batia na porta.

– Doutora, precisa de algo?

– Não.

Precisava muito, mas não havia quem pudesse aliviá-la. De manhã acordou e não teve ânimo para tomar café. Só se distraiu quando viu um bando de macacos-pregos comendo prazerosamente goiabas a 10 metros do seu quarto. Saltavam sobre as árvores com maestria. Eram livres. Uma mãe carregava nas costas um pequeno e folgado filhote. Eram afetuosos. Tentou se aproximar, mas eles partiram.

Os dias seguintes não foram agradáveis. Sua mente era um oceano impelido por vagalhões ao sabor de seus pensamentos perturbadores. Marco Túlio não veio naquele final de semana. Camille começou a imaginar que ele comprara a fazenda como desculpa para cair na farra, dar vazão a uma possível amante ou, quem sabe, muitas.

A mente mente. Ela sabia teoricamente; na prática, acreditava nessas crendices. A mente de uns constrói castelos, a de outros, mais engenhosa, os leva a habitá-los. Era o caso de Camille. Depois de inúmeros pensamentos fixos contra seu marido, ela pegou o celular, interrompeu uma reunião de negócios de Marco Túlio e derramou sua sentença. Era uma quinta-feira.

– Marco Túlio, você está me traindo! Tenho certeza de que você está me traindo.

O marido ficou profundamente preocupado. Ela nunca manifestara essa desconfiança, apesar de ele tê-la traído no passado. Nessa área, pelo menos, Camille era segura, dona de si, dizia sem meias palavras: "Se me deixar, quem perderá será você!" Será que ela estava piorando, pensou ele, temeroso.

– De onde você tirou essa ideia absurda, Camille?

– Você tramou tudo. Me deixou aqui sozinha para cair em suas orgias.

– O que é isso? Executei seu plano. Você quis a fazenda. Você quis passar a semana sozinha. Você queria um ambiente livre.

– Não! Você me induziu a isso – afirmou ela, sem titubear.

– Você está louca! – Apesar de dificilmente perder a paciência com a esposa, ele explodiu. Mas depois se refez. – Desculpe a grosseria. Não quis dizer louca no sentido literal, mas que você está imaginando coisas irreais. Você sempre foi crítica, agora está sendo irracional. Não deveria nutrir essas fantasias! Se quiser, pergunte aos nossos empregados se não tenho dormido em casa todas as noites em que estou em São Paulo. Durmo pensando em você.

E era verdade, até porque sua libido estava contraída pelo estresse das tomadas de decisões, pelo excesso de trabalho, pelo estresse provocado por Camille. Ela caiu mais uma vez em si e ficou muda por alguns instantes.

– Estou angustiada.

– Quer voltar? Quer que eu venda a fazenda? – ele disse, não em tom de ameaça, mas sinceramente.

– Não! Não, eu vou superar.

– Está tomando a medicação?

– Estou, mas não está resolvendo.

– Quer que eu mande buscá-la?

– Não! Não é possível que eu não consiga relaxar. Estou na quarta semana. Na primeira e na segunda eu estava conseguindo.

– Isso! Não desista. Persista.

– Eu quero persistir, mas tenho outro problema... – hesitou em falar, mas, como sempre, não se conteve: – Quem é esse jardineiro?

– Sei tanto quanto você. É simplesmente um jardineiro.

– Surpreendo-me com a mente dele, mas não suporto sua alegria.

– Por quê?

– Por quê? Eu tenho dinheiro, mas ele é que é feliz. Não preciso trabalhar, mas é ele que descansa. Tenho meios para voar, mas é ele que se aventura. Tenho cama, mas é ele que dorme. Quem é rico? Se chove, ele se alegra; se faz sol, o suor o anima. Diga-me, quem é rico?

Até da sua miserabilidade Camille tecia poemas. Marco Túlio ficou mudo. Zenão era mais rico do que eles. Em seguida, tentou se arriscar a ajudá-la.

– Camille...

Mas ela o cortou.

– Deixe-me falar, Marco Túlio... – Ele silenciou, e ela continuou: – Que capitalismo é esse que prega peça nos donos do capital?

O marido não sabia mais uma vez o que dizer diante dos argumentos da mulher. Então, num raro tom bem-humorado, ela disse:

– Tudo nele me provoca. Estou começando a sentir pena dos psiquiatras que atropelei.

Marco Túlio riu. Camille não mudara seu jeito de ser, mas ter consciência de que era um trator intelectual já era um início. Em seguida, ela confessou:

– Ultimamente, nada faz sentido para mim. Estou tendo pesadelos horríveis com personagens que moraram nesta fazenda.

E desandou a chorar. Pela segunda vez, ele a viu chorar nos últimos dois meses, algo nunca ocorrido nos doze anos de relacionamento. Verteu algumas lágrimas sobre o aparelho de telefone.

– Estou perdendo o controle dos meus pensamentos.

– Querida, você vai viver dias felizes... Eu te amo...

– Venha logo...

Marco Túlio desejava estar lá abraçando-a, protegendo-a, cuidando dela, como sempre quis, mas ela não permitia, pois, mesmo nas crises, Camille era autossuficiente. Estava triste por vê-la chorar, mas emocionado por vê-la sair do pedestal e se tornar apenas um ser humano, um ser humano que estava perdendo o medo de reconhecer a própria fragilidade, uma mulher que estava tendo coragem de dizer "eu preciso de você".

– Amanhã é sexta-feira. Vou tentar voar bem cedo para tomar café com você. Saiba que você é muito importante para mim...

– Você também...

Mas a verdade era que Marco Túlio tinha uma reunião inadiável que só terminaria às onze horas, mas tentaria almoçar com Camille. Nessa noite, ela voltou a ter pesadelos. Estava na pele da menina Mali. Mudou de cor, enegreceu-se, viu-se dentro da senzala, com o pescoço atado com ferrolhos. Tentava falar com os outros escravos, mas ninguém a entendia. De repente, uma mão amiga massageou sua cabeça. Era uma pessoa sem rosto, que não se permitia ser tocada. Perturbada, acordou ofegante, tentando se libertar do cárcere... Demorou trinta segundos para perceber que estava no casarão, que tudo não passara de uma criação da sua mente.

Levantou-se bem cedo. As empregadas ainda não tinham arrumado a mesa do café. Vendo-a de pé, puseram-se ansiosamente a trabalhar. Não podiam contrariar a patroa. Não era mais o medo de perder o emprego que as impelia, pois não se sentiam mais ameaçadas por Camille. Era o medo de imprimir mais frustrações naquele ser humano sofrido.

– Doutora Camille, em minutos colocaremos a mesa – afirmou Clotilde.

– Estou sem fome – respondeu, abatida.

Elas não entendiam aquela mulher que ora comia descontroladamente, ora parecia jejuar. Ora era paciente, não se importando que quebrassem um vaso de cristal, ora não suportava o tilintar de uma faca contra um copo de vidro. As empregadas estavam agora aprendendo a difícil arte de pisar em ovos.

Apesar de dizer calmamente que não tinha fome, nos espaços mais íntimos do seu psiquismo estava preocupada com os pesadelos que andava tendo. Pareciam tão reais, com cenas tão marcantes. Acordava com os músculos doloridos. Procurando se soltar, foi fazer uma caminhada ao redor da varanda. Subitamente ouviu risadas alternadas com palavras no meio do pomar. Curiosa que era, aguçou os ouvidos. Ouviu juras de amor num lugar estranho.

– Você está linda! Eu te amo, belezura!

Era Zenão do Riso. Ela, num ímpeto, pensou: "O sem-vergonha está namorando no meio do pomar."

Foi nas pontas dos pés em sua direção, seguindo o cálido som.

– Não tenha medo, não vou te machucar!

"Miserável. Estuprador. Eu o meto na cadeia! Sabia que ele não era tudo isso!", pensou novamente.

E continuou a caminhar. Então ouviu o som da tesoura de poda. Zenão do Riso estava podando uma atemoia, árvore cuja fruta tem doçura e sabor especial, dez vezes mais carnuda do que a pinha. Era a única atemoia que existia na fazenda, e ele tinha que caprichar na poda para que os frutos viessem em abundância no verão. Camille ficou envergonhadíssima com seu prejulgamento. Ela, que sempre tinha condenado o preconceito, o exercera de maneira injusta.

Ele estava de costas para ela, parecendo distraído, sem perceber sua aproximação. Mas, para seu espanto, Zenão disse ao léu:

– Os que têm medo dos cortes não frutificam doces frutos.
– Você está falando comigo? – perguntou ela, perplexa.
– Doutora Camille, que bom ver você!
– Obrigada – agradeceu ela, constrangida.
– Posso ensinar a podar.

Ela aceitou. Ensinou-a a fazer um corte inclinado e rápido para não mastigar os galhos com a tesoura. Habilidosa com as mãos, Camille logo aprendeu.

Mais uma vez, disse:

– Obrigada. – E o convidou para tomar café com ela. Mas Zenão agradeceu. Tinha que caminhar para outros ares. Saiu como sempre sorrindo, cantando, feliz da vida.

Camille voltou-se para a varanda e pôs-se a caminhar e a pensar nos mistérios da fazenda. Seu apetite voltou. Foi tomar café, mas, dessa vez, sem muita ansiedade.

CAPÍTULO 8

Um novo psiquiatra, uma nova frustração

Marco Túlio chegou à uma da tarde. Logo que a viu, acelerou o passo e a abraçou.

– Você disse que tomaria café comigo.

– Desculpe, não consegui desmarcar uma reunião. Mas estou aqui. Vamos passar um belo final de semana juntos. Quem sabe um dos melhores da nossa história?

Ele sempre tinha essas frases de efeito, ingênuas mas sinceras. Estava preocupado com os últimos acontecimentos. Por um lado, Camille estava um pouco mais consciente, por outro não estava menos combativa do que sempre fora. Marco Túlio tinha medo de que ela estivesse se descompensando ainda mais. Acostumado a assumir atitudes de risco no banco, tomou uma iniciativa temerária que poderia não ser compreendida. Trouxe a bordo um passageiro estranho, um novo psiquiatra. Queria que ele fizesse uma avaliação. Tinha sido bem recomendado. Sabia que, se comunicasse previamente a Camille, ela o rejeitaria veementemente. Ponderou entre os riscos e benefícios.

O psiquiatra aguardava ordens para sair do helicóptero. Não gostava de atender um paciente sem prévia comunicação, mas, pago a peso de ouro, aceitou o desafio. Na psiquiatria, todos os dias há surpresas. Não gostava de internar seus pacientes em hipótese alguma. Afinal de contas, pensou: "Prefiro tratá-la no consultório a interná-la."

Apreensivo, Marco Túlio foi direto ao assunto:

– Querida, me desculpe, mas estou preocupadíssimo com a sua saúde. Eu trouxe um especialista para tentar ajudá-la.

– Um especialista? Onde? Quem?

– Um psiquiatra muito experiente, que trata de um dos diretores do banco.

– O quê? Você trouxe um psiquiatra sem me avisar? Com que direito?

– Eu estou tentando...

– Por acaso quer me internar?

– Sempre pedras nas mãos! – afirmou ele em tom mais alto. E completou: – Se por acaso eu quisesse interná-la, a colocaria nesse lugar livre? Eu sou um carrasco?

– Mas isso é uma invasão de privacidade – disse ela num tom mais ameno que o dele.

– Ponha-se no meu lugar. Se eu estivesse no seu estado de saúde mental, o que você faria? Ia me abandonar? Deixaria que eu me afundasse em meu cárcere mental? Ou faria de tudo para me resgatar?

Ela emudeceu. Completamente atordoado, ele ainda disse:

– Vou dizer para ele nem descer do helicóptero. Pedirei desculpas e o despacharei...

Lá no recôndito da sua psique, no mais profundo espaço da sua emoção, ela sabia que somente alguém que a amasse muito seria capaz de suportá-la. Ao ver Marco Túlio encaminhar-se para o helicóptero, ela, suspirando, o interrompeu.

– Espere, Marco Túlio, deixe eu falar com ele.

– Fico feliz por você e por nós. Só lhe peço que tente abandonar seu preconceito. Se não gostar dele, se não tiver empatia, o Dr.

Alberto sairá do cenário e não pisará mais nesta fazenda, pelo menos não como psiquiatra.

O Dr. Alberto desceu do helicóptero, foi até o casarão e se apresentou. Professor de uma importante universidade, era de poucas palavras. Em hipótese alguma se envolvia com seus pacientes. Nem mesmo os cumprimentava quando os encontrava na rua. Como já era uma e meia da tarde, foram almoçar juntos. No almoço, ela tentou fazer algumas perguntas sobre a identidade, a família, os projetos do médico. Ele, seco, foi econômico nas palavras.

– Casado, Dr. Alberto?

– Separado.

– Quantas vezes?

– Três vezes. Mas isso não tem nada a ver com nosso tratamento.

– Concordo. Não sou preconceituosa. Desculpe-me, às vezes sou, mas estou me reciclando. Tem bom relacionamento com suas ex-esposas?

– É um assunto particular – disse ele, constrangido.

– Sou fechada como o senhor. Sempre acho que a minha história é um assunto privado. Mas alguns profissionais que me assistiram quiseram arrombar minha personalidade sem que me dessem o direito de entrar minimamente na deles. Não é um contrassenso?

Marco Túlio ficou sem ação. Tentou amenizar o clima. Ouvindo alguns trovões, comentou:

– Parece que vai chover hoje...

O Dr. Alberto, que não era de meias palavras, disse:

– Não, não é um contrassenso! Se eu vivo bem ou mal com minha ex-mulher, que importa? Estou tratando de você, e não você de mim.

– Mas quem trata de mim não é uma máquina, é um ser humano. A sabedoria desse ser humano, sua maturidade, sua resiliência, sua capacidade de lidar com frustrações afetarão diretamente a qualidade do meu tratamento. Estou certa ou minha ideia é infantil?

Uma das coisas que mais perturbavam Camille era que os profissionais que a tratavam não relaxavam diante das suas investidas nem se humanizavam ante sua dor. O Dr. Alberto se calou. Não estava claro se seu silêncio era um apelo à sabedoria ou medo do confronto.

O clima ficou tenso. Terminaram de almoçar. Ele se dirigiu a um aposento onde, uma hora depois, fez sua primeira consulta. Além de psiquiatra, era também psicoterapeuta. Tratava com medicamentos e também com a palavra. Tinha formação psicanalítica, mas nem sempre usava o divã. Não sabia da formação de Camille, muito menos que ela devorava livros.

Depois de fazer algumas perguntas sobre medicamentos usados nos últimos anos e sobre a história psiquiátrica pregressa de Camille, ele se acomodou na poltrona e perguntou:

– O que a perturba atualmente?

Ela não se sentia muito confortável, mas se esforçou. Procurou descrever seu humor depressivo, seu pessimismo, as ideias fixas, as imagens mentais. Ele apenas ouvia. Em alguns momentos ela ficava longos períodos em silêncio. Ele parecia distante, preservava o silêncio.

– O senhor não vai dizer nada?

– Intervir não faz parte da técnica psicanalítica.

– Apesar de a técnica psicanalítica incentivar a associação livre, conduzir o paciente a falar o que lhe vier à mente, resgatar o inconsciente, o paciente tem que sentir que está diante de um ser humano. Um ser humano que demonstra estar preocupado com ele, e não diante de uma parede.

– Isso é uma ilusão. Você está diante de um profissional.

– Freud era extremamente humanizado, escreveu mais de cinco mil cartas para seus amigos. Não foi o que foi apenas por ser um brilhante teórico, um ousado gênio, mas também por ser um brilhante ser humano.

– Como você sabe disso?

– Tenho mestrado, doutorado e pós-doutorado em comunicação psicanalítica. – E, procurando não constrangê-lo, acrescentou: – Mas os títulos são débeis perto do conteúdo.

O Dr. Alberto deu uma tossidela. Ele tinha mestrado e estava diante de uma pós-doutora em sua área de conhecimento. Não deveria se deixar intimidar, mas o fez. Pisou em campo minado. Meio sem jeito, começou a respeitar sua paciente.

– É... você tem razão.

Mas ela já começara a se desencantar com ele. Contou-lhe uma história:

– Certa vez, uma psicanalista ortodoxa que leva a técnica às últimas consequências estava me atendendo. Morávamos no mesmo edifício. Toda vez que subíamos juntas no elevador, eu a cumprimentava, mas ela fingia que não me conhecia, pois não queria misturar a relação. Ela lá e eu cá. Dois mundos distintos que não podiam interagir fora do ambiente do consultório. Numa das sessões, contei-lhe um determinado episódio que vivi aos 14 anos de idade. Depois de ouvi-lo, ela o interpretou, mas percebi que não estava de fato antenada na minha história.

Camille fez uma pausa... O psiquiatra esperou que ela concluísse. Como a pausa se estendeu, ele comentou:

– Não entendi a conclusão.

Camille então continuou.

– Na outra sessão, no dia seguinte, magoada com seu distanciamento, contei o mesmo episódio de maneira completamente inversa. Ela não me questionou. Interpretou a história tal como eu a contei. Interrompi a sessão e perguntei: "Você não lembra que ainda ontem eu contei o mesmo episódio com fatos diferentes?" Ela ficou vermelha, sem voz. Saí do consultório e não voltei mais. Errei no meu gesto? Sim, admito! Fui arrogante? Sim, confesso! Sou estúpida? Não, não sou! Sou uma cliente, compro qualidade, atenção, empatia, experiência, intercâmbio de ideias com o psicoterapeuta. Estou certa, Dr. Alberto?

Camille entrou numa questão importantíssima da saúde psíquica: os direitos fundamentais dos pacientes que fazem tratamento. A humanidade está adoecendo rápida e coletivamente, mais de 1,4 bilhão de pessoas – 20% da população – cedo ou tarde desenvolverão uma doença depressiva. Se unirmos esse número gritante à quantidade de pessoas portadoras de outros transtornos, como ansiedade, síndrome do pânico, transtorno obsessivo-compulsivo, anorexia, bulimia, síndrome do pensamento acelerado, doenças psicossomáticas, e tantos outros, teremos bilhões de pessoas afetadas.

Como a psicoterapia não era uma profissão regulamentada mundialmente, havia muitos psicoterapeutas mal equipados, mal treinados, despreparados para atender pacientes e que exerciam seu poder numa relação profundamente desigual. Dar o direito aos pacientes de questionar o psicoterapeuta, sua teoria e sua técnica, bem como exigir qualidade no atendimento, é fundamental. Mas raramente se fala sobre isso nas faculdades de psicologia e medicina. E Camille, marcadamente doente, mas notoriamente intelectual, sabia disso.

O Dr. Alberto engoliu em seco. Admirou sua paciente tão contundente e tão inteligente. Admitiu:

– Você está correta.

Camille acrescentou:

– O problema de não poucos profissionais de saúde mental é que eles minimizam a complexidade do psiquismo dos pacientes. Somos menos complexos do que os psiquiatras? Duvido! Somos menos humanos que os psicólogos por estarmos fragmentados? Certamente não! Eu muito possivelmente era mais culta do que a psicoterapeuta que me assistia, embora menos experiente e provavelmente mais doente! Ser tratada com dignidade por ela, e não como uma pessoa destituída de consciência crítica, era essencial. Por isso rompi.

Camille fez uma pausa para respirar. Momentos depois, concluiu:

– Um mês depois a mesma psicoterapeuta precisou de um favor na universidade onde eu era coordenadora do curso de ciências da comunicação. Pela primeira vez ficou admirada em desvendar quem eu era. Foi atenciosa, sorridente, afetuosa, me chamando pelo nome, muito diferente da mulher muda que fingia não me conhecer nos elevadores. Fitei-a nos olhos e lhe dei o troco, dizendo "não te conheço!". Mas em seguida me refiz e procurei ajudá-la.

O Dr. Alberto começou a rever sua fria relação terapeuta-paciente.

– Empatia, interatividade, confiabilidade no psiquiatra ou psicólogo é fundamental – admitiu ele.

– Já vivemos tão solitários no palco social e continuamos solitários no espaço de um consultório! Procuro mais do que uma mente brilhante para me tratar. Busco principalmente um ser humano brilhante com quem interagir – disse a solitária escritora Camille.

E assim transcorreu a relação. Foi bom o contato com o Dr.

Alberto, mas não a ponto de encantá-la. Como sempre, ela sepultava as pessoas que a frustravam.

O psicoterapeuta se sentiu analisado pela paciente. A partir daí, repensou-se, reciclou alguns comportamentos e posturas. Passou a dar mais retorno para seus pacientes, a se colocar mais no lugar deles, explorar o lado saudável antes de penetrar em seus conflitos. Começou a recebê-los na entrada do consultório chamando-os pelo nome.

Como era uma pessoa experiente e não resistente a aprender, os argumentos de Camille geraram impactos em outras áreas. Começou também a interagir melhor com as suas três ex-esposas, cuja relação vinha sendo uma fonte de atritos e estresses. Parou para ouvir o que elas tinham a dizer, e não o que queria ouvir. Sobretudo humanizou a relação com seus três filhos. Tornou-se menos psiquiatra para eles e mais pai, ainda que imperfeito. Deixou de ser um manual de regras e começou a ser um manual de experiências. Começou a ter coragem de falar das suas lágrimas para seus filhos aprenderem a chorar as deles. Nascia um ser humano brilhante.

CAPÍTULO 9

Querendo vender a fazenda

Marco Túlio percebia que a saúde mental da sua esposa estava piorando, como alguns psiquiatras haviam previsto. Ela tinha gestos nobres intercalados com comportamentos estranhos, quando era sequestrada pelas imagens mentais assombrosas. Em alguns momentos, meneava a cabeça, tentando dissipá-las. Em outros, apertava as têmporas. E ainda de vez em quando batia a palma da mão direita na testa repetidas vezes. Ele ficava condoído e abalado ao observá-la.

Tinha calafrios em cogitar considerá-la incapaz de reger seus atos, e de chegar ao ponto de interná-la. O homem de negócios, que lidava todos os dias com juros, aplicações, matemática financeira, dados lógicos, sentia-se confuso diante dos fenômenos ilógicos que norteavam o psiquismo humano. A única coisa na sua área que se assemelhava às flutuações mentais era o sobe e desce das bolsas de valores, o que levava alguns investidores e corretores ao colapso físico e mental.

No dia seguinte, o casal almoçou na varanda. Antes da refeição, Marco Túlio acariciou os cabelos da mulher e procurou animá-la e aliviá-la. Esforçava-se para esconder suas dúvidas.

– Eu aposto em você. Um dia encontrará um profissional com quem terá empatia e confiança, e ele a ajudará a sair desse calabouço. – Em seguida, sem querer entrar em mais um diálogo desgastante, tentou distraí-la. – Veja o tuiuiú! Ele está pousando na margem direita da lagoa.

– Queria ser como uma ave que bate as asas, deixando para trás seu passado. Posso fugir do mundo, mas jamais de mim mesma. Cada mente tem suas cicatrizes. Não sei como você me suporta.

Ele apertou as mãos dela e se lembrou da frase de Zenão, no primeiro dia em que se encontraram.

– Você nunca vai entender a mente de uma mulher.

Ela sorriu. Em seguida, as empregadas chegaram para servir o almoço. Tinha frango caipira ao molho pardo, especialidade de Clotilde e Mariazita, filé de gado Angus grelhado muito suculento e dois tipos de saladas de folhas. Camille gostava de sucos exóticos, couve com laranja, rúcula com pedaços de gengibre e suco de limão. Todos batidos no liquidificador. Tomava diariamente antioxidantes. Era um paradoxo alguém que procurava cuidar do corpo descuidar tanto da mente.

Ao trazer o frango numa bandeja, Clotilde começou a elogiar seu sabor. Camille a interrompeu:

– Clotilde, já te disse para não falar em cima dos pratos. Já te disse que os donos de restaurantes falham por não orientarem os garçons a ficarem de boca fechada quando levam comida à mesa. Preciso repetir mais uma vez que, quando falamos, pequenas gotículas de saliva invisíveis saem e irrigam a comida?

– Desculpe-me, doutora.

Marco Túlio, como sempre fazia, deu-lhe um toque sob a mesa para ela não ofender a empregada. Mas Camille reagiu mal.

– Marco Túlio, não me cutuque. Higiene é coisa séria. E, além disso, Clotilde é mais do que uma funcionária, é minha amiga.

Clotilde confirmou com a cabeça e colocou o prato em silêncio sobre a mesa. E foi saindo.

– Espere, Clotilde. Fale-me agora sobre o frango.

De todos os presentes que podemos dar, agradecer e sorrir são os mais baratos e os mais penetrantes. A intelectual estava aprendendo essas lições na fazenda Monte Belo. Clotilde contou como ela e Mariazita tinham preparado o frango. Camille agradeceu. Depois, elas trouxeram os outros pratos.

O casal amou o frango ao molho pardo e o filé que as empregadas haviam preparado.

– Pessoas simples, usando temperos simples, fazem pratos únicos – comentou Marco Túlio.

Quando iam comer a sobremesa, eis que apareceu mais uma vez um estranho no ninho. O jardineiro passou pela varanda distraído e cantarolando. Foi com sua velha tesoura de poda "mutilar" uma roseira, a 10 metros do casal. Dava para ouvir a letra da música. Poda aqui, poda ali, e de repente um galho ricocheteou e Zenão foi espetado. Interrompeu imediatamente sua cantoria.

– Ai, sua danada!

– Bem feito. Enfim algo o calou – disse Camille baixinho, dando um leve sorriso.

Como se tivesse ouvido a sua frase, Zenão completou:

– Você é linda, mas espinhenta, igual a certas mulheres.

Ela tomou suas palavras para si.

– Será que ele está falando mal de mim? – perguntou ao marido em voz baixa.

– Não, claro que não. Deve estar falando sobre as namoradas dele.

O aborrecimento do jardineiro não demorou mais que alguns segundos. Logo voltou a sorrir e a cantar. E saiu aparentemente sem notar os patrões.

– Ele nem nos cumprimentou desta vez – falou Camille.

– Talvez porque você o esteja sempre criticando – respondeu Marco Túlio.

Nas primeiras semanas, Camille tinha aversão ao jardineiro, mas nas últimas começara a sentir inveja do seu prazer de viver, seu modo simples de ser, seu deslumbramento com a vida. A presença dele já não era ameaçadora, não despertava seu humor depressivo e seu pessimismo. O progresso não era grande, mas Marco Túlio ficou feliz ao observar isso. Eram breves momentos de distração num rio instável.

Ela continuava estudando os segredos da fazenda Monte Belo. E quanto mais estudava sobre os escravos e sobre a menina Mali, mais era assaltada por pesadelos. Neles, ora era a esposa de um dono de engenho, uma mulher austera, rígida e impiedosa com os escravos, ora estava na pele de Mali.

Era noite de sábado. Marco Túlio, cansado da labuta do banco, foi se deitar cedo. Ela ficou lendo um livro sobre os escravos e foi para a cama à meia-noite. No meio da madrugada, viu-se dentro da senzala, sentindo falta de ar. Desesperada, mas esperta, saiu por uma porta secreta que havia feito na noite anterior. A fuga foi magistral. No entanto, horas depois, os feitores com seus cães enraivecidos vieram no seu encalço. Ela se embrenhou numa mata ameaçadora, escura e perigosa. Atrás da pequena Mali ouviam-se os latidos dos cães; à sua frente havia onças, cobras, escorpiões e outros perigos. Com a escuridão da noite, não sabia onde andava ou pisava. Os olhos brilhantes dos animais noturnos eram apavorantes e desanimavam sua fuga.

Não sabia para onde queria fugir, só não queria ser uma menina escrava, que cresceria escrava e morreria sem liberdade. Corria em direção aos prados verdes, aos rios sinuosos, às cachoeiras do seu imaginário.

Quando os cães a cercaram, puseram-se a rosnar e caminhar em sua direção. Mali, trêmula, recolheu seu corpo no tronco de uma árvore. De repente, chegaram dois capatazes acompanhados de um escravo que os guiava. Eles iluminaram o rosto da menina com um lampião.

– Você não presta, menina – disse um deles.

– Merece ser comida pelos cães – ameaçou o outro.

Ela batia o queixo de medo e cobriu a face com as mãos. Subitamente, abriu uma fresta entre os dedos e quase desmaiou ao ver quem era o escravo que lhes servia de guia. Era seu pai...

Subitamente, Camille começou a se debater na cama e a gritar.

– Não! Não! Não! Não me matem...

Acordou suando, ofegante, em pânico. Seu coração batia descontroladamente, como se fosse entrar em colapso.

– Camille, o que está acontecendo?

Ela continuava a gritar.

– Não! Não!

Marco Túlio precisou pegá-la em seus braços para contê-la. Pesadelos noturnos, terrores diurnos, o menu psíquico de Camille era indescritível. Vê-la vítima dos seus rituais obsessivos o asfixiava. Não conseguiu dormir mais. O ambiente paradisíaco onde ela se encontrava havia mais de dois meses não contribuíra para a sua melhora. As aves que lá gorjeavam não encantavam seus ouvidos, a calma do ambiente não invadia sua emoção, as paisagens da natureza não excitavam os seus olhos. Era tempo de encerrar a experiência. Era preciso vender a fazenda.

Camille deveria voltar para a cidade e, cedo ou tarde, ser internada. Marco Túlio temia que ela desistisse da vida a qualquer momento. Estava desgastado. Não conseguia mais ser seu amante. Devido ao estado emocional da mulher, quase não faziam amor. Não sabia se deveria cuidar dela como marido ou como pai.

O homem que estava acostumado a tomar grandes decisões, na manhã seguinte àquela soturna noite, antes de tomarem café, disse categoricamente a Camille:

– Basta. Vou vender a fazenda.

Ela, assustada, retrucou:

– O quê? Não vai vendê-la em hipótese alguma. Eu também sou dona disso aqui. Não vou permitir.

– Mas você vai de mal a pior.

– Que medida você usa para me comparar?

– Pare com essa discussão que não leva a nada. Seja honesta. Olhe para seus sintomas. Você está deprimida, profundamente desanimada, assaltada por imagens mentais. Fantasia até que a estou traindo.

– E não está?

Tenso, ele se exasperou.

– Deveria estar. Porque não tenho mais uma amante ao meu lado.

— Está vendo como você me diminui? Se não sou sua amante, você tem outras amantes.

— Sabe por que não tenho? Porque estou impotente, mas não sexualmente. Estou impotente para amar... Sua doença me deixou doente. Não consigo amar você... nem outra mulher... nem a mim mesmo. Não sei mais quem sou. Você não percebe por que me enfiei de cabeça no trabalho? — disse ele comovido e com a voz entrecortada.

Camille ficou muito sensibilizada. Abraçou-o afetuosamente. Pela primeira vez sentiu que não apenas tinha afetado, mas que fizera adoecer drasticamente o homem a quem se entregara.

— Mil desculpas. Mil desculpas. O que foi que fiz com você, meu Deus?

Pela primeira vez tomou consciência de que não apenas os vírus e as bactérias contaminam, mas os transtornos psíquicos também. Um contágio transferido por embates, cobranças, resistências, disputas e atritos frequentes e irracionais. O casal que se amava desesperadamente adoecera. Não sabiam mais proteger um ao outro.

CAPÍTULO 10

Passeando em busca do seu Eu

Marco Túlio deixou Camille descansando em seu quarto logo após o almoço. Sabia que ela dormira muito pouco na noite anterior. Mesmo diante de sua negativa, estava seguro de que era seu último dia na magnífica fazenda. Desgastado, entristecido, foi caminhar a pé pelas cercanias. Seu sonho de menino de ter uma propriedade no campo tornou-se uma bolha de sabão que por instantes apareceu e logo estourou. Caminhou próximo à imensa lagoa, à frente do casarão. Tentava ordenar suas ideias, sem conseguir.

Mas a zona rural é mágica. Como fonte de estímulo que induz ao prazer, a natureza é pelo menos uma centena de vezes mais rica do que a riqueza propiciada por shoppings, shows, festas. Encastelados em cidades artificiais, os seres humanos empobreceram sua emoção. Nunca as crianças e os adolescentes ficaram tão insatisfeitos. De repente, Marco Túlio viu um casal de paturis com oito pequenos filhotes de penas listradas que tinham deixado o ninho havia poucos dias. Ficou maravilhado, pareciam dançar enquanto nadavam. Pensou na pergunta que Camille lhe fizera dias antes e que martelava em sua mente: "Quem é rico? Quem tem a escritura de uma propriedade ou quem contempla suas imagens?"

– Sou um banqueiro infeliz. Para que luto tanto? Do que eu fujo? – disse a si mesmo. – Nem filhos eu tenho...

A solidão é cruel. Ao observar os pequenos paturis ao lado de seus pais, pensou por segundos que, se Camille tivesse filhos, eles seriam muito mais felizes, ao contrário do que ela acreditava. Mas ela tomava medicamentos e, além disso, não se animava a tê-los. "Será que pais infelizes têm grande chance de formar filhos infelizes? Será que isso é uma regra?", pensou. Acreditava que não. Quando invejavam sua fortuna, ele olhava para um pai ao lado de um filho e lhe perguntava: "Quanto vale seu filho?" Sem titubear, o pai respondia: "Não tem preço." "Então, você é mais rico do que eu."

Marco Túlio suspirou emocionado após essas reflexões. Era dono de muito dinheiro, mas não era dono do futuro. Depois de alguns momentos, retirou os olhos da lagoa e se voltou para a coluna de montanhas atrás da casa. Novamente ficou fascinado. Em seguida, continuou andando pelas estradas da fazenda. O ar puro e a multiplicidade das imagens pareciam oxigenar sua mente. Não se sentia assim quando caminhava na esteira. Iria vender a fazenda, pois, sem a presença de Camille e sem tempo para cuidar dela, não teria sentido mantê-la. Naquela manhã havia chovido, o cheiro de terra molhada produzia nele, assim como na esposa, uma sensação incomum. Parecia que a natureza estava em festa.

Continuou caminhando pela estrada e não se importou de enfiar o pé no barro. Sua alma já estava na lama; seu casamento, imerso em poças; seus sonhos, soterrados. Importar-se com o quê? O barro da fazenda era seu menor problema. O casamento estava insustentável. Teria que tomar uma atitude drástica. Provavelmente se separaria.

Uma hora depois de caminhar e pensar, com a calça toda suja de barro e com estrias da cor de terracota impressas na camisa branca pelos arbustos molhados por onde passara, chegou à colônia da fazenda que havia reformado para seus funcionários. Nunca tinha estado lá. Abraçou algumas crianças e cumprimentou colonos. Não o conheciam direito, mas nunca tinham visto um patrão tão generoso. Nem parecia que era milionário, que vinha de helicóptero.

Viu vários vizinhos sentados nas varandas, conversando, algo raro em São Paulo. Pensou nos seus vizinhos. Alguns moravam havia décadas em seu condomínio e não o conheciam. Refletiu: todos queremos romper o cárcere da solidão, mas nos calamos, temos medo de conversar nos elevadores, interagir nos corredores, invadir a privacidade. Temos medo de ser seres humanos.

– A cidade nos aproximou e nos distanciou. Que loucura! – disse em voz alta para si mesmo. Mas um menino de 7 anos, chamado Gui, o ouviu e perguntou:

– O que foi que o senhor disse?

Ele o fitou e se impressionou com a sua curiosidade. As crianças são tímidas na cidade, não se atrevem a fazer perguntas a um estranho.

– Eu disse que aqui na fazenda vocês são mais desinibidas do que as crianças da cidade. Mais próximas.

Mexeu nos cabelos do menino e continuou. No meio da colônia, uma senhora idosa, de cabelos bem branquinhos, pele desidratada pelo sol e sulcada pelo tempo, gritou:

– Seu Marco Túlio, acabei de passar um café. Venha tomar conosco.

Ficou intrigado. Não a conhecia. Logo que entrou na sala, ela se apresentou. Era dona Zélia.

– Doutor, que bom ver o senhor. – O jardineiro se levantou.

– Zenão, você aqui?

– Dona Zélia é minha mãe.

Tinha que ser. O prazer daquela mulher era servir. Amava fazer bolos, quitutes e outras iguarias para os vizinhos.

– Por favor, nos dê a honra. – E apontou para a cozinha, onde se encontrava a mesa em que tomariam café. Dona Zélia gostava de cozinhar em fogão a lenha. Era um outro sabor. Usava biocombustível sólido, madeira de árvores de reflorestamento, como eucalipto, ou de árvores caídas. Sem saber, contribuía com a natureza.

– Todo mundo fala bem do senhor na fazenda – afirmou dona Zélia.

– Muito obrigado. Mas tenho muitos defeitos.

– Todos nós temos, meu filho. Perfeitos, só os mortos.

Marco Túlio, curioso, perguntou:

– E Camille, que julgamento fazem dela?

Pensou que seriam os piores.

A mulher hesitou.

– Pode falar com sinceridade, dona Zélia.

– Todos falam que ela é muito triste, exigente, mas tem um coração de ouro.

– Acho que ela é melhor do que nós todos juntos – disse Zenão, rindo.

Marco Túlio ficou impressionado. Não sabia se o jardineiro estava falando sério, brincando ou debochando. Provavelmente, dissimular não parecia fazer parte dos hábitos daquela gente simples.

– Ela ama meus quitutes.

– Como? Ela veio até aqui?

– Não, eu levei lá.

– Por um momento achei que ela tivesse passeado por aqui – disse Marco Túlio, que sabia que Camille vivia encarcerada em sua própria casa.

– Quem sabe um dia, doutor, ela passeie pela colônia.

– Quem sabe, dona Zélia. Estou esperando um milagre.

– Milagres na mente humana? Como? – perguntou Zenão.

Marco Túlio se voltou para Zenão, admirado:

– Não sei. Só sei que preciso de esperança.

Sobre a mesa tinha requeijão, manteiga e queijo tipo minas, todos feitos ali na colônia. Havia também pão caseiro, um bolo de laranja com cenoura e um café muito perfumado. Marco Túlio era amante de café. Sabia que havia cafés muito caros, não acessíveis ao bolso das pessoas menos abastadas. Ao provar o café de dona Zélia, ficou encantado. Era um café encorpado, de gosto adocicado não pelo açúcar, mas pelo teor da cafeína.

– Que café delicioso, dona Zélia! Onde a senhora o comprou?

– É feito de grãos colhidos, secados e torrados dos pés de café do nosso quintal. Zenão plantou há anos. Colhemos para nós e distribuímos o que sobra para a vizinhança.

Marco Túlio passou generosas porções de manteiga sobre o pão. Depois experimentou o requeijão e comeu duas fatias do queijo de minas. Em seguida, repetiu a dose. Comia como criança. Encheu a boca de bolo de laranja. Estava atônito ao constatar que coisas simples davam tanto prazer.

Comeu com deleite e por alguns momentos esqueceu o pesadelo de segunda-feira. Teria que partir cedo no dia seguinte, levando Camille. Não sabia qual seria sua reação. Tudo poderia ser tão diferente. Quando se lembrou disso, emudeceu, se entristeceu, mudou de semblante. Como dizer para esses empregados que venderia a fazenda? O que sentiria Zenão? E Clotilde, Mariazita, as crianças, Zé Firmino?

– O senhor está preocupado, doutor?

– Não, está tudo certo, Zenão – dissimulou o empresário.

– Desculpe, doutor. A gente é pobre, mas sabe escutar. Põe pra fora o bicho que te mordeu!

Marco Túlio contraiu os lábios, com medo de se abrir. Afinal de contas, o que tinham aquelas pessoas a ver com sua vida? Não tinham nada e tinham muito. Tentando desviar o assunto, o banqueiro fez uma pergunta a Zenão que o deixara curioso desde o primeiro encontro.

– Se eu entendi bem, na primeira vez que nos encontramos, você se afastou dizendo "primeira regra", e falou sobre a mente das mulheres. O que você quis dizer com aquilo?

Percebendo que Marco Túlio estava tenso, Zenão sabiamente tentou distraí-lo com suas teses incomuns:

– Sou um especialista em relacionamento com mulher, doutor.

– Está brincando? Achei que você fosse especialista em flores.

– Quem entende de flores entende de mulheres.

– Mas você vive sozinho.

– Mas já amei muito.

– Quem? – perguntou, admirado, Marco Túlio, procurando entrar na intimidade do homem do campo.

— Soninha e Doroty.

— E o que aconteceu? Separou-se delas?

— Infelizmente, sim... Soninha morreu, depois de dois anos de casamento, num acidente. E minha doce Doroty morreu de câncer há três anos — falou, com lágrimas nos olhos.

— Sinto muito.

— Eu mais ainda. — Em seguida se refez: — Doroty era a mais brilhante e difícil das mulheres dessas bandas. Mas aprendi a viver com ela depois de aprender algumas regras.

— Quais? — indagou o banqueiro. Abriu um leve sorriso, como se desacreditasse que um jardineiro pudesse lhe ensinar alguma coisa sobre o amor.

Zenão foi categórico:

— Vou lhe dar as regras de Zenão para um relacionamento feliz. Elas são segredos de Estado. Valem ouro em pó.

Fez uma pausa e anunciou:

— Regra número 1: É impossível os homens entenderem a mente das mulheres.

— Com essa eu concordei de cara. Somos ignorantes diante de tanta complexidade. Mas não assumimos — disse Marco Túlio, sorrindo.

— Regra 2: As mulheres são mais inteligentes do que os homens.

— Concordo também. — Lembrou-se do banho de inteligência que Camille dava nele.

— Regra 3: O tempo passa diferente para as mulheres do que para os homens.

— Passa totalmente diferente. Principalmente quando estão diante do espelho — observou o banqueiro às gargalhadas.

— Regra 4: As mulheres vão rejuvenescer com o tempo, e os homens vão envelhecer.

— Caramba, estamos enrolados. Há mil procedimentos estéticos para as mulheres. Estamos sempre atrás delas.

— E, por fim, a regra 5: As mulheres vão viver mais tempo do que os homens e, se não quisermos infartar mais cedo, devemos relaxar.

— Não há dúvidas. Elas vivem em média mais anos do que nós. Zenão, as suas regras mostram que perdemos de lavada.

Ficou admirado com o jeito simples com que Zenão brincava com a vida e construía relações sociais. Nenhum dos cultos diretores do seu banco já havia mostrado tanto bom humor e perspicácia. Em seguida, observou a mesa farta e o carinho com que o receberam, olhou atentamente para dona Zélia e para Zenão. Não podia mentir para eles. Já não era um banqueiro ouvindo um jardineiro, mas um amigo diante de outro amigo.

– Estou preocupado com Camille. Ela está deprimida, tensa, fechada em seu mundo. Nos últimos tempos, ela deu um mergulho em sua doença. Receio que tenha que levá-la embora.

Sem margem de insegurança, Zenão opinou.

– Acho que o doutor Marco Polo pode dar um jeito nela.

– Dr. Marco Polo? Quem é ele?

– É o psiquiatra que tratou de mim.

– Aquele que o Zé Firmino disse que fez você piorar?

– O próprio. Mas piorou para melhor!

– Não dá, Zenão! Ela já foi tratada por grandes profissionais. Os mais caros e famosos.

– Mas ele é "carão" também.

– E como é que você se tratou com ele?

– Ele não cobrou minhas consultas. Já ajudou até alguns mendigos.

– Não cobrou? – perguntou Marco Túlio, desconfiado, pois há muito não via gestos altruístas e desinteressados de ganhos materiais. Depois, desanimado, acrescentou: – Mas nenhum desses experientes psiquiatras conseguiu penetrar na mente dela! Ela é impenetrável!

– O doutor Marco Polo é um abridor de latas. Deu jeito até no Totó encrenqueiro. Sabe quem é esse Totó? Um amigo nervoso. Bravo como vaca Nelore quando dá cria. Bebia como uma porca. Resolvia tudo no braço. Já tinha mandado cinco para o hospital e viu o sol nascer quadrado três vezes. Todo mundo tremia diante dele, até a polícia. Hoje está um cordeirinho, aceita até zombaria.

Marco Túlio coçou a cabeça.

– Camille é extremamente crítica. Não sei, não. Acho que ela vai sambar em cima dele. Mas esse Marco Polo conversa bem? É culto? Por falar em culto, onde você aprendeu sobre Schopenhauer e Copérnico? Que revista leu?

– Revista? Não! Li no livro *A história da filosofia*, de Will Durant!

– Você leu esse livro?

– Não só esse, mas dúzias de outros.

– E quem o encorajou a ler? De onde veio esse gosto pela leitura? – indagou, admirado, Marco Túlio, que raramente lia.

– O doutor Marco Polo! Foi ele que me incentivou há muitos anos.

O banqueiro mordeu os lábios, esfregou as mãos nos olhos, mas insistiu em afirmar que sua esposa era diferente de qualquer outro paciente.

– Camille passou como um trator por cima dos psiquiatras e psicólogos que a assistiram.

– Então o circo vai pegar fogo, porque o doutor Marco Polo é uma fera.

– E o que ele acha de você conversar com as flores?

– O doutor comentou que isso não é doença, a não ser que eu acredite que elas respondem. – E sorriu: – Mas, no fundo, elas podem não responder, mas que me entendem, entendem. Ele me falou também que é bom abraçar as árvores. Árvore eu nunca tinha abraçado, não. O senhor já abraçou alguma árvore?

– Eu? Não, nunca – respondeu, desconcertado, Marco Túlio.

A mãe de Zenão interferiu:

– O Zenão abraça aroeira, jatobá e até mangueira.

– Para quê, Zenão?

– Para sentir a vida pulsando na natureza. Para sentir o tronco carcomido que sobreviveu às dificuldades da existência.

Marco Túlio engoliu em seco diante da cultura do jardineiro.

– Mas me conte: que pensadores você estuda?

– Poucos. Agostinho, Tomás de Aquino, Voltaire, Rousseau e mais alguns.

Marco Túlio quase caiu no chão. Não conhecia quase nada desses personagens. Em seguida, Zenão lhe devolveu a pergunta:

– Que pensadores o senhor estuda?

– Não tenho tempo. Leio um ou outro livro.

— Já leu sobre o super-homem de Nietzsche?

Marco Túlio teve um ataque de tosse. Só conhecia o super-homem de Hollywood.

— Não. Só dos filmes — respondeu, constrangido.

Zenão do Riso discorreu sobre alguns aspectos filosóficos do super-homem de Nietzsche, do homem livre, regado a virtudes.

Completamente assombrado com aquela loucura toda, Marco Túlio começou a pensar que esse tal psiquiatra poderia ser uma alternativa. Quem sabe ele pudesse tentar tratar de Camille em sua mansão de São Paulo? Mas, no fundo, tinha quase certeza de que o Dr. Marco Polo seria mais uma "vítima" da artilharia de sua mulher.

A noite de domingo foi assustadora. Camille voltou a ter pesadelos. Marco Túlio acordou assustado. O mesmo clima de terror se repetia. Camille escondia dentro de si uma criança que queria respirar, mas estava aprisionada. Na manhã de segunda-feira Marco Túlio arrumou as malas, pegou toda a sua roupa e foi contundente:

— Temos que partir.

— Não, não vou! — Ela elevou o tom de voz. — Não quero ir! Não vou sair mais uma vez derrotada!

— Seja razoável. Saber perder é fundamental.

— Não vou! Já disse que não vou!

— Sua saúde mental vai se deteriorar aqui.

— Você vai me internar. Acho que há anos deseja fazer isso!

— Não pense bobagem! Jamais trairei sua confiança.

— Você pode querer me interditar!

— Para que eu faria isso?

— Para administrar a minha metade da fortuna! — Então ela foi desumana: — Dinheiro percorre as artérias do seu corpo — disse aos gritos.

— Dinheiro, dinheiro! Eu sou o banqueiro e é você quem traz sempre à tona o dinheiro.

Ela sempre se retratava depois de triturar o psiquismo dos outros.

— Desculpe-me, Marco Túlio. Desculpe-me... Por favor, me dê mais uma chance. Mais uma semana na fazenda. Se não melhorar, parto para nunca mais voltar.

Marco Túlio suspirou algumas vezes. Ponderou e fez uma contraproposta.

– Mas com uma condição. Que você aceite se consultar com o Dr. Marco Polo.

– Marco Polo? Quem é esse sujeito?

Marco Túlio temeu dizer a verdade. Se contasse que se tratava do psiquiatra de Zenão do Riso, ela teria um ataque de deboche ou de raiva. Mais um embate se instalaria, mais uma vez não chegariam a lugar algum.

– É um psiquiatra incomum. Gosta, como você, dos grandes pensadores. É instigante, crítico, nevrálgico, debatedor. – Exagerou na descrição, pois não o conhecia.

Desconfiada, Camille indagou:

– Hummm... Quais são as credenciais dele?

– São tantas que nem sei.

– Mas de onde você o conhece?

– Foi uma indicação.

– De quem?

Ele suspirou.

– De um filósofo da natureza. É o melhor funcionário que já tive.

– Filósofo ou funcionário? Tenha a santa paciência, Marco Túlio. Assim você me deixa mais doente.

– Você me perturba com as suas perguntas. Não tem mais conversa. Ou você aceita essa condição ou não piso mais nessa fazenda. Vou colocá-la à venda hoje.

Sem alternativa, Camille cedeu, mas estava desconfortável. Marco Polo saíra em grande desvantagem para criar empatia com ela. Enfiar goela abaixo um psiquiatra era um modo péssimo de iniciar um tratamento. Marco Túlio nem sabia se ele aceitaria vir à fazenda. No fundo, era um homem de parcas esperanças.

CAPÍTULO 11
À procura de Marco Polo

Na segunda-feira à noite, Marco Túlio telefonou para Marco Polo. Estava apreensivo, sem saber ao certo o que ou como falar. Poderia se decepcionar com a pessoa do outro lado da linha. Ele poderia não ter lugar na agenda. A única coisa que sabia era que dinheiro não era problema. Poderia pagar por um dia de tratamento o que o médico ganharia no mês inteiro.

– Dr. Marco Polo. Aqui é Marco Túlio.

– Pois não? É um prazer.

Temeu mencionar Zenão. Achava que o psiquiatra, com tantos pacientes, não se lembraria de alguém de quem tratara havia anos, ainda mais de um homem do campo que tinha tratado gratuitamente.

– Um cliente seu o indicou.

– Quem, por favor?

– Um paciente muito humilde que o senhor tratou há anos.

– Qual o nome dele?

Marco Túlio achou estranho que o Dr. Marco Polo se interessasse pelo nome do paciente. Pensou que queria impressioná-lo.

– Um tal de Zenão!

Marco Polo reagiu com entusiasmo.

– Meu amigo Zenão do Riso?

– É seu amigo?

– Tornou-se meu amigo depois do tratamento. Um gênio. Infelizmente não se sentou nos bancos da academia. Como ele está?

Marco Túlio ficou apreensivo. "Como se lembra dele? Que generosidade é essa de se tornar amigo de um jardineiro?", mas, preconceituoso, pensou: "Deve ser porque o psiquiatra tem poucos clientes."

– Ele está bem, muito bem.

– Continua cantarolando, sorrindo, conversando com as flores?

– Do mesmo jeito. Mas, diga-me. O senhor tem muitos clientes?

– Por que a pergunta?

– Por nada. Fiquei surpreso... – Marco Túlio não continuou a explicação.

Marco Polo entendeu e sorriu do outro lado.

– Minha memória não é excelente, senhor Marco Túlio, mas procuro me lembrar dos meus pacientes. Imagina por quê?

– Desculpe, não faço ideia.

– Porque tenho o privilégio de tratar não de doentes, mas de seres humanos, tão importantes e complexos quanto eu e você.

Marco Túlio ficou rubro, acuado, envergonhado. Seus clientes eram apenas clientes. E Marco Polo completou:

– Mas, respondendo à sua pergunta: tenho alguns pacientes!

Dessa resposta o empresário não gostou. Imaginou que o Dr. Marco Polo fosse um psiquiatra exótico, meio desocupado, com muito tempo para filosofar.

– Tem lugar em sua agenda para atender mais um?

O médico fez silêncio.

– Não estou com minha agenda aqui...

Marco Túlio pensou: "Acertei. É um desocupado." Mas o médico prosseguiu:

– Mas é provável que daqui a um ano ou dois eu tenha uma hora.

Marco Túlio quase perdeu a voz. O preconceito não é privilégio dos maus-caracteres.

– O senhor está brincando? Não é possível! – exclamou.

Marco Polo não sabia o que estava ocorrendo, mas percebeu que Marco Túlio estava muito aflito, quase impotente.

– Meu caso é urgente.

– Olhe. Infelizmente tenho uma agenda complicada, mas posso ver se abro algum espaço.

Marco Túlio saiu novamente do estado de desespero e voltou para a suspeita. A mente humana é uma gangorra. Pensou que o psiquiatra o estivesse enrolando. Devia estar com a agenda vazia e, para se valorizar, dizia que abriria uma brecha.

– Abrir espaço? Quando?

– Bom, eu escrevo duas tardes por semana e aos sábados. Então eu posso conversar com a minha secretária e...

– Escreve sobre o quê? – interrompeu Marco Túlio.

– Escrevo sobre o mais fascinante dos mundos, a mente humana. O senhor gosta de ler?

– Não tenho tempo, viajo muito.

– Um livro é a melhor maneira de viajar, mas é pouco útil para quem não gosta de ler ou não sabe interpretar.

Marco Túlio suspirou constrangido e procurou mostrar suas credenciais de homem de negócios para Marco Polo.

– Dr. Marco Polo, o senhor não me conhece, mas sou banqueiro, sou Marco Túlio De Luca.

– Ah, o senhor é banqueiro? Meus sentimentos.

– Por quê? Não estou entendendo?

– O senhor sofre pelo futuro?

– Muito – respondeu Marco Túlio, esfregando as mãos na testa.

– Sua mente é agitada e hiperpensante?

– Muito.

– Acorda fatigado, tem cefaleia, dores musculares, irrita-se por pequenos estímulos estressantes, não tolera pessoas lentas, tem dificuldade de ser contrariado, tem déficit de memória?

Era como se Marco Polo tivesse feito rapidamente uma "tomografia" da sua mente.

– Não precisa dizer mais nada. Estou estressadíssimo – confessou Marco Túlio.

Mas Marco Polo não parou. Eram dois "Marcos" se confrontando.

– Em que lugar da sua agenda o senhor coloca sua qualidade de vida?

Impelido a se abrir, Marco Túlio respondeu:

– Coloco-me entre os últimos lugares. Em primeiro vem o resultado trimestral do banco, os clientes, o valor das ações, minha esposa.

Marco Túlio lembrou que Zenão do Riso dissera que Marco Polo era um abridor de latas. Jamais ele se abrira com um profissional de saúde mental como acabara de fazer. Não confessava, mas também tinha preconceito contra psiquiatras e psicólogos. Achava que procurá-los era uma perda de tempo. Para ele, o problema se concentrava em Camille.

– Eu sei que preciso refletir mais sobre minhas dificuldades, mas neste momento não estou ligando para falar de mim, mas de Camille, minha esposa.

– Vamos falar sobre ela, mas saiba que o capital das experiências existenciais se transfere mais do que o capital financeiro.

– Como assim? – perguntou, interessado, o banqueiro.

– Precisaríamos de encontros pessoais para explicar. Nos computadores somos deuses, registramos o que queremos e quando queremos. Na memória humana somos servos, o registro das experiências é automático, inconsciente e involuntário. Ou seja, quando há uma relação tensa, cheia de atritos, ambos adoecem. Ocorre um arquivamento inconsciente e involuntário na memória dos dois. E o que é pior: todas as experiências carregadas de ansiedade são registradas com mais intensidade.

– Então, se uma pessoa saudável vive com uma pessoa doente, ela tem grande chance de adoecer? – perguntou, chocado, Marco Túlio.

– Isso. Principalmente se ela não souber proteger sua emoção. E como proteger a emoção não faz parte do cardápio das escolas nem das universidades, ficamos desprotegidos. Vivemos o paradoxo do seguro.

– Paradoxo do seguro? Não estou entendendo – admitiu o ícone das finanças, sócio de uma lucrativa empresa de seguros.

– Fazemos seguro de casa, carro, empresa, previdenciário, mas não sabemos fazer minimamente um seguro emocional – afirmou o psiquiatra.

Marco Túlio ficou embasbacado. Não apenas era dono de uma companhia de seguros, mas tinha todo tipo de seguro possível e imaginável. Até suas ações na bolsa de valores eram seguradas. Tinha carros blindados e seguranças, mas sua emoção era uma propriedade não privada. Terra de ninguém. Vivia o paradoxo do seguro. As flutuações do câmbio o exauriam. As críticas na imprensa estragavam seu humor por semanas. Os concorrentes tiravam-lhe o sono. As crises de Camille, sua impulsividade e crítica excessiva o invadiam. Era um homem completamente desprotegido.

Tomou consciência de que, em alguns aspectos, estava tão doente quanto Camille. E, nesses aspectos, não fora ela quem o adoecera.

Estava à beira de uma depressão e de um colapso cardíaco, mas não se interiorizava nem se reciclava. Em seguida, falou sobre Camille. Depois de alguns comentários, afirmou:

– Ela é difícil, desafiadora, cultíssima, mas radical. Tratou rispidamente todos os psiquiatras que a assistiram. Deixou alguns deles sem voz. Costuma esmagar quem está à sua frente com sua incrível capacidade de debater.

– Há um tesouro soterrado nas pessoas que sofrem. É preciso explorá-lo.

– Como? Com britadeira? – brincou Marco Túlio, num tom sério.

– Senhor Marco Túlio, todo ser humano é um cofre. Não existem mentes impenetráveis, apenas chaves erradas...

– Pois não sei qual é o tipo de personalidade dela, mas parece que minha mulher é um cofre sem portas e muito menos chave.

Marco Polo resolveu abrir um espaço na agenda para Camille. Marco Túlio não sabia o que poderia acontecer se o psiquiatra não tivesse sucesso. Muitas seriam as vítimas.

CAPÍTULO 12

O embate com Marco Polo

Terça-feira, três da tarde. Camille estava na varanda quando viu um carro sem glamour, velho e combalido se aproximando. Subitamente o carro morreu a 30 metros do local onde estava. O motorista, que portava um grande chapéu, desceu do carro, colocou as mãos na cabeça, levantou o capô, mexeu no motor, tentou dar a partida, e nada. Camille observava o sujeito com estranheza. "Como pode um homem se aproximar do casarão sem se fazer anunciar?", pensou. E a segurança? De repente, o motorista se virou para ela e teve a coragem de pedir ajuda.

– Ei, madame! A senhora entende de motor de carro?

Ela meneou a cabeça, irritada, dizendo que não.

– Poderia pelo menos me ajudar a empurrá-lo?

Isso foi demais para Camille. Aproximar-se sem avisar, primeiro erro. Perguntar se ela, uma intelectual, entendia de motor de carro, segundo erro. Chamá-la de madame, e não de doutora, terceiro erro. Pedir para ajudá-lo a empurrar o bendito carro. Quarta heresia para Camille. Ela ficou imóvel, indignada, prestes a soltar os cães em cima do atrevido.

– Por favor, me dê uma mãozinha – ele insistiu.

Ela, bufando de indignação, indagou:

– O senhor sabe com quem está falando?

– Suponho que seja com um ser humano.

– É óbvio que é com um ser humano! – disse, esbravejando.

– Se a senhora é um ser humano, deveria saber que uma das funções mais complexas da inteligência é a generosidade. Tem essa função?

"Esta fazenda tem muitos malucos. Não basta Zenão? Quem é esse sujeito?", balbuciou para si mesma.

Pega de surpresa, Camille ficou paralisada. Começou a se perguntar quem era o petulante. "Petulante" era um adjetivo familiar para ela. Aplicado aos outros, tinha sabor agradável; a ela, amargo. Não teve a ousadia de dizer que era generosa, pois o estranho a pegaria em seu próprio laço.

– Eu sou a patroa. A dona deste lugar.

Ele respirou lentamente duas vezes e olhou bem para ela. Ela se assustou com aquele olhar prolongado. Com as mãos sobre os braços da velha e belíssima cadeira de mogno, ela se preparava para sair correndo para dentro de casa. Poderia estar diante de um psicopata, um assaltante, um sequestrador ou coisa que o valha. Mas ele a impactou.

– Que interessante! A senhora é que é a proprietária. Mas o difícil não é ser dona destes solos, mas dos solos da nossa mente.

E o homem foi se aproximando.

– Não se aproxime! – falou ela, cada vez mais assombrada.

– Não se assuste, os maiores fantasmas estão dentro de nós.

"É um psicopata, só pode ser", pensou.

– Quem é você?

– Quem sou eu? Como você ousa querer saber quem eu sou, se não sabe nem quem você é?

Ela foi se afastando em direção à porta central. Ele tentou acalmá-la.

– Eu sou Marco Polo. – E de onde estava estendeu-lhe as mãos.

Ela recuou, resistindo em dar as mãos a alguém cujas roupas e mãos estavam sujas de graxa. Ele teve de recolhê-las. Marco Polo se recusara a ir de helicóptero encontrar Camille. Tinha recursos financeiros, mas era um especialista em impactar mentes radicais.

– Marco Polo, o psiquiatra?

– O próprio.

– Mas você tem mais jeito de ser um paciente.

Primeira bordoada. Ele sorriu e concordou.

– Eu sei. Na realidade, todos nós somos doentes, Camille; uns mais, outros menos. A diferença é que alguns não se dão conta.

Ela engoliu em seco essas palavras. Eram palavras que não estava acostumada a ouvir da boca de um psiquiatra. Ela pediu um momento para se arrumar enquanto ele foi ao banheiro lavar as mãos. Em seguida, Mariazita apareceu trazendo café e algumas roscas.

– Seu café é demais. Que rosca deliciosa! – comentou o médico.

A empregada, carente de reconhecimento e vivendo num clima de tensão para agradar Camille, abriu um sorriso largo. Momentos depois, Clotilde apareceu e pediu que ele fosse até o escritório.

Camille estava em seu quarto. Antes de entrar no escritório, Marco Polo passeou contemplativo pela sala e admirou cada móvel.

– Que segredos escondem essas mobílias? Que emoções há em cada um desses móveis? Que dores refletem as estrias das madeiras?

Pensando que ele estivesse falando com ela, Clotilde respondeu:

– Não sei.

– Alguns foram construídos na época dos escravos – disse Camille, entrando subitamente na sala.

– Na época dos escravos? Em que século?

– No século XIX. É óbvio.

– Por que é óbvio? Onde estão os escravos deste século? Em que mantos se escondem?

Camille pensou em voz alta:

– Encontrei alguém mais maluco do que eu.

– O que você disse?

– Nada. Pensei alto – disse, constrangida.

— Pensamentos audíveis são reveladores, gritam o que as palavras não têm coragem de dizer.

Marco Polo contou que certa vez dera uma conferência no Supremo Tribunal Federal do país. Diante de notáveis juristas, disse que a Suprema Corte era guardiã da Constituição, dos direitos e deveres dos cidadãos. Mas, para assombro de todos, afirmou que o tempo dos escravos não cessara.

— Nas sociedades democráticas há milhões de escravos no único lugar onde é inadmissível ser encarcerado: dentro de si. É fácil detectar as algemas de ferro, mas não as emocionais.

As palavras de Marco Polo dispararam o gatilho dos pesadelos que Camille tinha com a menina Mali. Subitamente, ela ficou ofegante. Era visível seu descontrole. Logo em seguida foi violentada por uma imagem mental em que se viu vítima de um acidente nas ruas de São Paulo. Estava "presa" nas engrenagens. Teve uma crise de ansiedade acompanhada de vertigem e sudorese. Queria fugir da situação de risco, mas estava tudo na sua cabeça.

Segurou-se numa cristaleira para não desmaiar. As empregadas e Marco Polo tentaram ajudá-la, mas ela fez um gesto rejeitando a ajuda. Minutos depois já estava refeita e se dirigiu para o escritório, acompanhada pelo psiquiatra. Sentaram-se em poltronas de couro vermelho muito macias, datando de cinquenta anos, que tinham apoios para os braços altos e confortáveis. Cada poltrona estava a três metros de distância uma da outra.

Camille olhou para Marco Polo. Teriam duas sessões de psicoterapia pela frente. Pela forma como o conhecera, Camille achou que não durariam meia hora. Ela sabia que tinha que começar a falar. Novamente teria que contar sua longa e complexa história. Impaciente, batia os dedos das mãos nas pernas. Mas, surpreendendo-a, ele iniciou o processo.

— É um prazer procurar contribuir com a sua história.

— E quem disse que preciso de ajuda?

— Talvez não precise. Só posso tentar se a senhora me permitir.

— Não me chame de senhora. Sou doutora Camille.

— Uma doutora? Parabéns!

– Não preciso de falsos elogios!

– Se são falsos elogios, você está diminuindo seu valor acadêmico. Para que fez doutorado? Pelos títulos ou por amor à ciência? O que acha?

– Acho que você é muito filosófico para o meu gosto.

– E qual é o seu gosto?

Estava acostumada a atacar, mas agora tinha ficado na defensiva. Marco Polo usava a arte da pergunta na relação com seus pacientes para que eles mesmos construíssem suas respostas. Só intervinha quando não conseguiam chegar a conclusões. Para ele, a dúvida era um princípio da sabedoria na filosofia: reciclava a maneira de ser, pensar e interpretar.

– Meu gosto é não ser enrolada. Gosto de ir direto ao assunto.

– Qual assunto?

– Os meus conflitos – falou, resistente e ríspida. Ela que era especialista em tecer inteligentes críticas estava sem espaço para digladiar.

– O cirurgião pode ir direto a uma úlcera e extirpá-la, mas um psiquiatra ou psicoterapeuta lida com fenômenos intangíveis. Como ir direto ao ponto se tateamos no escuro as avenidas da nossa mente? Onde estão os lócus das fobias no córtex cerebral? Em que janelas se alojam os traumas? Como se entrelaçam com as janelas saudáveis? É possível extirpá-los, Camille? Que bisturi usar?

Camille recostou pensativa em sua poltrona.

– É óbvio que não há bisturi.

– Correto, não há bisturi para extirpar os conflitos. Não há ferramentas para deletar a memória, a não ser por processos mecânicos, como um trauma craniano, um tumor cerebral ou uma degeneração do córtex.

– Então estamos condenados às nossas miserabilidades?

– De modo algum. Podemos reeditar ou reescrever as janelas da memória. Podemos construir janelas paralelas, um núcleo saudável de habitação do Eu.

– Nunca ouvi falar nisso. Parece muito estranho.

– Quando o tratamento psicanalítico ou comportamental ou

cognitivo tem sucesso, é exatamente isso que acontece: reedição da memória ou construção de uma plataforma de janelas saudáveis.

Camille franziu a testa.

– E o papel dos medicamentos?

– Os medicamentos psicotrópicos podem ser atores excelentes quando usados em dosagem e tempo corretos. Entre outras atuações, eles corrigem os neurotransmissores nas sinapses nervosas.

– Estou cansada de medicamentos. Se fossem eficientes, eu estaria curada.

– Talvez os remédios a tenham ajudado de um modo que você não percebeu, talvez tenham diminuído a evolução do seu conflito. Mas há outro instrumento excelente: o processo psicoterapêutico, o ato de pensar e a palavra em todas as suas vertentes e técnicas.

– Você diz o óbvio! – falou ela, sem pensar.

– Em ciência as coisas mais importantes se tornam óbvias.

– Que técnica você usa? Por acaso a sua técnica é melhor do que as outras?

– De modo algum! É muito difícil resumir uma teoria, mas em tese meu objetivo é reeditar as janelas traumáticas através do autoconhecimento, da gênese dos conflitos, da história da formação da personalidade.

– Mas esse é um método analítico.

– Mas também pretendo, como disse, construir janelas paralelas. Intervir no foco de tensão.

– Mas esse é um método cognitivo. Em que time você joga?

– Quem disse que o tratamento psíquico pertence a um ou outro método? Quem disse que o conhecimento é compartimentado? O objetivo último de toda psicoterapia, seja analítica ou cognitiva, é que o Eu exerça seus papéis fundamentais. No entanto, independentemente da técnica, o que importa é se ela contribui para que o ser humano tenha uma mente livre e estável.

– E quais são esses papéis do Eu? – perguntou ela.

– São vários, e não tão simples de serem trabalhados: capacidade de mapear nossa história, de gerenciar pensamentos, filtrar estímulos estressantes, proteger a emoção, trabalhar perdas e frustrações, e resiliência, que é a capacidade de se recuperar ou se adaptar às mudanças.

A respeito da resiliência, Marco Polo comentou que ela é uma das ferramentas vitais do Eu, mas pouco desenvolvidas nas universidades. Disse que muitos profissionais são rígidos como um vidro. São autoritários, radicais, determinados, parecem fortes, mas são fragilíssimos, ao mínimo trauma se estilhaçam. Não suportam críticas, frustrações, perdas, derrotas.

– E você, Camille, é resiliente?

Ela se interiorizou e reconheceu:

– Muito pouco.

– É melhor ser como água. Nunca discute com os obstáculos à sua frente, contorna-os. Não reclama das barreiras, eleva o seu nível e as supera.

Ela ficou tocada com essas simples metáforas. Marco Polo lhe falou ainda que há dezenas de outros papéis do Eu, mas o papel fundamental é ser autor da própria história. Pela primeira vez alguém lhe mostrou aonde queria chegar. Não sentiu que sua inteligência foi minimizada, ao contrário, sentiu-se honrada. O psiquiatra gostava de passear primeiro pelas áreas nobres da personalidade dos pacientes para depois entrar em suas mazelas.

Adotava esse procedimento, inclusive com pacientes muito debilitados, a não ser que estivessem mentalmente confusos, com parâmetros da realidade comprometidos; portanto, em surto psicótico. Com esse método, cinco etapas eram espontaneamente cumpridas: o paciente, enquanto ser humano, ganhava estatura e, por ganhar estatura, diminuía a desigualdade na relação entre terapeuta e paciente. Por diminuir a desigualdade, perdia sua resistência e, por perdê-la, construía confiabilidade erguendo pontes, abria o leque da sua mente.

Camille ficou impressionada quando percebeu que parecia estar estabelecendo um planejamento para o tratamento. Ao se dar conta do que ele tinha explicado, indagou:

– Ser autor da própria história? Você é um existencialista?

– Existencialista? O que é ser um existencialista?

Diante da indagação de Marco Polo, Camille saiu do estado de admiração para uma rejeição cortante. Quando se pensava que ela estivesse se desarmando, renovava suas baterias e ia à caça de mentes frágeis. Esta era uma forma grosseira de dar vazão à sua superioridade, que subliminarmente escondia seu complexo de inferioridade, uma débil autoestima, dificuldade de administrar seus movimentos mentais. Convencida de que o psiquiatra não conhecia a corrente dos pensadores existencialistas, rapidamente o julgou:

– Detesto psiquiatras ignorantes!

Marco Polo recostou suavemente em sua poltrona. Parecia sem ação, sem voz, sem atitude...

CAPÍTULO 13

Impactando a intelectual

Camille era perita em testar todos, especialmente seus psiquiatras e psicoterapeutas. Levava-os ao limite com espantosa facilidade. Era um tipo raríssimo de paciente, um em milhares ou em milhões. "Consegui fazer Marco Polo perder o equilíbrio no primeiro round", pensou ela. Esquecia que essas atitudes perpetuavam sua miserabilidade. Mas só encontrava calmaria em sua mente quando estava digladiando.

Para ela, o inteligente mas "inculto" e "excêntrico" psiquiatra estava indo bem. Mas achou que Marco Polo se levantaria da poltrona para nunca mais voltar. Três profissionais de saúde mental já haviam sido cortados na primeira sessão de psicoterapia. Marco Polo seria o quarto.

Ele deu um leve sorriso, protegeu sua emoção e não comprou a agressividade dela. Camille não lhe pertencia. Sua tranquilidade era importante demais para ser trocada por um preço vil. Calmamente, contemplou-a.

– Camille, fico feliz que você me questione. Pior do que uma grave doença é um paciente passivo.

Ela suspirou surpresa, e ele completou:

– Fico mais feliz ainda que conheça os pensadores existencialistas. Tenho em alta conta quem valoriza as grandes mentes da história.

Ela o olhou de lado, com uma expressão de quem achava que ele estava fazendo um jogo, tal como alguns psiquiatras com quem se tratara.

– Você é ótimo para dissimular – afirmou, de maneira ferina.

Marco Polo novamente sorriu.

– Não sou um existencialista. Mas admiro algumas teses dos grandes pensadores dessa seara do conhecimento, como Jean Paul Sartre, Albert Camus, Nietzsche, Kierkegaard e Edmund Husserl. Inclusive a brilhante Simone de Beauvoir.

Camille ficou atônita com a menção a esses autores. Eram os existencialistas mais importantes.

– Tenho dúvidas de que você os tenha lido – questionou, incrédula.

– É? Por acaso você é uma existencialista?

Ela não demorou muito para responder.

– Sou. Sou com muito orgulho adepta dessa corrente de pensamento. Não percebe que por isso sou pessimista?

– E quem disse que ser um existencialista é ser, em tese, um pessimista? Não concordo.

Testando-o, ela disse:

– Meu caro, não conhece a tese do absurdo? A tese de uma mente racional vivendo num universo irracional?

Marco Polo a surpreendeu. Conhecia essa tese muito bem e sabia que ela nutria o pensamento pessimista de vários pensadores.

– Conheço-a! Você crê que possui uma mente pessimista porque tem consciência de que todo o templo das realizações humanas se perderá em último estágio num sistema solar condenado à morte? Você é pessimista porque este universo um dia se esfacelará em ruínas e não dará a mínima para nossas realizações na política, nas artes, na ciência, na religião?

– Como você sabe disso? – indagou ela, impactada.

Pela primeira vez ouvia alguém da área da saúde mental navegar pelas águas da filosofia, pelo pensamento existencial mais profundo. Ele acabara de descrever algumas questões que nutriam seu pessimismo mórbido. Ela tentava explicar essas coisas para o marido, mas ele não entendia a razão pela qual uma mente culta como a de

Camille vivia na lama da automutilação. Ela não via muito sentido na existência.

– Você é assaltada por imagens mentais aterradoras? – perguntou Marco Polo.

– Como você sabe? – ela voltou a indagar, impressionada.

– Sob as chamas desse pessimismo existencial, é de se esperar que sua mente viva em ebulição, fervilhando de ideias ansiosas, e que não seja um mar de tranquilidade.

Camille suspirou. Não resistia em admitir, mas começava a entender uma das chaves que explicavam por que sua mente era um universo em ruínas. Externamente tinha grandes motivos para ser feliz, mas raramente se encontrava alguém tão angustiada.

– Sou uma escritora respeitada. Críticos me aplaudem. A imprensa me exalta. Diretores de cinema querem me filmar. Mas o medo da morte todos os dias grita em meu cérebro minha finitude, minha fragilidade. Tenho pavor de me infectar, de infartar, me acidentar, morrer em um desastre de avião. Resisto a assistir a meus filmes mentais, mas não tenho como desligá-los.

– O que deve nutrir seus filmes mentais nos bastidores da sua psique não é apenas o medo da morte em si, nem das doenças que imagina que poderiam destruir seu corpo, mas obviamente os traumas que atravessou, assim como, menos óbvio e não menos importante, está sua visão implosiva da existência. Falta-lhe estabelecer um romance com a existência. Considerar a vida um campo minado furta a leveza do ser.

Camille viajou em seu imaginário com essas palavras. Lembrou-se do tempo em que era mais despojada, solta, leve. O tempo em que dizia que a vida era um contrato de risco, e que ela não tinha medo das suas cláusulas subliminares. O tempo em que era sociável e construía relações até com quem vivia à margem da sociedade. Nos últimos anos, fechara-se em seu próprio mundo. Tornou-se especialista em pensar o que não devia e se preocupar com o que não queria.

– Você está me dizendo que meu pessimismo crítico, ainda que seja inteligente, coloca combustível nas minhas imagens mentais asfixiantes? Ele nutre minha miserabilidade? Aprisiona-me no calabouço da autodestruição?

– Muitos outros pensadores se perderam no mundo das ideias críticas, pessimistas, sofisticadas. Enredaram-se nas tramas do pensamento complexo e, infelizmente, abortaram a colcha de retalhos das experiências singelas. Esta é uma armadilha que encarcera não poucos intelectuais. O desequilíbrio entre pensar e sentir é uma bomba.

Camille não podia acreditar no que estava ouvindo, verificando que vivia constantemente sob os estilhaços dessa bomba. Como se procurasse ar para respirar, teve a coragem de confessar:

– Perco-me no raciocínio complexo diariamente e esqueço-me das pequenas coisas da existência. Gasto tempo gestando grandes ideias e esqueço de me entregar à simplicidade existencial.

Sabendo que Nietzsche era um notável existencialista e que Camille provavelmente o estudava, ele comentou:

– Talvez uma das causas da psicose de Nietzsche no fim da vida tenha sido esse descompasso. Nietzsche se desconectou da realidade e desorganizou o pensamento crítico no calabouço intelectual que ele próprio criou.

– Você está me dizendo que a causa da psicose de Nietzsche foi um ensimesmamento brutal, um autoaprisionamento psíquico? Não foi uma sífilis mal tratada que levou a sequelas neurológicas? Ele tinha frequentes dores de cabeça.

– A alteração neurológica é uma hipótese a ser considerada, mas creio também em outras possibilidades. Sua cefaleia pode ter sido um sintoma psicossomático de uma mente hiperpensante e hiperansiosa. Nietzsche vivia entrincheirado contra o mundo. Disparava críticas ácidas diárias contra todos, contra a religião, contra a política, contra o sistema social, inclusive contra seus amigos. O afinado maestro deu as costas para a plateia e também para os músicos. Regia só sua partitura. O gênio criou um universo paralelo. Enclausurou-se em seu universo mental a tal ponto que se desconectou da realidade – disse Marco Polo.

– Os estúpidos são mais felizes! – afirmou, com indignação, Camille. – Mas prefiro meu pessimismo inteligente à alegria superficial. – Ao fazer essa afirmação crítica, ela lembrou da frase que usara para golpear Zenão do Riso.

– Será? Todos procuram o prazer como o sedento procura a água.

E quem disse que o pensamento crítico não pode andar de mãos dadas com o deleite existencial? Quem afirmou que o raciocínio complexo é amante incondicional da emoção depressiva?

Camille não tinha resposta para essas duas indagações. Questionou-se em silêncio. Depois de uma pausa, o próprio psiquiatra confessou:

– Eu também sou rigorosamente crítico. Tudo o que escrevo contém críticas aos sistemas social, educacional, político, à tirania da estética, à loucura do consumismo. Para mim, estamos nos tornando um número de cartão de crédito, e não seres humanos completos e complexos. Entretanto, mesmo pessoas altamente combativas precisam dar uma trégua à mente. Apontar menos defeitos, relaxar mais, exigir menos dos outros é uma pausa saudável para reacender as chamas dos sentimentos mais simples. Caso contrário, nem elas se suportam.

Camille ficou quase sem respiração diante dessas palavras. Ela, que era impulsiva, ficou sem ação por instantes. Em seguida, Marco Polo fez uma defesa de tese em simples frases que tocaram as entranhas da sua mente. Falou por simbolismo:

– Cuidado com o excesso de crítica. Os caçadores de monstros se tornam predadores e, não poucas vezes, de si mesmos.

Instalou-se um silêncio no ambiente em que estavam. Depois de algum tempo, Camille admitiu sem margem de dúvidas.

– Eu preciso dar tréguas à minha mente agitada. Tenho dores de cabeça constantes, sinto um nó na garganta que me impede de me alimentar, minha emoção é árida como o Saara. Desconheço as noites tranquilas, nem sei o que é brindar o dia. Os seres humanos alegres me causam repulsa. Os animados me dão asco. Os sonhadores parecem teatrais.

– De fato, você precisa de tréguas. E essas tréguas se resolvem nesse paradoxo: pensar como o adulto mais racional e sentir como a criança mais livre. Sem contemplar o belo, mesmo a inteligência extraordinária é autodestrutiva – afirmou Marco Polo.

Em seguida, sabendo que Camille tinha notável apreço pelos pensadores, passeou pela filosofia para defender a ideia de contemplar o belo. Comentou que Arthur Schopenhauer acreditava que a essência do homem é a vontade. Para ele, portanto, a vontade era mais do que uma maneira de agir e se expressar no mundo aparente. Décadas depois, Friedrich Nietzsche, no livro *A vontade de poder*, publicado por sua irmã Elizabeth, retomou a ideia de vontade de Schopenhauer e a entronizou. Colocou-a como templo sagrado ao qual o homem deveria se submeter. Mas Schopenhauer nunca defendeu essa tese. Para Nietzsche, os fracos têm vontades débeis. Para Schopenhauer a vontade deveria ser resistida, como a vontade de controlar os outros. Para Nietzsche a vontade deveria ser libertada. Para Schopenhauer, deveria ser abrandada e lapidada através da contemplação da música e das artes.

Marco Polo conheceu as ideias de Arthur Schopenhauer depois que tinha produzido conhecimento sobre a arte de contemplar o belo. Ele defendia que essa arte emocional, acompanhada da capacidade de se mapear e de gerenciar pensamentos, era instrumento vital para superar a necessidade neurótica de poder, de evidência social, de criticar ininterruptamente, de mudar os outros, de cobrar deles. Sem esses instrumentos não era possível abrandar ou educar a sede insaciável de poder do ser humano.

Camille queria congelar o tempo naquele momento para assimilar essas ferramentas. Encontrara mais uma chave para explicar sua grave flutuação motivacional. Havia perdido completamente o equilíbrio nos últimos anos. Mais uma vez percebeu que, como Nietzsche, era uma pessoa entrincheirada, combatendo as loucuras sociais sem pausas e sem perceber que criava um universo paralelo.

Era uma adulta extremamente racional, mas deixara de passear pelos vales da emoção como uma criança deslumbrada diante dos mistérios da vida. Viver para ela era guerrear sem tréguas. Seu pessimismo a transformara em predadora de si mesma. De repente, ouviu dois canários gorjearem uma fascinante melodia. Contemplou sua singeleza. Fez uma breve trégua. Aquietou-se por instantes. Em seguida, concluiu:

– Fazer muito do pouco é um segredo. Fazer pouco do muito é um desequilíbrio. Eu preciso de muitos estímulos para sentir míseros prazeres.

Mas, quando parecia que ela estava bebendo da fonte das águas tranquilas, levantou a cabeça e subitamente partiu mais uma vez em defesa do seu pessimismo.

— No futuro distante, o universo em colapso silenciará nossa existência para sempre. Nenhum átomo revelará nossas cicatrizes, nenhuma fagulha de energia terá nossas inscrições. A existência será um delírio. E nós seremos nada. Que poesia há no ato de existir? – E colocou as mãos sobre a cabeça tentando não pensar no que aguardava a humanidade.

Esse era o pensamento corrente na mente de alguns existencialistas. Marco Polo criticou esse ponto de vista fatalista.

— Apesar do paradoxo absurdo, expresso por uma mente racional em busca de um sentido existencial num universo frio, o pensamento dos existencialistas, inclusive o de Sartre, esconde um rigor otimista. Não sabia?

— O que você está me dizendo? Não creio! – reagiu Camille rapidamente e com a curiosidade despertada.

— Sartre acreditava que o homem está condenado a ser livre! Defendia que o ser humano tem o poder de ser dono do seu próprio destino! Isso não expressa um apelo otimista?

— Bem... Nesse aspecto, sim – concordou ela, hesitante.

Marco Polo disse de forma poética:

— Criminosos tentarão fugir das prisões. Povos dominados derrubarão ditaduras. Paraplégicos desejarão se movimentar. Cegos sonharão com imagens. Pessoas em conflito sonharão com a fuga. Bebês caminharão sem o controle dos pais. Empreendedores arriscarão novas oportunidades. Psicóticos fugirão de seus fantasmas. Cientistas velejarão por mares desconhecidos. Quem consegue estancar a sede de liberdade? Quem consegue estancar o otimismo do espírito humano em sua busca irrefreável por ser livre, criar, ter prazer? Ninguém!

Ela refletiu silenciosamente. Olhou para Marco Polo e se perguntou: "Quem é esse sujeito? Por que mexe com a minha estrutura?" Mas procurou refrear sua admiração. Subitamente se lembrou do susto que levara quando ele lhe pediu ajuda para empurrar seu velho carro. Agora, ele a assustava novamente ao empurrar o veículo da sua mente em busca de uma nova trajetória...

CAPÍTULO 14
As armadilhas da mente

Camille começou a perceber que tinha que renovar seu desejo de ser livre. Não podia viver entrincheirada. Não podia construir um universo mental paralelo. Lembrou-se da letra da música que achava que não tinha mais efeito sobre ela: "Eu sei que vou te amar." Sentiu prazerosamente que ela lhe tocava a mente. No segundo dia em que Marco Polo foi atendê-la, logo no início da sessão ela mostrou uma rara atitude de contentamento.

– No futuro, estaremos todos mortos, mas no pequeno parêntese do tempo chamado hoje podemos escrever nossa história. Podemos e devemos fazer escolhas. Milhões de escolhas tecem a existência humana, da meninice ao último suspiro existencial. Você tem razão, há doses de otimismo nessa tese.

– Podemos escolher, inclusive, não ser autodestrutivos, egocêntricos, individualistas, isolados, radicais – disse o psiquiatra. E, admirado com a inteligência dela, surpreendeu-a mais uma vez: – Até suas ideias sobre a morte escondem um rigor otimista.

– Não é possível! – observou ela, espantada.

– Seu pavor da morte esconde um desejo incontrolável de viver. Você tem sede de viver. Mesmo os suicidas, que, ao contrário de você, querem eliminar a existência, no fundo desejam desesperadamente viver. Querem exterminar a dor, e não a vida.

Ela meneou a cabeça, concordando. Alguns psiquiatras haviam interpretado suas ideias perturbadoras como reflexo de uma tendência à autodestruição. Não entenderam que, no caso de Camille, a obsessão por um objeto não refletia o desejo dele, mas aversão a ele.

Pensar fixamente num câncer ou num infarto não significava desejar morrer de câncer ou de parada cardíaca, mas ter aversão a essa possibilidade. Pensar numa faca ferindo uma criança, como às vezes Camille pensava, não significava que ela desejasse matar uma criança, mas, pelo contrário, tinha pavor de que isso acontecesse. Embora tivesse medo de ter filhos, ela amava as crianças. A aversão ao objeto fóbico a fazia registrá-lo de maneira privilegiada no córtex cerebral, controlando-a. Quanto mais rejeitava algo ou alguém, mais aumentava sua tensão e, consequentemente, mais arquivava o que detestava no centro da sua memória, formando janelas inesquecíveis. Camille vivia esse fenômeno: "O ódio ao meu inimigo me faz dormir com ele."

– Essa conclusão me traz alívio, abranda minha culpa, mas não é fácil conviver com essas ideias fixas – afirmou, após um suspiro.

– Claro, não é fácil. Os grilhões dos nossos conflitos precisam ser desarmados, as algemas precisam ser desatadas. Para desatá-las é necessário fazer escolhas, e fazer escolhas implica perdas. Perdas geram desconforto, e é por isso que muitos não fazem escolhas.

Ela ficou profundamente pensativa.

– Você acha que não tenho desejo de me libertar? Será que sou masoquista?

Ele completou:

– Ninguém procura infligir dor a si mesmo simplesmente por infligir. Mesmo a pessoa que se mutila ou se flagela, ainda que isso tenha um viés doentio, no fundo está procurando ganhos ou alívio.

– Sempre acreditei nisso. Eu me firo, não porque quero, mas porque não consigo ser diferente.

– Mas entenda que fazer escolhas não é o mesmo que ter desejos. Desejos são intenções rápidas e superficiais. A intenção não muda a personalidade, é uma ilusão. A imensa maioria das pessoas vive iludida sob o escudo frágil de seus desejos ou intenções de mudança. As escolhas, ao contrário, implicam consciência crítica, e consciência gera atitudes, atitudes formam hábitos, hábitos constroem mudanças de comportamento. Você tem desejos ou faz escolhas?

Sem hesitar, Camille respondeu:

– Sou ansiosa e impulsiva. Vivo e sobrevivo de desejos.

– Então, desculpe a honestidade, mas você acabou de confirmar que é uma falsa existencialista.

Chamá-la de falsa existencialista era uma heresia.

– Discordo veementemente.

– Camille, vou repetir: a intenção não muda a personalidade. O processo terapêutico não é mágico. São necessárias atitudes que formem novos hábitos e hábitos que revolucionem sua agenda. Seu Eu não é autor da sua própria história. Você precisa fazer escolhas de longo prazo, e ninguém pode fazê-las em seu lugar. Só você, e mais ninguém, pode se dar uma verdadeira chance de se tratar.

Camille ficou abalada com tudo o que ouviu. Depois Marco Polo tentou acalmá-la dizendo que também tinha suas limitações.

– Também sou um ser humano em construção.

Depois de um tempo, ela relaxou e reconheceu:

– Foi a primeira vez que alguém desnudou minha imaturidade sem destruir minha autoestima. Realmente não faço escolhas duráveis. Meu ânimo não resiste aos primeiros raios solares da frustração. Mas, espere um pouco: ser autor da sua própria história, como você advoga, está de acordo com as teses da livre escolha, do livre-arbítrio, da autodeterminação proclamados pelos existencialistas. Você tem que ser um pensador existencialista.

– Não exatamente.

Em seguida, Marco Polo tentou prepará-la para a bomba que soltaria, sabendo que se tratava de uma tarefa muito difícil.

– Em minha opinião, os filósofos existencialistas foram ingênuos e românticos nessa tese.

Camille saiu do céu da admiração para o inferno da rejeição. Ficou indignada com o psiquiatra. Para ela, essa tese era incontestável.

– O quê? Você está dizendo que o brilhante Sartre, o mais afiado dos pensadores franceses, o mestre mais inteligente do existencialismo, o homem que rejeitou o Nobel de Literatura, o crítico voraz do sistema social, expressou ingenuidade em sua tese central? O ser humano não tem o direito pleno de ser livre? Não tem o direito fundamental de escolher a quem amar, com quem viver, a que governo se submeter, o que pensar, o que sentir?

– Ele tem esse direito teoricamente, mas existem muitas armadilhas no funcionamento da mente que o impedem de ser livre.

– As doenças mentais, as pressões sociais e o sistema político podem dificultar o exercício do direito de ser livre. Eu concordo. Mas, se superarmos esses entraves, seremos plenamente livres! – afirmou ela.

– Eu não concordo – retrucou Marco Polo. – Mesmo não tendo

qualquer doença mental e vivendo numa sociedade "perfeita", sem pressões sociais e sem um sistema político controlador, se os mecanismos mentais que nos tornam *Homo sapiens*, seres pensantes, não forem compreendidos e bem trabalhados, podem conspirar contra nossa liberdade, podem atentar contra o direito de pensar e sentir livremente.

– Então daqui a um milhão de anos, se a humanidade sobreviver, poderá ainda haver conflitos? O egoísmo, o egocentrismo e o individualismo poderão continuar a fazer parte da nossa história? – indagou ela, confusa.

– Poderão. Sem compreender o processo de construção de pensamentos ou desenvolver as funções complexas do Eu, como pensar antes de reagir, colocar-se no lugar do outro, proteger a emoção, gerenciar os pensamentos, expor e não impor ideias, a humanidade estará condenada ao fracasso. Guerras, preconceito, domínio de um povo pelo outro, violências continuarão a permear nossa história. Pense nesta tese: o destino não é frequentemente inevitável, mas uma questão de escolha.

– É uma tese realmente bela e está de acordo com a dos existencialistas.

– Não totalmente. Porque essa escolha a que me refiro não é plenamente livre.

Apesar de depressiva, vítima de ideias assombrosas, de ataques de pânico e sofrer de extrema ansiedade, Camille sonhava em se libertar da sua masmorra. Ela defendia a tese da liberdade de escolha com unhas e dentes e atacava implacavelmente quem fosse contra ela.

Entretanto, para Marco Polo, o ser humano não nasce livre; ele precisa conquistar sua liberdade. Ser livre não é o destino natural do ser humano, um exercício da vontade humana como Nietzsche proclamava, mas uma conquista educacional, emocional, intelectual, diária e profunda. Como Marco Polo dissera, havia milhões de encarcerados no território psíquico vivendo em sociedades livres.

Mesmo pais, professores, parceiros psiquicamente saudáveis têm atitudes nos focos de tensão que machucam aqueles que amam. "Será que são livres?", questionava Marco Polo. Profissionais excelentes são capazes de produzir pensamentos inquietantes sobre o futuro, mesmo quando não estão doentes. Será que são livres nesses momentos? Alunos bloqueiam as janelas da memória diante das provas, diminuindo seu rendimento intelectual, apesar de saberem toda a matéria. Será que têm livre acesso à memória? O ser humano perde facilmente sua liberdade de escolha se cair nas armadilhas da engrenagem mental.

Marco Polo sabia que seria necessário provar isso para Camille com muita inteligência, porque o risco era enorme diante de uma mulher que só se sentia viva criticando quem atravessasse seu caminho. Poderia terminar a relação terapêutica imediatamente.

Pela primeira vez, Camille estava chocada com a afirmação de um psiquiatra. Percebendo que Marco Polo era um páreo duro, contra-atacou-o de maneira injusta e preconceituosa.

– Como é que um simples operador de conhecimento em sua prática clínica ousa questionar os existencialistas? A liberdade de escolha está nos direitos fundamentais do homem, permeia todo o sistema democrático. Como ousa dizer que o funcionamento da mente pode esconder armadilhas, inclusive em seres humanos que não têm transtornos psiquiátricos, que os impeçam de ser livres? Quem é você para ir contra os grandes pensadores? Um simples psiquiatra!

O clima agradável entre eles fervilhou, mas Marco Polo retomou sua serenidade.

– Sou um simples psiquiatra e me orgulho disso, mas também sou um produtor de conhecimento. Também produzi uma teoria sobre o funcionamento da mente e o processo de construção dos pensamentos.

Ela respirou profundamente e sorriu com certo sarcasmo. Um pensador num carro caindo aos pedaços, num país que não valoriza teóricos, que importa conhecimento básico, parecia utopia. Não suportou. Falou, destilando preconceito:

– Você está brincando? Isso me cheira a autoajuda, e não a uma teoria.

Marco Polo tinha repugnância por preconceito. Suspirou lentamente e usou a arte da dúvida.

– Que base você tem para julgar o que não conhece? O que é autoajuda?

– Frases de efeito, informações simples, dados sem fundamentação teórica. Mais de 90% do que jornais, revistas, TV, enfim, a imprensa leiga escrevem orientando seus leitores ou espectadores – comentou a intelectual.

– Não condeno os que escrevem com essa motivação, que não é a minha, sem dúvida. Mas me responda, Camille, tudo sobre o que discorri até agora são informações simplistas? São ideias superficiais?

Ela se recolheu dentro de si e admitiu.

– Sinceramente, não. É a primeira vez nos últimos anos que me vejo colocada contra a parede.

– As armas de fogo matam o corpo, o preconceito mata a alma.

Camille engoliu em seco. Teve que admitir que fora preconceituosa. Marco Polo tinha pagado caro por ousar produzir conhecimento teórico em seu país. Era melhor produzir na Europa ou nos Estados Unidos, mas ele amava o Brasil. Para sobreviver e difundir suas ideias, usou como estratégia democratizar primeiro o conhecimento em livros de psicologia aplicada, para depois entrar nas universidades, o que estava ocorrendo rapidamente. As teses de mestrado e doutorado sobre sua teoria se multiplicavam em alguns países.

Muito raramente Camille reconhecia seus erros.

– Sinceras desculpas, doutor.

– Arthur Schopenhauer discorreu sobre a trajetória das teses de sucesso. No começo, são veementemente rechaçadas; depois, aceitas publicamente e, no último estágio, são consideradas óbvias.

– Eu estudo Schopenhauer e o admiro. Conheço esse pensamento. – Em seguida, humildemente, ela pediu: – Por favor, Dr. Marco Polo, fale com liberdade de sua crítica à tese central dos existencialistas. Seja profundo, ainda que eu venha a discordar de algumas das suas ideias. Insisto, seja profundo. Detesto diagnósticos fechados, dogmas invioláveis. Estou morrendo por dentro. Tenho sede de conhecimento.

– Há pelo menos seis grandes erros na tese de Sartre da livre escolha.

– Seis? Um já seria um escândalo.

– E cada um desses erros tem relação não apenas com o funcionamento da mente, mas provavelmente com quase todo adoecimento psíquico, sobretudo com os seus transtornos mentais.

A sessão terminou. Ficaram de retomar o assunto dias depois. Depois que Marco Polo saiu, Camille anotou muitas das coisas que ouvira. Estava pensativa. Queria digerir o conhecimento. Por que vivo entrincheirada? Por que o tempo dos escravos não terminou? Em que mantos se escondem? Onde eu me oculto? Que armadilhas estão alojadas na minha mente? Por que sou marionete das minhas mazelas, se prezo tanto a liberdade? Camille se fez muitas perguntas, mas encontrou poucas respostas.

CAPÍTULO 15

Os mordomos que libertam e escravizam o Eu

Ao saber das notícias dos primeiros contatos positivos de Camille com o psiquiatra, Marco Túlio ficou na maior felicidade. Ficou particularmente feliz porque sua empresa acabara de fechar um grande negócio. Comprara outro banco.

– Parabéns, você se tornou um bilionário – disse Jorge Messari, diretor-financeiro, para o maior acionista do banco.

Todos aplaudiram solenemente Marco Túlio. Realmente, era um homem com habilidades ímpares para grandes negócios. Tomando a palavra diante de outros importantes acionistas e do principal grupo de diretores, ele declarou:

– Quero agora investir em empresas americanas em dificuldades financeiras. Algumas são verdadeiras pechinchas.

– Já temos negócios em seis países da América Latina. Em breve pisaremos em território norte-americano – sentenciou Messari.

Mais aplausos.

Quando o negócio foi concluído, as ações do banco dispararam. No dia seguinte os executivos foram comemorar os ganhos financeiros. Afinal, deixaram seu sangue ali, sacrificaram família, filhos e qualidade de vida para coroar o sucesso da empresa. Festas, jantares, bônus antecipados.

Enquanto isso, a milionária Camille tentava enriquecer sua paupérrima emoção. Embora fosse dada a críticas, era assaltada não apenas pela fobia social e pelo medo de ambientes públicos, mas também pela agorafobia, medo de sair de casa. "Se eu passar mal, quem vai me socorrer?", ela se atormentava.

Felizmente, na manhã seguinte, acordou animada. Tivera uma noite tranquila. Em vez de sentar na varanda, paralisada, pensando obsessivamente como sempre fazia, encorajou-se a sair. Visitou o pomar, foi ver os canteiros de flores, todos perto do casarão. Mais animada e bem-humorada, esqueceu-se de que os fantasmas que a assombravam ainda dormitavam na sua mente.

Camille começara bem a primeira semana de tratamento com Marco Polo, mas era imprevisível, poderia jogar tudo para o alto a qualquer momento. Para ele, era injusto e impossível enquadrar os pacientes dentro de um molde teórico rígido. Cada ser humano é um mundo, cada paciente tem um mapa, cada cofre, seus segredos. Como um mestre de artes marciais, ele usava a força das pessoas resistentes para desarmá-las.

– Detesto afirmações tolas. Não consegui em hipótese alguma enxergar onde está o romantismo ingênuo da tese da liberdade de escolha proclamada por Sartre – disse ela mal-humorada para Marco Polo logo no início da sessão seguinte. Reagia como se esquecesse do passado recente. Negava que lhe houvesse pedido desculpas no último encontro.

– Excelente, Camille! Se meu pensamento é tolo, o seu deve ser mais inteligente. Amo aprender. Que teses sustentam sua afirmação de que o ser humano é destinado a ser livre, além do desejo romântico de que ele o seja? – questionou o psiquiatra.

Ela engoliu em seco. Percebeu que não tinha respostas profundas, a não ser divagações filosóficas. Desarmou-se momentaneamente. Era melhor ouvi-lo, o que ela sinalizou movimentando a mão direita. Ele tomou a palavra:

– Em primeiro lugar, responda-me: qual é o instrumento básico do psiquismo que usamos para interpretar, ler, escrever, debater, pesquisar, sintetizar, raciocinar?

Ela não soube responder.

– É o pensamento – respondeu por ela Marco Polo.

– Claro, é o pensamento. O pensamento é o tijolo básico do intelecto humano. Estudá-lo, penso eu, talvez seja a última fronteira da ciência – comentou acertadamente Camille.

– Mas esse tijolo básico foi estudado sistematicamente? – perguntou ele para a notável intelectual que amava passear pelas ideias dos grandes pensadores.

Ela respondeu:

– Os grandes nomes da filosofia, da sociologia, da psicologia, da pedagogia usaram o pensamento pronto para entender o processo de formação da personalidade, o processo de aprendizagem, o ambiente sociopolítico, mas poucos usaram o pensamento para investigar o próprio pensamento.

– Os linguistas, como Ludwig Wittgenstein, Bertrand Russel, Lev Vygotsky, Noam Chomsky, ousaram entrar um pouco mais nessa seara – observou Marco Polo.

– Correto. Nem Freud, nem Jung, nem Adler gastaram muito tempo para pensar o pensamento – afirmou a especialista em psicanálise.

Diante disso, o psiquiatra afirmou:

– Estudar o pensamento está para as ciências humanas como o átomo está para a química e a física. Tenho gastado anos estudando o processo de construção de pensamentos sob o ângulo dos fenômenos psicológicos que os constroem. E fico apequenado diante dele.

Nesse momento, Marco Polo fez uma pausa, pois tinha consciência de que iria chocar a intelectual. Encheu os pulmões de ar e expirou lentamente, antes de dizer:

– Além do Eu, que representa a capacidade de escolha, autodeterminação e consciência crítica, há outros fenômenos inconscientes que também constroem cadeias de pensamentos.

Num salto, ela se levantou da poltrona.

– Espere um pouco! Você está afirmando que não apenas o Eu, ou o Self, que representa a vontade consciente, produz cadeias de pensamentos?

– Sim!

– Mas não é possível! Eu penso o que quero quando quero!

– Não é verdade. Você pensa o que não quer também.

– Mas só penso o que não quero quando sou vítima dos meus traumas, quando estou doente.

– Ledo engano. Mesmo não estando doente há fenômenos que leem a memória sem a autorização do Eu.

– Essa é uma afirmação seríssima! Coloca em xeque a nossa própria capacidade de escrever nossa história. Prove que essa tese tem fundamento!

Então Marco Polo tentou levá-la a pensar em seu próprio processo de construção de pensamento.

– Como você assimila as frases que estou dizendo?

– Meu Eu faz uma análise, um julgamento e uma síntese.

– Mas quem abre as janelas da memória em milésimos de segundos e encontra os verbos, os substantivos e os adjetivos, para você assimilar minhas frases? É o seu Eu?

– Nunca pensei nisso.

– Na realidade, quem exerce essa tarefa é um fenômeno inconsciente que eu chamo de *gatilho da memória*. Ele dispara milhares de vezes por dia para dar os primeiros significados das imagens, dos sons e das formas de tudo o que vemos, tocamos, ouvimos e sentimos. Sem o gatilho, o Eu se perderia no universo escuro da mente humana. – E acrescentou: – Feche os olhos e tente encontrar o lócus exato de um verbo ou a imagem de um amigo no seu córtex cerebral.

– É impossível! Ainda que eu resgate o verbo ou a imagem, não sei onde eles se encontram. De fato, a memória é um universo escuro.

Marco Polo usou uma metáfora. Pediu para Camille considerar a memória como a maior de todas as cidades. Disse que o gatilho da memória é tão incrivelmente certeiro que consegue encontrar uma informação em milésimos de segundo. Realiza uma tarefa que numa cidade concreta demoraria horas. E comentou que o gatilho não abre a memória como um todo, mas áreas de leitura, chamadas de janelas.

– Janelas da memória são territórios de leitura num determinado momento existencial – afirmou. – Para onde se deslocar, o gatilho abrirá uma janela e, a partir dela, se iniciará a construção de pensamentos, a assimilação de dados, fobias, impressões, percepções, definições, preconceitos. O Eu entra logo em seguida, em frações de segundo após esse processo inconsciente. Portanto, no segundo ato do enredo deste teatro mental.

Camille ficou perplexa com esse conhecimento.

– Mas isso é um fato admirável que compromete a grande tese de Sartre! Então, se vejo o rosto de alguém que aprecio, o gatilho abre janelas que iniciam a construção de pensamentos que me dão alegria, vontade de dialogar, trocar ideias? Se vejo a imagem de um acidente, abrem-se janelas que me imprimem ansiedade, angústia, ainda que meu Eu queira estar tranquilo, sereno? Se vejo a imagem de algo que me remete à infância, inicio inevitavelmente a construção de pensamentos que me resgatam o passado? Tudo isso demonstra que muitos pensamentos que meu Eu pensa que iniciou, na realidade ele comprou ou tomou emprestado a partir dessa dupla de fenômenos inconscientes: o gatilho e as janelas – entendeu Camille.

– Correto. Entenda que é assim que funciona nosso intelecto. O Eu, como representante solene da vontade consciente, se nutre milhares de vezes por dia das janelas que processaram as primeiras percepções, impressões, definições, interpretações. Portanto, o consciente se alimenta do inconsciente. Mas, depois que o Eu entra em ação, cumpre a ele questionar as janelas abertas, criticar a definição iniciada, reciclar o preconceito desencadeado. Caso contrário, o Eu será vítima, e não autor da própria história. Gerenciar a construção de pensamentos é fundamental para dirigirmos nosso roteiro.

– É incrível, mas isso revela por que sou escrava dos meus medos, ainda que os considere débeis e ilógicos. O gatilho abre janelas doentias, que produzem imagens mentais horríveis. Em seguida meu Eu compra ingenuamente o conteúdo dessas imagens e continua nutrindo-se delas. Pareço um zumbi – concluiu Camille.

Atônita, ela entendeu o processo. Contorceu a face e, num momento de grande lucidez, comentou:

– De fato, Sartre, Nietzsche, Albert Camus e muitos outros pensadores foram românticos ao tecer a tese de que o ser humano tem o poder pleno de ser dono do próprio destino. Ao que parece, a liberdade é dirigida pelo gatilho da memória no funcionamento normal de nossa mente. Os existencialistas, por não estudarem os fenômenos que estão na base da construção de pensamentos, não viram isso. E, se o homem não é dono do seu próprio destino no funcionamento normal, imagino como a liberdade deve ser sequestrada quando há um funcionamento doentio, como no meu caso. – E, interessadíssima em entender melhor seu cárcere mental, indagou: – Quantos tipos de janelas existem?

– As janelas podem ser neutras, traumáticas ou saudáveis. As janelas neutras não têm conteúdo emocional, ou têm baixo conteúdo, e representam mais de 90% das janelas da memória. Elas contêm informações objetivas e dados numéricos. As janelas saudáveis, que chamo de light, contêm as experiências que financiam os prazeres, o altruísmo, a generosidade, a tolerância, a capacidade de síntese, a análise crítica, etc. E as janelas traumáticas, que chamo de killer, contêm as experiências fóbicas, as perdas, as frustrações, as privações, o sentimento de culpa, os pensamentos perturbadores.

– Janela killer? Uma janela assassina? – questionou Camille.

– Uma janela killer que não assassina o corpo, mas amordaça a atuação do Eu como gestor da mente humana.

De repente, Camille teve outro insight, uma percepção fabulosa. Finalmente descobriu por que sente um pavor imediato e incontrolável quando tem um ataque de pânico ou se encontra em lugares fechados ou está dentro de uma aeronave.

– O gatilho da memória dispara na frente do meu Eu e abre, sem minha autorização, uma janela traumática em minha memória. Quando meu Eu tenta entrar em cena, as fobias já me dominaram. É isso que você chama de armadilha na engrenagem psíquica?

– Exatamente. Essa é uma das armadilhas.

– É surpreendente entender nossos mecanismos mentais. Se meu Eu não tem escolha nas primeiras frações de segundo sobre quais janelas iniciais eu abro e que tipo de definição se inicia, onde está minha liberdade? E se a janela que o gatilho abre é traumática, submeto-me a uma das suas mais fortes algemas mentais. Não sou plenamente livre – concluiu, fascinada, a mulher durona, mas que tinha humildade para se curvar diante da inteligência alheia, quando convencida.

Marco Polo declarou:

– A nossa história é saturada de guerras, discriminações, erros, exclusões, assassinatos não apenas porque os seres humanos são falhos, antiéticos, radicais, insanos, mas porque há falhas na utilização dos fenômenos que nutrem o sistema de construção de pensamentos.

– Palestinos e judeus, quando se veem, iniciam o processo de leitura inconsciente da memória que geram as primeiras aversões e, se o Eu deles não gerenciar esse processo, se verão sempre como inimigos, e não como membros da mesma espécie.

– Parabéns, Camille, mais uma vez parabéns. O *Homo sapiens* não estudou "como" e "por quê" é "sapiens", "como" e "por quê" pensa, o que levou a espécie humana a sempre cometer loucuras.

– Então a pulsão de morte, o instinto agressivo que Freud acreditava fazer parte do ser humano, deve ser questionada?

– Sim. A biografia do *Homo sapiens* de todas as sociedades é maculada não porque os homens sejam intrinsicamente violentos, mas porque enredam-se na complexa engrenagem mental. Não sou adepto da tese do filósofo francês Rousseau do "bom selvagem", que diz que o homem nasce bom e que a sociedade é que o corrompe. Minha tese é que o homem nasce neutro, mas com grande potencial para ser generoso ou agressivo, e o que mais o influencia ou "corrompe" são as armadilhas mentais não trabalhadas que estão na base da confecção das suas reações e de seus pensamentos. Entretanto, não há dúvida de que também existam as influências sociais e genéticas nesse processo, às vezes marcantes.

– Dê-me um exemplo para demonstrar que não é só o Eu que produz pensamentos – pediu Camille.

Marco Polo fez uma pergunta direta:

– Você sofre por antecipação?

Ela não teve dúvidas.

– Sim! – Confessou. – Eu sempre me perturbo antes do tempo.

– Seu Eu quer sofrer por antecipação.

– Claro que não.

– Então, quem faz isso?

Camille ficou sem voz. Em seguida, respondeu:

– O gatilho da memória.

– O gatilho inicia as primeiras cadeias de pensamentos e emoções, mas ele não dá continuidade ao processo. Quem dá essa continuidade é o Eu ou outro fenômeno, que eu chamo de *autofluxo*. Ele atua inconscientemente e é fundamental no psiquismo humano.

– Autofluxo? Qual é o seu objetivo?

– Ele tem pelo menos dois grandes objetivos. Primeiro, ele é o grande mordomo que vai cuidar da formação do Eu. Sem ele, o Eu não se nutriria com milhões de dados, seríamos eternas crianças. Segundo, ele é o responsável por produzir a maior fonte de entretenimento ou de prazer. Sem o autofluxo, o ser humano morreria de tédio, nossa espécie teria depressão coletiva – afirmou ele.

– Como assim? – perguntou Camille, admirada.

Era muito difícil para Marco Polo expor resumidamente todas essas teses. Mas tentou. Disse que o fenômeno do autofluxo passeia pelas janelas da memória desde a aurora fetal no útero materno e durante toda a existência no útero social. Ele lê as experiências que resultaram dos malabarismos fetais, da sucção do dedo do bebê, do conforto no berço, das cólicas intestinais, dos beijos dos pais. Lê também milhões de outros estímulos, como palavras e reações que vê e ouve. Essa riquíssima leitura do autofluxo produz milhares de novas experiências diariamente, que são registradas de volta no córtex cerebral, gerando milhões de informações que são registradas em milhares de janelas da memória. Com isso, constrói uma plataforma, um banco de dados, para o desenvolvimento do Eu. Marco Polo ainda explicou que um Eu malformado traz consequências a vida toda.

Camille começou a perceber que, mais do que graves doenças, seu maior problema era que seu Eu tinha sido malformado, não exercia suas funções vitais. Pensativa, concluiu:

– Quando uma criança de dois anos diz "mamãe, eu quero água", tem de haver inumeráveis dados para definir quem é a mãe, o que é a sede, o que significa água, a crença de que a mãe irá satisfazê-la. Parece tudo tão simples, mas é de inimaginável complexidade.

– Exato.

– Explique melhor a segunda função do autofluxo.

– É passear pela memória e produzir imagens mentais, pensamentos, fantasias, gerando uma multiplicidade de estímulos para entreter, inspirar, animar, distrair o ser humano. Claro que o Eu também constrói esses elementos numa direção lógica e consciente. Mas grande parte do tempo nós assistimos a um filme mental que surge espontânea e inconscientemente. Até porque se o Eu planejasse cada pensamento e cada ideia, viveríamos no cárcere do tédio. Conhece pessoas entediantes, perfeccionistas, que dosam tudo, controlam tudo?

– Conheço. Eis aqui uma delas – Camille admitiu corajosamente. – Nada pode estar fora do lugar no meu quarto. Nada pode estar "fora do lugar" no comportamento das pessoas. Asfixio a naturalidade dos outros e esmago a minha própria espontaneidade. Santa estupidez!

Marco Polo ficou feliz com o mapeamento que ela fez de si. Em seguida, prosseguiu:

– O autofluxo tem, como disse, pelo menos duas funções vitais saudáveis, mas ele pode se desviar dessas funções e gerar a maior fonte de estresse do ser humano.

Camille, que vivia dia e noite seus dramas, que era uma sequestrada em um lugar longe dos olhos sociais, não precisou de muito esforço para compreender.

– Você está dizendo que esse fenômeno inconsciente que deveria me entreter passeia pelas janelas traumáticas e constrói um filme de terror? Eu fico horas fixamente ligada em minhas imagens mentais. Sempre achei que o meu Eu era o grande responsável por construí-las. Mas meu próprio Eu tem asco por elas. Aspirava ser líder da minha mente, mas suas intenções não se materializavam. Se o fenômeno do autofluxo usurpa a ação do Eu, somos mais complexos do que as teorias psicológicas imaginaram. Se assim for, a tese da livre escolha tem mais um erro aqui – disse ela.

– Se tomarmos a mente humana como uma grande aeronave – completou o psiquiatra –, isso equivale a dizer que o piloto, o Eu, tem outros copilotos, como o gatilho da memória e o autofluxo, que podem dirigi-la para trajetórias que o próprio Eu não programou e por pistas em que não desejou pousar.

– Se o gatilho abre uma janela traumática e o autofluxo começa a ler a memória sem a autorização do Eu, não está esse Eu condenado a ser um prisioneiro? Não fraturará eternamente seu direito de escolha? – Perguntou Camille, depois voltando para o seu próprio drama: – Serei eu uma eterna vítima do medo de infartar? Serei sempre asfixiada pelo medo de me acidentar? Estarei condenada a ser uma escrava como a menina Mali?

Neste momento ela contou com detalhes as imagens recorrentes que destruíam sua tranquilidade e seu prazer de viver.

Após ouvi-la, Marco Polo afirmou com segurança:

– Não se desespere. O Eu não está de mãos atadas. Ele pode ser equipado para gerenciar pensamentos iniciados pelo gatilho da memória e nutridos pelo fenômeno do autofluxo. Deixar os pensamentos soltos, sem gestão, é uma bomba contra a qualidade de vida, um convite ao adoecimento, um mergulho na lama do estresse.

– Mas, em que escola aprendemos a gerenciar os pensamentos? Em que universidade o Eu é treinado para conhecer seus papéis, para deixar de ser um espectador passivo e se tornar um gestor psíquico? – questionou a professora Camille.

Marco Polo comentou um paradoxo em que ela precisava urgentemente atuar. Aprendemos a dirigir carros, máquinas e empresas, mas não sabemos dirigir nossas mentes. Não sabemos confrontar, discordar e impugnar nossos pensamentos perturbadores. Tal como faz um advogado num fórum para defender um réu.

Ela contraiu a face, viajou como um raio de luz para dentro da sua mente conturbada e expressou categoricamente, como se fizesse uma radiografia de si mesma:

– Somos tímidos onde deveríamos ser ativos. Meu Eu foi equipado para ser um espectador passivo dentro de mim. Aprendi a criticar todo mundo ao meu redor, mas não fui treinada para reciclar minhas loucuras. Meu Deus, que erro terrível!

O gatilho da memória abria com extrema habilidade as suas janelas traumáticas. Uma vez abertas tais janelas, o fenômeno do autofluxo entrava em cena e engenhosamente ia dirigindo o teatro mental, tal como ocorre nos sonhos. Só que nos sonhos o Eu estava inerte, mas no estado de vigília ele se encontrava consciente, embora amordaçado.

Foi uma grande descoberta para Camille saber que os mordomos da mente que auxiliavam o Eu eram os mesmos que poderiam escravizá-lo. Compreendeu que as armadilhas contidas na engrenagem mental geravam uma verdadeira masmorra, produziam seu cárcere privado.

Sua coragem para enfrentar e criticar as pessoas contrastava com sua notável fragilidade em enfrentar a si mesma. Precisava redirecionar seu foco. Errar o alvo era perpetuar sua condição por anos, por décadas. Era se perder radicalmente no único lugar em que ninguém pode nos achar, só nós mesmos...

CAPÍTULO 16

As feridas profundas de Mali e Camille

Aquela semana tinha sido uma das melhores que Camille passou nos últimos anos. Marco Túlio não pôde passar o final de semana na fazenda, mas ela não se importou. Parecendo que tinha esquecido a péssima experiência da senzala, começou a se arriscar a andar um pouco mais além dos limites do casarão. Foi até a lagoa, mas rapidamente voltou. Foi até a estrada que dava acesso à sede, mas o passeio não durou mais do que dez minutos.

Os funcionários, enfim, começaram a ver a cara da misteriosa patroa. Na noite que antecedeu mais uma visita de Marco Polo, quando tudo parecia navegar num céu de brigadeiro, Camille teve um pesadelo com tal crueza que a abalou muitíssimo.

Fugiu de novo da senzala na pele de Mali. Na sua imaginação, a África não estava em outro continente, mas em algum lugar nas imediações da fazenda Monte Belo. As brincadeiras com os amigos nas cachoeiras, o nado livre nos rios, as listras das zebras, a corrida suave das girafas eram imagens mentais que não saíam de sua mente e nutriam uma infância feliz. Mali, ou melhor, Camille delirava em busca da liberdade.

Os feitores novamente foram no seu encalço com cães. Mas dessa vez, ao ser encontrada, ela não apenas foi atada em ferrolhos e com a máscara de ferro, mas também açoitada. E o espantoso e profundamente doloroso no pesadelo de Camille era que a menina não era espancada pelos feitores, mas por Kunta, seu próprio pai.

Kunta foi impiedoso. Levou a menina para a frente da senzala e, diante de uma plateia de outros escravos, sob os olhares dos patrões e dos feitores, a surrou. Mali tentava cobrir o rosto, as pernas e as costas. Mas era impossível.

– Somos escravos, menina! É o nosso destino!

– Eu quero voltar para casa! – gritava ela aos prantos numa língua que os brancos não entendiam, mas sabiam seu significado.

– A África não existe mais – Kunta gritava para a filha. – Você vai aprender a não fugir. – E batia nela impiedosamente. Era de cortar o coração.

As mulheres tentavam intervir, mas os feitores as atiravam ao chão. As palavras eram toscas para descrever a dimensão da dor vivida pela menina nas imagens mentais de Camille. Elas eram cruéis, cruas, concretas.

– Não! Não! Você... não é mais... meu pai – dizia a menina chorando e quase desfalecendo.

– Ingrata! Ingrata! Eu te pus no mundo e eu te tiro a vida.

No pesadelo de Camille, Kunta tinha a mesma face de seu pai verdadeiro. De repente, os patrões intervieram e impediram o pior. Deixaram-na inerte. Após saírem de cena, as mulheres escravas levaram Mali para curar suas feridas, mas ela estava muito machucada. Nada e ninguém conseguia aliviar sua dor. Era uma escrava com sede irrefreável de liberdade.

Camille acordou em completo desespero. Sentia como se tivesse sido espancada. Desta vez, Clotilde não suportou os gemidos da patroa e invadiu seus aposentos. Encontrou-a ofegante, ensopada de suor, de joelhos na cama, com alguns hematomas no corpo. Ela estava transtornada.

Clotilde abraçou-a e, pela primeira vez, Camille permitiu. Mas naquela manhã não tomou café. Não quis passear pelos jardins. Seu mundo perdeu a beleza. Desequilibrou mais uma vez o pensar e o sentir. Estava começando a dar tréguas à sua mente, mas novamente passou a viver em guerra consigo mesma. Às nove horas foi para a varanda. Estava petrificada, sem expressão facial. Mas era estranho. Justamente naquela manhã havia um movimento anormal na fazenda. Zenão do Riso e muitas crianças rodeavam o casarão. Ela continuava inerte. O jardineiro cumprimentou-a, mas ela não reagiu.

De repente, Zenão se aproximou com dez crianças e cinco adolescentes. Posicionaram-se em frente à sua cadeira na varanda e fizeram-lhe uma surpresa: as crianças formaram duas filas e Zenão, de costas para ela, regeu um coral. Ele não era nenhum especialista, mas tinha muita preocupação em tirar as crianças do contato excessivo com TV, celulares e internet. O progresso estava seduzindo as crianças. Nem Zenão nem os meninos entendiam muito de música, mas entendiam de sensibilidade, da colcha de retalhos das experiências singelas.

Cantaram uma música familiar, chamada "Casinha branca". Certa vez Camille, ao ouvi-la no rádio, dissera para Clotilde que a amava. Clotilde contou para Zenão, que ensaiou as crianças.

Camille trocaria tudo o que tinha para ter prazer de viver. As circunstâncias a levaram a ser multimilionária, mas ela procurava ansiosamente um modo simples de ser e de viver. Bastaria uma casinha branca, desde que sentisse tranquilidade. Poderia ter janelas sem glamour, desde que respirasse liberdade. A varanda poderia ser pequena e humilde, desde que, ao se sentar nela, não fosse assaltada em seu direito de ser livre e feliz. Já não suportava mais sua masmorra.

O coral de Zenão a animou. Abriu uma fenda em sua rochosa emoção. Desceu da cadeira lentamente e beijou cada uma das crianças com lágrimas nos olhos. Agradeceu-lhes. Dirigiu-se até o filósofo do campo e pela primeira vez o abraçou. Desarmou naquele momento o preconceito e o medo de se contaminar. Não lhe disse nada, nem precisava. De repente, um menino chamado Gui perguntou ingenuamente:

– A senhora brigou com alguém?

Camille não queria traumatizá-lo, mas não queria faltar com a verdade.

– Um pouco, meu filho. Um pouco...
– Com quem? – perguntou o menino.
– Com meus pesadelos.
– Ahhh! Eu também tenho pesadelos.

– Com o quê?

– Com colegas me xingando, com as notas ruins da escola.

– Mas você vai se livrar deles.

E se afastou depois de abraçá-lo afetuosamente. Em seguida, voltou para os seus aposentos. Não saiu de lá nem para almoçar. Não tinha vontade de falar com ninguém. Se pudesse, não queria falar nem com Marco Polo à tarde. As imagens do seu pai espancando-a não lhe saíam da mente.

CAPÍTULO 17

As janelas traumáticas

Marco Polo se aproximou de Camille e viu seus hematomas. Nada lhe perguntou. Esperou que ela lhe contasse, mas ela não estava disposta a falar do seu drama naquele momento. Passaram-se longos minutos de silêncio. Ela estava emudecida. Mas não podia mais fugir de si mesma. Momentos depois, ela lhe falou sobre os pesadelos que tinha com a menina negra, Mali. E o fez com lágrimas nos olhos.

Marco Polo ouvia atentamente a sua história, e estava claro que Camille tivera uma infância conturbada. Descreveu os pesadelos, mas tinha enorme dificuldade de entrar na sua própria história. Havia um bloqueio a ser vencido.

– Nunca falei sobre meu pai de maneira crua e aberta.

– Nem com os experientes psiquiatras e psicólogos que a atenderam?

– Não. Até porque o tratamento nunca durava muito.

– E você se sente confortável em falar sobre esse episódio agora?

– Desculpe-me, ainda não.

– Vou respeitar seu tempo. Mas independente do que me contar, já entendi que seu pai, que foi transformado em Kunta nos seus sonhos, provavelmente foi um ponto de mutação na sua história.

– É verdade.

– Mali queria a vida dela de volta – disse Marco Polo.

– Eu sou aquela menina que se perdeu no passado.

Camille ainda resistia em discorrer sobre os fatos reais.

– Quando nossas relações são altamente estressantes, podemos desenvolver uma janela killer "duplo P" – explicou o psiquiatra.

– E por que "duplo P"?

– "Duplo P" quer dizer duplo poder. Poder de aprisionar o Eu e poder de expandir a própria janela doentia e, consequentemente, deslocar a personalidade, comprometendo a maneira de ser, de pensar e reagir. Uma janela killer "duplo P" se torna um poderoso núcleo de habitação do Eu e do fenômeno do autofluxo.

– Dê-me um exemplo. Que estímulos podem causar tais janelas?

– Não são estímulos comuns, que apenas imprimem sofrimento ou desconforto. As janelas killer "duplo P" são produzidas a partir de estímulos especiais, como alguma perda relevante, privações, estupro, humilhação pública, separação, morte, exclusão social, crise financeira.

Ele fez uma pausa, depois continuou:

– Por exemplo, uma mulher traída pelo parceiro pode gerar um registro privilegiado que produz uma marcante janela killer "duplo P". O Eu se fixa continuamente nessa janela e se nutre com raiva, rejeição e sentimento de perda. O autofluxo, por sua vez, também passeia por essa janela e, mesmo que o Eu queira pensar em outras coisas, volta e meia é obrigado a assistir ao filme da traição. Todas essas experiências são registradas de volta, retroalimentando e expandindo a janela traumática, o que leva à dificuldade de entrega e confiabilidade, mesmo que haja perdão e reconciliação.

Camille entendeu que o maior problema para o psiquismo humano não era o conflito original que Freud imaginava, mas a retroalimentação do conflito. A expansão da janela era encarcerante.

– Você passou por essa experiência? – perguntou Marco Polo.

Camille fez uma pausa e confirmou. E lhe contou a traição de Marco Túlio três anos depois do casamento. Demorou anos para voltar a se relacionar espontaneamente. Por isso, disse:

– Confiança é um cristal. Fácil de quebrar e dificílimo de reconstruir.

– Em alguns casos, quando há separação decorrente de uma traição, quem foi traído pode ter dificuldade de se doar e se entregar para o novo parceiro ou parceira porque o núcleo traumático "duplo P" emana mensagens do inconsciente dizendo que o episódio voltará a acontecer.

Camille corria o risco das relações cruzadas. A traição de Marco Túlio podia levá-la a ter medo de que ele a internasse. Mergulhou na sua história e ficou pensativa. Sofrera muitos estímulos altamente estressantes capazes de produzir esse tipo especial de janela doentia.

– Como as zonas traumáticas operam em nossa mente?

– O volume de tensão que emana dessa janela logo depois que ela é aberta pelo gatilho da memória é tão grande que bloqueia milhares de outras janelas. O Eu não tem acesso a inúmeras informações para construir respostas inteligentes. Por isso, age instintivamente e sem qualquer inteligência.

– Meu Deus, é isso que ocorre quando tenho um ataque de pânico! Detona o gatilho, abre uma janela traumática, que contém o medo da morte súbita, o que leva minha tensão para as nuvens, impedindo-me de ter acesso a milhões de dados lógicos. Ajo como uma menina indefesa. Não consigo pensar. Chamam os médicos rapidamente, mas, naquele momento de terror, nenhum deles consegue me convencer de que minha saúde está ótima. Agora entendo por que, às vezes, sou tão frágil e incoerente. Pareço outra pessoa.

– O grande risco de entrar numa dessas janelas saturadas de tensão é fechar o circuito da memória – afirmou Marco Polo.

Ele explicou que as janelas traumáticas "duplo P" não geram apenas sintomas isolados que dificultam a reação do Eu, mas uma verdadeira síndrome, chamada "Síndrome do Eu Encarcerado" ou "Síndrome do Circuito Fechado da Memória". Essa síndrome apresenta diversos sintomas, como ansiedade, irritabilidade, incapacidade de pensar antes de reagir, déficit de memória (o famoso branco), dificuldade de se colocar no lugar do outro, de elaborar o raciocínio, de ser generoso, de ser tolerante.

– Essa síndrome ocorre diante de estímulos estressantes brandos ou somente diante de estímulos agressivos? – questionou a intelectual.

– Depende. Há pais tão doentes que desenvolvem a síndrome à mínima contrariedade com seus filhos. São deuses. Sua autoridade não pode ser questionada. Não sabem cativar seus pequenos. Há executivos que também reagem como deuses. Não podem ser criticados por seus funcionários porque se sentem ameaçados, não sabem se colocar no lugar dos outros. Mas, de um modo geral, a Síndrome do Eu Encarcerado é mais fácil de ocorrer quando se é ferido, contrariado ou pressionado intensamente. Por exemplo, quando se é desafiado a falar em público.

Marco Polo ainda comentou que quando o Eu é bem desenvolvido, bem equipado, tem maior margem de manobra para não se submeter ao circuito fechado da memória, retomar a liderança da psique e, consequentemente, não ofender os outros nem a si mesmo. Um Eu maduro é um Eu desarmado, que não tem a necessidade neurótica de ser perfeito; portanto, tem maior capacidade de reconhecer erros, pedir desculpas, transformar dificuldades em crescimento.

– Se a Síndrome do Circuito Fechado da Memória ocorre não apenas com pessoas ansiosas, deprimidas e obsessivas, como eu, mas também é passível de ocorrer com qualquer pessoa que entre num foco de tensão, então ela expressa outro erro da tese de Sartre. Não somos donos do nosso próprio destino. A não ser que tenhamos um Eu maduro. Mas onde estão esses tais humanos? Nas universidades? Nas religiões? Nas instituições políticas? – indagou Camille.

– Estou à procura deles. Nos primeiros trinta segundos de tensão, quando o Eu está habitando um núcleo traumático, cometemos os maiores erros de nossas vidas. Palavras que nunca deveriam ser ditas e atitudes que jamais deveriam ser tomadas com nossos filhos, alunos, amigos, parceiros, colegas são construídas nesses momentos de estresse. Não conheço ninguém que não tenha cometido tais falhas.

Em seguida, Marco Polo forneceu um dado assustador. Segundo o Ministério da Educação do Brasil, em 2011, mais de quatro mil professores do ensino fundamental, apenas no Estado de São Paulo, foram agredidos fisicamente pelos alunos dentro ou fora da escola, tanto na rede pública quanto na particular. O número da violência crescia 20% ao ano. Falava-se muito de alunos vítimas de outros alunos (bullying) e de alunos vítimas de professores, mas se desconhecia ou se calava sobre professores vítimas de alunos. A violência em suas múltiplas formas, inclusive contra a mulher, resiste e se expande na era da tecnologia.

Camille repousou as mãos sobre as laterais da poltrona, respirou lentamente e confessou, com pesar:

– Estamos construindo uma sociedade violenta. Admito que fiz muito pouco para formar uma casta de alunos generosos e tolerantes. Eu era punitiva, não suportava alunos relapsos, sem compromisso com o curso. Talvez, se usasse outras estratégias, como você está fazendo aqui, pudesse abrir o circuito da memória deles e, quem sabe, os teria conquistado. Não era empática, pelo contrário, era bem antipática. Fui cruel.

– Fico feliz que você reconheça suas falhas. Mas não se puna. Você não pode corrigir o passado, mas pode escrever o futuro.

Camille transformara sua existência num ringue. Mais uma vez percebeu que estava tão doente que não se conectava com o mundo social quando trocava experiência com os outros, mas quando desnudava a desinteligência deles.

– Quando fecho o circuito da minha memória, não penso em mais nada. Tento ser racional, mas não consigo. O adulto vira uma criança – admitiu ela, como nunca tinha feito.

Então aproveitou para contar um episódio marcante, um vexame social que denunciava sua incoerência. Nos tempos em que era professora universitária, deu uma brilhante conferência para uma plateia de alunos e professores sobre a necessidade de se vender bem a imagem pessoal para ocupar espaço profissional. Como especialista em comunicação social, discursou eloquentemente dizendo que 80% dos jovens estavam apresentando sintomas de timidez e insegurança, o que poderia comprometer o futuro deles. Os universitários saíam com diplomas nas mãos, mas completamente despreparados para debater ideias, expressar o pensamento crítico e usar os desafios como oportunidades.

– Disse que os alunos não eram resilientes, não tinham capacidade de se adaptar às mudanças e não sabiam lidar com frustrações. Fui aplaudida de pé com grande entusiasmo.

Depois da conferência, autografou seus livros para uma longa fila. Quando terminou, dirigiu-se ao elevador. Vários alunos a acompanhavam, ávidos por mais informações. Alguns entraram no elevador com ela, todos eufóricos diante da inteligente e segura professora. Mas eis que, durante a descida do elevador, ela atravessou o deserto.

– Subitamente entraram em ação os fenômenos que leem a memória sem autorização do Eu, de que você falou, Dr. Marco Polo. O gatilho foi detonado, abriu uma janela killer, o volume de tensão bloqueou milhares de outras janelas, fechou o circuito da minha memória, impedindo-me de ter acesso às informações para mostrar-me segura e coerente. Foi uma das minhas primeiras crises fóbicas em público.

– Seu Eu se tornou um espectador passivo da atuação do autofluxo.

– Eu não conseguia pensar racionalmente. Não controlava a produção de ideias e fantasias, imaginava que o elevador iria parar, que faltaria ar e eu morreria asfixiada. Os alunos perceberam que eu estava passando mal, tendo vertigem, perto de desmaiar. Ficaram apavorados.

Camille estava animada e ao mesmo tempo desapontada com a nova compreensão da mente humana. Sentia-se como uma pessoa que vivera sempre num porão escuro e que, depois de anos, ao instalar uma luz, viu que havia lixo e insetos espalhados por todo o espaço. Na primeira descoberta, o autoconhecimento, às vezes, pode ser desconfortável. Mas, no decorrer dos meses de tratamento, todo esse entendimento sobre seu psiquismo foi sendo assimilado e cristalizado.

Camille esforçava-se para administrar seu pessimismo, seu humor depressivo e as imagens mentais asfixiantes, mas aprendera a duras penas que o processo não era mágico.

– Como deleto as janelas traumáticas?

– Não há como fazer isso.

– Não?

– É impossível para o Eu apagar os arquivos da memória. Ele não tem ferramenta para deletar as zonas de conflito nem sabe onde se encontra o lócus delas no córtex cerebral. A área no córtex do tamanho de um grão de areia tem centenas ou milhares de janelas. Onde estão as janelas killer? Onde se encontram as perdas, os vexames, a autopunição, as fobias? Onde estão as pessoas que nos machucaram? Não sabemos – esclareceu ele.

– Nos computadores também não sei onde se encontram os arquivos, mas basta acionar uma tecla para deletá-los.

– Diante dos computadores somos deuses, Camille. Registramos o que queremos e quando queremos. No córtex cerebral, o registro não depende do Eu, é automático e involuntário, produzido por um fenômeno que chamo de RAM – Registro Automático da Memória. Nos computadores também somos deuses porque apagamos o que queremos e quando queremos; no córtex cerebral isso é impossível, só podemos reeditar as zonas de conflito.

Camille ficou perturbada, faltava-lhe o ar ao ouvir essas duas teses. Elas eram facilmente observáveis, mas tinham consequências psíquicas e sociais seríssimas. Esforçou-se para criticá-las, mas não teve argumentos para fazê-lo. Como Einstein, que se imaginava passeando sob um raio de luz durante o desenvolvimento da teoria da relatividade, ela viajou pelas veredas da sua mente e constatou que de fato o registro das experiências era automático, não dependia da vontade do Eu. Ela sempre tentou desesperadamente impedir o arquivamento de milhares de imagens mentais asfixiantes, mas nunca teve êxito. Tentava também ansiosamente deletar o lixo registrado, como fazia nos computadores, mas igualmente era ineficiente. Camille estava tão perplexa que falou bem alto:

– Se não tenho alternativa para registrar o que quero em minha memória nem liberdade de apagar o que tenho vontade, isso implode a tese dos existencialistas como um todo. Onde está a vontade de poder de Nietzsche? Onde está a liberdade de escolha de Sartre?

– Ainda há escolha, e muitas. Reeditar a memória é sempre possível. Embora para isso nosso Eu tenha que ser treinado, educado para sair da condição de vítima para a de protagonista ou autor da nossa história.

Camille desconstruía pouco a pouco seus mais profundos conceitos sobre a personalidade humana. Entendia lentamente os sofisticados papéis do Eu. Descobria que a carga genética, as relações sociais e os fenômenos que constroem emoções e pensamentos são três grandes fontes que elaboram todos os dias os textos básicos da memória, que fundamentam nossa maneira de ser, interpretar e reagir. Cumpria ao Eu se desenvolver a tal ponto que se tornasse a fonte principal desses textos; caso contrário, a liberdade sonhada pela filosofia, pelas ciências políticas, pela sociologia, pela psiquiatria, pela psicologia e pela educação seria uma utopia, uma falsidade. Infelizmente muitas pessoas pensavam que eram livres, mas nunca o foram.

Vendo-a reflexiva, Marco Polo fez algumas simples perguntas para lhe mostrar como era fácil entulhar com "lixo" nossa memória e asfixiar nossa tranquilidade e saúde emocional:

– De quanto em quanto tempo você toma banho?
– A cada 24 horas.
– E a higiene bucal?
– De seis em seis horas.
– E quanto tempo você tem para fazer a higiene mental?
Ela parou, pensou e reconheceu:
– Não sei.
– No máximo 5 segundos.
– O quê? Como assim?
– Devemos criticar, impugnar, confrontar no silêncio mental todos os pensamentos perturbadores no exato momento em que eles são construídos, enquanto o fenômeno RAM os está registrando numa determinada janela.
– Se meu Eu é lento, se não recicla rapidamente minhas mazelas mentais, inclusive em minhas fobias, o registro é processado e não pode ser mais deletado, só reeditado – concluiu, pasma.
– Exatamente.

Mais uma vez a professora entrou em ação, inconformada:
– Desde pequenos aprendemos a fazer a higiene física todos os dias, mas quando nos ensinam a fazer a higiene mental? Aprendemos a escovar os dentes, mas não a limpar nossa mente. Isso é quase um crime educacional.
– Essa higiene deveria começar na primeira infância.
– Eu bem sei – afirmou Camille. – Milhões de crianças e adolescentes são golpeados diariamente com sentimentos de culpa, complexo de inferioridade, discriminação, raiva, ódio, inveja, ciúme. E simplesmente não se protegem contra esse lixo psíquico. E o bullying? Eu fui zombada na adolescência porque era gordinha. Sofri muitíssimo. De que adianta atuar no agressor se não ensinamos o agredido a se proteger? Por isso é tão fácil adoecer.

— Infelizmente é mais fácil do que temos consciência.

O Dr. Marco Polo, depois de conhecer alguns conflitos de Camille em sua adolescência, comentou que a única maneira de apagar os arquivos registrados era por meio de processos mecânicos, como um tumor, uma hemorragia ou degeneração cerebral, o que é desastroso. Comentou ainda que nenhum tratamento psicoterapêutico consegue deletar ou apagar os traumas. Independentemente da técnica usada, se cognitiva, analítica, psicanalítica, positiva ou outra qualquer, quando o tratamento é eficiente, os traumas são reeditados ou se constroem janelas light paralelas ao núcleo killer.

O psiquiatra discorreu que as janelas light são experiências saudáveis que vão se formando com a ajuda de intervenções, interpretações, insights, à medida que se desenvolve o tratamento. E alertou Camille, dizendo que as ferramentas que o ser humano usou desde os primórdios da humanidade para apagar as experiências dolorosas da memória, como rejeição, raiva, ódio, exclusão, afastamento, negação, expandem os níveis de ansiedade e ampliam o registro da janela traumática.

— Isso quer dizer que, quanto mais me esforçar para apagar da memória uma pessoa que me feriu, mais ela será arquivada pelo fenômeno RAM, mais se expandirá o núcleo traumático "duplo P" e mais ela viverá dentro de mim?

— Exato.

— Então, sou minha pior inimiga. A vida inteira usei ferramentas erradas. Tento negar ou excluir as pessoas e as coisas me perturbam, mas minha atitude só os nutre.

Camille se lembrou de que "o ódio ao meu inimigo me algema a ele". Era uma colecionadora de desafetos. Lembrou-se de seu pai, de sua madrasta, de colegas da adolescência, de certos psiquiatras. Lembrou-se de Marco Túlio em alguns momentos e de Zenão em outros. Também passaram por sua mente funcionários do banco de seu marido e colegas de universidade que a tinham constrangido. As pessoas que mais rejeitava mais "dormiam" com ela e estragavam seu sono.

— O que faço? Devo aplicar o velho perdão?

— Não. Perdoar não é um ato heroico. Compreender é a chave para reeditar. Por trás de uma pessoa que nos tenha machucado há uma pessoa infeliz ou machucada. Se você compreender isso, evitará muitas frustrações, dará descontos, perdoará com facilidade. Perdoar é um ato inteligente. Muitos falham em seu heroísmo, inclusive os religiosos.

Camille relaxou os ombros. Pela primeira vez não se sentiu pressionada a perdoar, mas a fazer o que mais sabia: pensar. Não era religiosa, mas acreditava em Deus, embora fosse tão pessimista. Culta que era, lembrou-se da frase célebre de Jesus quando estava na cruz: "Pai, perdoa-os, porque não sabem o que fazem." Pela primeira vez entendeu que Jesus exerceu um perdão notavelmente inteligente. Seus carrascos o feriam porque tinham sido feridos pelo sistema social, pela vida, pelo império romano. Entendeu que o perdão escandalosamente belo de Jesus surgira na compreensão do psiquismo dos seus detratores. Em seguida, reconheceu:

– Conheci várias pessoas hostis, mas meus inimigos imaginários são em maior número e mais nocivos. Como reeditar minhas zonas de conflitos?

– Introduzindo novas experiências no lócus doentio das janelas.

– Que instrumento usar? Não é uma tarefa simples.

– Sem dúvida. Cada psicoterapeuta usa seus instrumentos de acordo com a teoria que abraça. Aqui, quanto mais você penetrar nas camadas mais profundas da sua mente, quanto mais se autoconhecer e adquirir habilidades para que o seu Eu seja autor da sua história, mais reeditará seus conflitos.

Camille suspirou e finalmente entendeu que, desde o primeiro encontro com Marco Polo, o choque ao vê-lo convidá-la para empurrar o carro, o bombardeamento das perguntas, o passeio que ele fez por áreas saudáveis da sua personalidade, as críticas que teceu à tese da liberdade de escolha dos existencialistas, os inúmeros insights que ela teve, as anotações que fazia, enfim, todos esses procedimentos eram maneiras inteligentes de reeditar a memória ou construir janelas paralelas saudáveis ao redor das janelas traumáticas.

Ela estava tão eufórica com essas descobertas que pediu uma pausa antes de retomar a discussão. Precisava absorver tudo isso. A personalidade humana é uma grande residência, e Camille nunca tinha se arriscado a entrar em seus porões. Sua mente era uma rica fábrica de inimigos. Agora estava entrando nesses porões e localizando-se. Uma nova etapa na sua história se iniciaria. Começaria a fazer tréguas estáveis. Era tempo de abandonar as armas, se desarmar e se conhecer.

CAPÍTULO 18

Os fantasmas diurnos

Camille não demorou a retomar o diálogo terapêutico. A palavra, que sempre fora para ela um instrumento de esgrima para digladiar com quem cruzasse à sua frente, estava se tornando um instrumento para se analisar e se interiorizar. Foi entendendo que pior que um ser humano indefeso é um ser humano com falsas defesas. Ao longo das sessões, foi refinando sua análise crítica sobre si mesma e arrefecendo suas defesas doentias. Depois de tudo que ouviu e descobriu, sentiu a necessidade fundamental de falar sobre seus fantasmas fóbicos, aqueles que não esperavam o anoitecer para assombrá-la.

– Raramente alguém constrói tramas mentais tão concretamente quanto eu. Sou vítima de muitos medos – admitiu sem subterfúgios.

– Há medos de todos os tipos para todos os gostos – brincou Marco Polo. – Entretanto, você deve ter consciência de que fobia não é um sentimento de repulsa comum para a psiquiatria, mas uma reação aversiva e desproporcional em relação ao objeto fóbico. Medo de uma arma apontada para você é uma reação lógica. Medo de sofrer uma queda quando se está em lugar perigoso, igualmente. Mas medo de falar em público quando ninguém está nos ameaçando é doentio. Pavor de um rato como se fosse um monstro é ilógico. Já deu escândalo diante de pequenos animais?

– Aranhas.

– Como foi que isso começou?

– Quando eu era pequena, uma empregada contava histórias de aranhas assassinas. Um dia ela viu uma aranha passando pelo meu corpo. Ela gritou tanto que pensei que fosse morrer.

– O fenômeno RAM registrou o escândalo da empregada e a

imagem da aranha no mesmo lócus, cruzando as imagens. A imagem da aranha foi, portanto, superdimensionada, formando uma janela traumática. O inseto quase inofensivo tornou-se um monstro. Toda vez que você acessar essa janela, a imagem virtual prevalecerá sobre a imagem real e dominará o território da emoção.

Camille continuou a entender o processo de formação dos seus monstros. Mais uma vez entendeu que experiências cruzadas no inconsciente geravam seus fantasmas.

— Se fobia é sempre uma reação desproporcional, ter medo de se contaminar é ilógico, é uma reação superdimensionada? Não creio — questionou ansiosamente.

— Se for uma reação obsessiva, portanto, uma ideia fixa, ela ultrapassa os limites da lógica. Você evita pegar nas mãos das pessoas para não se contaminar, mas tem bilhões de bactérias e vírus na própria boca. É um paradoxo! Você foge dos vírus dos outros, mas não escapa dos seus. Não é possível fugir de si mesmo! Qual foi a experiência primordial que deu origem ao seu medo de contaminação, que a levou a formar uma janela killer "duplo P"?

Veio-lhe rapidamente à memória uma pneumonia dupla que tivera aos 14 anos. Estava internada num hospital e seu pai, médico, a assistia. Nesse período, Camille vivia em pé de guerra com a madrasta, que não a suportava e tinha ciúmes da relação dela com o pai. Fazia da vida entre os dois um verdadeiro inferno. No primeiro momento os antibióticos não surtiram efeito.

A madrasta disse-lhe, com olhar de prazer: "Não sei não, mas...", insinuando que Camille morreria. Camille contou para o pai, que, por não acreditar na filha, a repreendeu. A "princesa" do papai se transformara em vilã. "Pare de inventar bobagens, Camille! Você sempre me atormenta. A Helena te ama..." Mais uma grande decepção de uma menina que no passado não vivia sem o pai.

— Já entendi — disse Camille para Marco Polo. — O medo de morrer infectada mesclou-se com a decepção com meu pai e a perda de confiança nele como meu protetor.

Os rituais obsessivos de Camille migravam de conteúdo. Ora achava que ia infartar, ora que estava com câncer. Ao medo de acidentes sucedia-se a crença insistente de que morreria infectada, inclusive de aids, apesar de não adotar comportamentos de risco. Associada a tudo isso, tinha uma depressão crônica. Sentia um aperto no peito, desmotivação, falta de sentido existencial, diminuição do sono, da libido e do apetite.

Todas as imagens mentais asfixiantes eram ancoradas em janelas construídas no passado. Todas fechavam o circuito da sua memória, que nutria, consequentemente, o fenômeno do autofluxo.

– Ter medo de infartar e de se acidentar, por acaso, é ilógico? É uma possibilidade real, doutor – afirmou Camille.

– Se forem medos pontuais ou esporádicos, não há problema. Mas fazer o velório antes do tempo, diariamente, sim, é uma grave fobia – afirmou Marco Polo.

Nesse momento, Camille teve coragem de contar alguns segredos que estavam na base do seu pavor de acidentes e de infarto. Segredos que estavam intimamente ligados à perda da mãe, Rita de Cássia. Sua mãe era uma mulher fascinante, culta, generosa, extremamente afetiva, que sofrera um grave acidente. Camille estava ao seu lado e ficou muito ferida. Rita de Cássia teve traumatismo cranioencefálico. Ficou meses em coma. O traumatismo levou a micro-hemorragias cerebrais com perda significativa da memória. Foi lastimável para a menina.

– Minha mãe perdeu os parâmetros da realidade, não me reconhecia. Eu precisava muito do afeto dela, mas ela me estranhava. Queria abraçá-la, mas ela me rejeitava. Reagia agressivamente, como se eu fosse maltratá-la. Consegue avaliar o que é perder uma mãe que está viva?

O psiquiatra não conseguia avaliar, nem ele nem ninguém que não tivesse sofrido tamanha dor. Só tinha que respeitá-la e procurar se colocar em seu lugar. A pequena Camille, filha única, na época com 12 anos, uma adolescente sociável, gentil, sensível, sentia-se fora do ninho. Tinha algumas manias, preocupava-se demais com a opinião dos outros, mas nada que realmente a descompensasse. Achava que nenhum vestido lhe caía bem, como muitas garotas. Era ansiosa, mas não muito diferente dos jovens da sua época.

A menina cuidava de Rita de Cássia com paciência e afeto, ainda que esta a maltratasse. Por fim, quando o raciocínio da mãe e sua percepção da realidade estavam melhorando, ela sofreu um infarto agudo. Camille estava em casa. Seu pai foi chamado às pressas, mas chegou tarde.

– Os enfermeiros tentaram massagear seu coração, mas ele não reagia. Juntei-me a eles, desesperada. Massageava sem parar o peito de minha mãe, gritando: "Mamãe! Mamãe! Não me deixe! Por favor, não me deixe, mamãe!" Mas ela partiu. Fiquei só, profundamente só – ela disse chorando. Cada gota de lágrima era um rio de solidão.

Importantes janelas traumáticas foram formadas com essa perda. Pouco tempo depois, o pai se casou com Helena, uma colega de profissão. Os conflitos no relacionamento se multiplicaram. A menina sensível deu espaço à garota entrincheirada, a ingenuidade deu lugar às disputas, a infância foi abafada pelas cobranças. Importantes focos de tensão se formaram.

Camille fez uma pausa para se recuperar. Minutos depois, se recompôs. E, depois desse relato, abordou outro tipo de fobia.

– Penso que meu medo de avião não é tão irracional. Todo aparelho, ainda mais um avião, pode despencar – afirmou Camille, que tinha pavor de aeronaves.

– A morte silencia a existência – falou Marco Polo –, mas morrer num desastre de avião é supostamente uma das melhores formas de se despedir da vida.

– Você é louco! – disse ela, sorrindo.

– Não, sou pragmático! Pelo menos, é melhor do que muitas doenças que nos deixam presos na cama, sofrendo. – E completou: – Mas a boa notícia é que os aviões são bem mais seguros do que os veículos terrestres. Sei que você sabe disso.

– Sei. Tenho estatísticas comparativas de acidentes em minha memória, mas elas não me aliviam.

– Mas por que se tem mais medo de viajar de avião do que de carro?
– Altura, talvez.
– Também. Mas, em especial, porque tudo o que não controlamos nos deixa inseguros – completou Marco Polo.

– E sem dúvida não controlamos tudo. – Camille tinha consciência disso.

– Na realidade, controlamos muito pouco o que é fundamental à vida. Temos mais de três trilhões de células que funcionam sem que as controlemos.

– Mas, e quanto às minhas crises? Devo aceitar que não as controlo? Olhe bem meus hematomas, doutor. – Mostrou-os, desesperada. – Até dormindo sou uma escrava! Devo me conformar em ser uma escrava branca vivendo numa sociedade que nega seus acorrentados? Você falou que podemos reeditar minhas janelas traumáticas, mas, quando estou no meu calabouço, eu me entrego – falou, profundamente emocionada e impotente.

– Você nunca deve se conformar com suas crises. Sabe qual o problema das janelas killer "duplo P", ou seja, das zonas de conflito mais importantes?

Ela pensou e respondeu:

– Deixe-me recapitular. Elas fecham o circuito da memória, tornam-se núcleo de habitação do Eu, que, aprisionado, passa as rédeas para o fenômeno do autofluxo, deixando-o assumir o papel de diretor do roteiro da minha psique. E, assim, começa a produzir dia e noite pensamentos perturbadores que angustiam e deprimem minha emoção.

– Parabéns, Camille. Parece que andou estudando o funcionamento da mente. Mas lembre-se de que o grande problema é que todas as experiências resultantes são novamente registradas pelo fenômeno RAM, expandindo o próprio núcleo traumático. Desertificam, assim, áreas nobres da personalidade. Por isso, ao contrário do que alguns pensadores da psicologia imaginaram, em qualquer época podemos adoecer. Mesmo tendo tido uma infância feliz, podemos, na adolescência ou na vida adulta, produzir janelas traumáticas controladoras, sobretudo se o Eu abrir mão de ser gestor psíquico.

– Meu Deus, é isso. Todas as vezes que fico na varanda pensando em meu caos, vivenciando meus fantasmas, estou desertificando a cidade da memória. Eu mesma retroalimento minha miserabilidade. Eu odeio meus monstros, mas sou eu quem os alimenta.

Ao ouvir a colocação de Camille, Marco Polo lhe deu uma grande notícia. Disse que a memória pode ser dividida em duas grandes áreas: a MUC – memória de uso contínuo (memória consciente ou central) – e a ME – memória existencial (inconsciente). A MUC contém, no máximo, 2% de toda a memória. Ela representa metaforicamente o centro da cidade onde se vive, as ruas, lojas e supermercados que se frequenta.

– Você não precisa ter uma cidade 100% sem problemas para ter uma vida digna. Desde que o seu centro de circulação seja saudável, não tenha esgoto a céu aberto, lixo esparramado, buracos nas ruas, você viverá tranquilamente. Estou convicto desse pensamento.

O psiquiatra comentou que, do mesmo modo, era preciso remover o lixo psíquico do centro da memória de Camille, a MUC, reescrever as janelas traumáticas e plantar janelas saudáveis capazes de nutrir as funções complexas da inteligência, como generosidade, resiliência, empatia, raciocínio multifocal.

– Se eu cuidar da MUC, se reeditar as janelas castradoras, ainda que na periferia da memória, na ME, haja alguns problemas remanescentes, poderei viver dias felizes? Terei uma emoção estável e produtiva?

– Essa é minha opinião. Tenho convicção prática e teórica de que sim; caso contrário, teríamos que ser plenamente saudáveis para termos uma emoção capaz de produzir prazer e uma mente produtiva. E quem é plenamente saudável? Entretanto, sua emoção ainda flutuará, pois a ME influencia nossa psique, o inconsciente afeta o consciente.

Marco Polo novamente a alertou, dizendo que o ser humano moderno é de uma fragilidade gritante. Não sabe o que fazer com as suas crises. Vive sonhando ingenuamente com um céu sem tempestades.

– Você tem que ser inteligente. Não se puna, não se diminua nem jamais fique com pena de si mesma quando tiver uma crise. Caso contrário, acionará fenômenos que retroalimentarão o conflito. Encare as crises como oportunidades de ouro para reeditar as janelas doentias que estão abertas.

Camille foi às nuvens. Tirou das costas um peso de uma tonelada. Achava que precisaria resolver seus "milhões" de traumas para, num futuro distante, quase inalcançável, ter uma mente livre e uma emoção razoavelmente saudável. Acreditava que qualquer um poderia ser feliz, menos ela. Pensou inúmeras vezes que estava condenada ao inferno emocional. Felizmente começou a estilhaçar suas falsas crenças. Precisava cultivar sua MUC. Pela primeira vez abriu um sorriso igual ao de Zenão.

CAPÍTULO 19
Somos doentes, somos um universo!

Camille estava fascinada com todo o admirável mundo da mente humana. Precisava encarar suas recaídas por outros ângulos. Mas sentia-se ainda de mãos atadas. Queria escalar o Everest da sua mente, mas faltavam-lhe equipamentos. Tinha medo de sucumbir na caminhada. Parecia uma tarefa hercúlea, dantesca, intransponível. Numa explosão de lucidez, perguntou subitamente a Marco Polo.

– Doutor, como lido com minhas mazelas? Mais uma vez lhe pergunto: como? Você disse que Sartre foi ingenuamente romântico em sua tese da livre escolha por não considerar as armadilhas do funcionamento psíquico, mas penso que a psiquiatria e a psicologia encaram com o mesmo romantismo ingênuo os terremotos mentais dos pacientes. Arranham a complexidade da nossa calamidade. Sabe o que é ser assombrada na mente ao sol do meio-dia? Tem ideia do que é travar batalhas íntimas quando não há guerras? Conhece o que é não ter cores nem perfumes nos solos da emoção em plena primavera? Somos doentes? Sim! Mas somos universos complexos, tão complexos quanto as mentes sãs! Respeite-me.

Marco Polo ficava admiradíssimo com a mente de Camille. Dessa vez, ele é que quase ficou sem voz.

– Quem pode ir contra o seu argumento? A psiquiatria e a psicologia são ciências em construção. No futuro, todos entenderão que um delírio ou um pensamento autopunitivo são construídos com a mesma complexidade que os grandes raciocínios científicos. Descobriremos que a alegria e a angústia emanam do mesmo subsolo, a loucura e a sanidade são arquitetadas pelos mesmos engenhosos fenômenos. Temos muito a aprender com quem sofre. Eu a respeito, mas curve-se aos seus conflitos.

Camille relaxou brevemente e em seguida fez uma crítica velada à psiquiatria.

– Os poderosos medicamentos psiquiátricos tapam o olho do vulcão mental, mas não abrandam suas chamas subterrâneas.

– Desculpe-me, mas não concordo, Camille. Você tem dificuldade de tomar medicação, mas, se for bem prescrita, ela é muito importante. Associada às técnicas analíticas, ela melhora a eficiência do tratamento. Para mim, a psiquiatria e a psicologia são profissões poéticas. Você teve embates com seus psiquiatras, mas, se tivesse dado oportunidade a eles, é provável que alguns tivessem contribuído muito com você.

Revisando seu passado, Camille se questionou e fez um sinal com a cabeça, admitindo. Depois suspirou e comentou algo que tocou fortemente Marco Polo mais uma vez.

– No ambiente controlado de um consultório, meus fantasmas são bem-comportados, quase não me assombram. Mas lá fora, no teatro social, quando saem dos porões da minha mente, eles me aterrorizam e me desarmam. Devo conformar-me em ser vítima?

– Vou lhe dar uma boa notícia. Além das ferramentas analíticas e cognitivas que estamos abordando, você pode e deve atuar nas suas crises fora do ambiente do consultório. Pode e deve contribuir para domesticar esses fantasmas e arejar a sua MUC, o centro consciente da sua memória. Pode e deve, portanto, contribuir muito com o tratamento.

– Mas, de que jeito, Dr. Marco Polo? Tento retirar alegria da minha emoção deprimida, mas ela parece uma fonte seca! Tento racionalizar minhas ideias autodestrutivas, mas elas sabotam meu equilíbrio, infectam minha tranquilidade!

– A melhor maneira de fazer isso é usando a técnica do DCD: A arte de duvidar, criticar e determinar estrategicamente.

– Que técnica é essa?

– É uma técnica para ser exercida fora do consultório.

– Você a criou?

– Não. Apenas reuni as ferramentas fundamentais que os grandes pensadores da história usaram. Como minha teoria estuda não apenas o processo de construção de pensamentos, mas também o de formação de pensadores, observei que, ainda que sem o perceber, eles usaram instrumentos para criar uma mente livre e produtiva.

Marco Polo comentou que a arte da dúvida era o princípio da sabedoria na filosofia, a arte da crítica era o princípio da maturidade na psicologia e a arte da autodeterminação era o alicerce básico na área de recursos humanos.

Ao mesmo tempo que compreendia analiticamente as causas dos seus conflitos, Camille entendeu que, a partir de agora, deveria intervir diariamente em sua própria mente. Não estava de mãos atadas. Para Marco Polo, o paciente não podia ser loteado, não pertencia a uma teoria, mas a ele mesmo. A teoria deveria servi-lo, e não ele a ela. Ele defendia que era tempo de a psicologia ter uma abordagem multifocal do psiquismo humano.

Pela segunda vez Camille abriu um largo sorriso, colocou as mãos na cabeça e disse:

– Será que meu Eu pode deixar de ser um espectador passivo das minhas mazelas? Poderei virar a mesa contra o que me controla?

Marco Polo reafirmou:

– Você pode e deve deixar de ser uma marionete. Pode e deve diariamente dar um choque de lucidez em seus pensamentos perturbadores, nas imagens aterradoras, nas emoções fóbicas, no humor depressivo, na atitude mórbida. Essa técnica jamais substitui o tratamento, mas o complementa.

Camille parecia não caber na poltrona. Estava extasiada. Teria pela primeira vez uma técnica fora dos limites do consultório para treinar seu Eu, estabilizar sua emoção e colocar combustível em tudo o que via e ouvia durante as sessões de tratamento. "Isso seria possível?", pensou.

– Como é que eu exercito a técnica?

– Com sua própria capacidade intelectual. Por exemplo, convidando diariamente, no silêncio mental, seus medos para uma mesa-redonda. Bombardeie-os com perguntas: quando aparecem? Por que aparecem? Por que me submeto fragilmente a eles? Critique fortemente seus fundamentos, sua incoerência, sua irracionalidade. Analise onde você está, que agenda emocional e intelectual vai seguir, e aonde você quer chegar. Nunca seja passiva.

Camille, como exímia intelectual, sabia que, ao longo da história, a arte da dúvida alavancou a produção de pensadores, oxigenou o raciocínio e a criatividade. Agora ela diariamente poderia romper sua timidez íntima e duvidar do controle das imagens mentais, do seu sentimento de incapacidade, das falsas crenças.

Sabia que sem consciência crítica somos servos. Até então usara a crítica para diminuir a importância dos outros. Agora deveria usá-la contra seus pensamentos perturbadores e suas necessidades neuróticas. Poderia gritar dentro de si, sem ninguém ouvir, que seus fantasmas eram ilógicos, imaturos, infantis, estúpidos, infundados.

Poderia ainda usar a arte da autodeterminação para estabelecer projetos de vida a longo prazo. Com a técnica do DCD não conseguiria penetrar em áreas da ME, nos solos do inconsciente, mas poderia fazer uma varredura no seu consciente, na sua MUC, o que já seria um bálsamo para ela. Não ficaria de mãos atadas, esperando mais uma consulta ou mais uma sessão de psicoterapia.

Marco Polo dava aulas para profissionais de saúde mental na pós-graduação, para mestrado e doutorado em psicanálise e outras correntes. E de forma alguma se sentia melhor do que os outros psiquiatras e psicoterapeutas. Ele sempre afirmava que o profissional mais eficiente era o que mais conseguia fazer o paciente deixar de ser vítima para se tornar autor da própria história. Pior do que uma grave doença é um paciente passivo, conformista, que não luta por sua saúde.

Após ouvir sobre essa técnica, Camille, animada, brincou com Marco Polo.

– O senso comum pensa que só os loucos conversam sozinhos.

– Pois o senso comum está doente. Veja esse paradoxo. Nas sociedades modernas, as pessoas falam diariamente pelos celulares e se comunicam nas redes sociais, mas calam-se diante de si mesmas. Loucura é não dialogar inteligentemente com você mesma. Loucura é se autoabandonar... – comentou sorrindo.

Camille refletiu:

– Sobretudo, se não usar a arte da dúvida e da crítica, eu me tornarei uma ditadora dos outros, uma vítima do mundo ou uma prisioneira de mim. – E confessou: – Acho que me tornei as três coisas...

Nesse momento, Marco Polo passeou pela própria mente e, depois de uma breve análise desses meses de tratamento com Camille, indagou só para si: "Era essa a mulher que foi diagnosticada como psicótica? Seu intelecto é melhor do que o meu em muitos aspectos!"

Ela interrompeu sua reflexão com mais uma pergunta.

– Quais são os sintomas de quem se autoabandonou?

– Autopunição, ciúmes, ansiedade intensa, intolerância a contrariedades, fobias, excesso de preocupação, excesso de crítica, excesso de cobranças, descompasso entre o pensar e o sentir, sofrimento por antecipação, e muitos outros – afirmou Marco Polo.

– Então encabeço a lista dos que se abandonaram! – E como se tivesse sugando o ar do seu passado longínquo, disse: – Tenho saudades de mim!

E, assim, Camille se despediu de Marco Polo profundamente interiorizada. Precisava reencontrar a menina que na infância respirava liberdade, corria sem medo de tropeçar, vivia sem "empunhar armas". A menina teve de amadurecer rapidamente e perdeu algo que hoje as crianças estão imperdoável e frequentemente perdendo: a infância. O suco de uva da existência fermentara excessivamente, adulterando-se. Para Camille o vinho agradável passou a ter sabor de vinagre...

À noite, Camille pegou uma folha de papel e escreveu com uma simples caneta esferográfica estas palavras:

Quando o ser humano for capaz de explorar todos os horizontes do infinitamente grande e todos os labirintos do infinitamente pequeno, ele dirá com orgulho: "Eu domino as entranhas do imenso universo e a intimidade do pequeno átomo!" Nesse momento, terá tempo para aquietar sua ansiedade e descobrir que cometeu um grave erro ao não explorar o mais importante de todos os espaços: sua própria mente. Ficará perplexo ao entender que se tornou um gigante no mundo de fora, mas um menino no mundo de dentro.

Compreenderá, enfim, por que, no auge da indústria do lazer, nunca fomos tão tristes; no apogeu da psicologia, nunca fomos tão estressados e deprimidos; na era da informação, nunca formamos tantos repetidores de dados...

Descobrirá, surpreso, algumas armadilhas na sua engrenagem mental que conspiram contra a sua liberdade de escolha. Entenderá que faz guerras porque facilmente constrói inimigos em sua mente. Sofre pelo futuro porque não tem no presente um caso de amor com sua própria existência. Enxergará que traumas não são sentenças de morte, que crises são oportunidades, lágrimas são nutrientes para novos capítulos. E, acima de tudo, entenderá que o tempo da escravidão não cessou nas sociedades democráticas. Nesse dia, ele talvez entenda que o ser humano só é verdadeiramente livre no teatro social se primeiramente o for no teatro psíquico...

Renascia a escritora Camille...

CAPÍTULO 20
Descobrindo a democracia da emoção

O tempo passou, e Camille evoluía cada vez mais. Marco Túlio escasseou suas idas à fazenda devido a compromissos internacionais. O atendimento de Marco Polo coincidira com grandes mudanças no banco de investimentos. O banqueiro justificava sua ausência, e dessa vez Camille não vivia sob a necessidade neurótica de cobrar e aceitava seus argumentos. Era tempo de ter órbita própria.

Por um lado, Marco Túlio se alegrava com a nova fase da mulher; por outro, desconfiava, achando que a superação não era consistente, sobretudo por causa de alguns comportamentos em relação a dinheiro. No último final de semana em que se encontraram, tiveram um embate acalorado que fez com que Marco Túlio decidisse se afastar da fazenda para não atrapalhar o tratamento. Camille insistira para que ele investisse em empresas de educação. Inclusive aventara a hipótese de doar seu dinheiro para uma fundação educacional.

– Só a educação é transformadora, sobretudo a educação básica. Os professores são engenheiros de um novo mundo. Precisamos equipá-los, treiná-los, dar-lhes ferramentas para terem mais subsídios que os tornem mais capazes de educar a emoção dos seus alunos

e formar pensadores. – E acrescentou, usando um termo em inglês:
– Para promoverem *freemind*, uma mente livre.
Marco Túlio rebateu suas intenções.
– Mas há empresas mais rentáveis.
– Investir nas crianças é fundamental. Vamos fazer uma fundação educacional.
– Podemos ajudar os outros sem dispor de nossa fortuna.
– Você vomita números – esbravejou Camille. Depois administrou sua ansiedade e disse: – Nunca consigo convencê-lo. Temos dinheiro demais. Que legado deixaremos para a humanidade? A vida é breve como a chuva de verão, que parece tão permanente mas se despede aos primeiros refluxos do vento. Em breve estaremos na solidão de um túmulo. Não percebe?
– De novo com suas ideias pessimistas!
– Não, Marco Túlio! Nas minhas palavras se esconde um furacão otimista. Estou pegando gosto pela vida. Não quero me autodestruir, mas usufruir intensamente a existência. Eu machuquei muita gente, tenho uma dívida social.

O marido começou a achar que Camille melhorava por um lado e se descompensava por outro. O fato era que ela começara a percorrer as trajetórias de seu próprio ser e pouco a pouco passou a abrir o circuito da sua memória. Isso foi vital para superar sua fobia social. A sua ansiedade, que tinha um volume anormal e fazia de sua mente uma usina incansável de ideias perturbadoras, começou a abrandar.

Acordava de manhã, abria a janela e respirava longamente o ar puro. Os cantos dos pássaros começaram a irrigar seus ouvidos com suas melodias. Antes, todos os sons formavam uma espécie de massa de notas, mas agora ela começava a distinguir o canto das rolas, dos bem-te-vis, dos pássaros-pretos, das corruíras. Até o canto insosso dos pardais, que antes a incomodava, passou a ter algum sabor emocional. Amava o repicar dos canários-da-terra.

Começou a ter atitudes inusitadas. A primeira coisa que fazia ao circular no casarão era beijar a face das empregadas e perguntar o que iam fazer para o almoço. Clotilde e Mariazita comentavam à boca miúda: "O que está acontecendo com a patroa? Raramente acorda mal-humorada. Está sorrindo..." Camille ainda arrastava alguns "quilos" nos pés, mas já não era um peso insuportável. Mais livre, teve vontade de se arriscar a ultrapassar os limites dos jardins do casarão. Zenão a observava, fascinado. Aproximou-se dela e apontou:

– Doutora, cada metro dessa fazenda esconde seus segredos. É preciso explorá-los.

– Mas ninguém explora bem os solos físicos se não se arriscar a explorar os terrenos da própria alma – afirmou ela.

Pela primeira vez o espantou.

– Tem razão. Quem vive na superfície do planeta psíquico não refinará sua capacidade de observar o planeta físico – comentou Zenão.

Dessa vez, foi ele que a envolveu.

– Tem razão também, Zenão. Os olhos da alma é que dão profundidade aos olhos da face.

O jardineiro ficou novamente pensativo. E ela, morrendo de curiosidade sobre a identidade dele, não deixou escapar a oportunidade de perguntar:

– Quem é você, Zenão?

– Quem sou eu? Sou um jardineiro, um cultivador de flores.

– Quem está por trás do jardineiro? – insistiu ela.

– Um caminhante deslumbrado com um mundo que desconheço.

– Não dissimule, por favor – pediu ela atenciosamente. – Você fez faculdade de filosofia?

– Faculdade? Kant, o grande pensador alemão, nunca saiu da sua pequena cidadezinha. Eu também nunca saí daqui. Nasci aqui e, se me permitirem, morrerei aqui.

– Você lê Kant? Você está brincando?

– Seu livro *Crítica da razão pura* é uma pedreira. Mas eu tento.

Ela, ansiosa, queria lhe fazer mais perguntas, mas, sorrindo, Zenão, como sempre, saiu sem se despedir e sem dar mais explicações. Assoviava. Ela tentou impedir que ele se afastasse, mas não conseguiu. Ficou com perguntas entaladas na garganta.

Camille sabia que Immanuel Kant tinha falecido em 1804. De fato, ele vivera em uma pequena cidade alemã, Königsberg. Segundo um mito popular, o homem da "crítica da razão" tinha rituais obsessivos. As mulheres acertavam seus relógios na hora em que ele passava diante de suas janelas. Era sem dúvida um dos pensadores mais difíceis de ler, mas o que Camille achava realmente difícil de entender era como um jardineiro se arriscava a lê-lo, como desenvolvera uma mente notável e instigante sem se sentar nos bancos de uma universidade.

Rompendo os laços de sua fobia social, ela pegou uma estrada de terra da fazenda. Deslumbrada, começou a andar e sentir o cheiro da relva. Trezentos metros à frente, parou diante de um pasto verde-claro. Recostou o braço esquerdo sobre uma lasca de cerca e o pé direito sobre o arame liso. Ficou envolta pelas imagens.

Na fazenda Monte Belo se criava gado de raça. Como Marco Túlio a comprara de "porteira fechada", todo o gado existente tinha entrado no negócio. O pasto à direita estava repleto de gado *black angus*, de cor escura bem forte, pernas curtas e troncos grossos. O pasto central tinha matrizes de Senepol, um gado africano belíssimo de cor avermelhada, também de pernas curtas e lombos avantajados. E o pasto à esquerda tinha vacas nelores imponentes, sempre agitadas, esguias, de pernas mais altas e lombos bem-divididos. Curiosa ao ver o gado nelore, ela se perguntou:

– Como essas vacas comem alimentos verdes e ficam brancas? E aquelas, como ficam de cores escuras e avermelhadas?

O "milagre" dos genes produzia uma diversidade biológica exuberante. Camille estava encantada. "Por que não vim antes desfrutar dessas maravilhas?", pensou. Em seguida viu vários bezerros atazanarem suas mães, sugando com incrível força o néctar da vida. Subitamente, ficou atônita quando observou um pequeno bezerro sendo expulso do útero de uma vaca Senepol. Por instantes, esquecendo o perigo, a mulher, antes profundamente amedrontada, entrou no pasto para ver de perto o nascimento. Comportava-se, sem que percebesse, como a menina Camille até os 11 anos. De repente, apareceu um vaqueiro a galope, montado num cavalo baio, e a advertiu.

– Doutora, se fosse uma vaca nelore, a senhora estaria em apuros. A vaca teria atacado. Mas o gado Senepol é muito dócil. Mas tome cuidado.

Ela ficou com um nó na garganta, mas pela primeira vez em mais de duas décadas sentiu o gosto da coragem pulsar em seu corpo. O bezerro caiu no solo, parecendo morto, envolto numa cápsula de líquido viscoso. A mãe o lambia prazerosa e pacientemente. Momentos depois, ele se levantou e procurou a teta da mãe. Camille ficou emocionadíssima.

– Essa é a democracia da emoção – falou Zenão do Riso.

Camille levou um susto. Não sabia que Zenão estava de novo por perto. No fundo, queria protegê-la. Mas ela reagiu mal.

– Você está me seguindo? Acha que não sei me cuidar?

– Não persigo ninguém, doutora, só as borboletas.

– O que é que você está fazendo aqui?

– O mugido dos bezerros, a festa que fazem, as mães se derretendo de carinho por eles, é um espetáculo imperdível. Eu é que pergunto: o que é que a senhora faz aqui?

– Eu? Ora, sou dona da fazenda. Vim ver meu gado – disse, rispidamente.

– Mas quem disse que a senhora é dona da fazenda?

– Eu tenho a escritura.

– A escritura lhe dá posse legal, mas não emocional.

Ela já tinha chegado a essa conclusão. Perguntara-se quem eram os verdadeiros ricos na fazenda Monte Belo, mas, querendo conhecer até onde ia o pensamento do filósofo do campo, solicitou:

– Explique melhor.

– A posse legal dá o direito de explorar os recursos materiais, a posse contemplativa dá o direito de extrair o prazer.

– Quem lhe ensinou isso? – perguntou ela, impressionada.

– O doutor Marco Polo.

– Não vai me dizer que ele foi seu psiquiatra?

– Em nosso primeiro encontro eu falei dele. Não se lembra?

Camille estava tão tensa quando desceu do helicóptero para tomar posse da fazenda, e tão preconceituosa quando conheceu Zenão, que não se lembrava do nome do psiquiatra que o tratara. Agora havia entendido que fora Zenão quem indicara Marco Polo para Marco Túlio. Seu marido mentira dizendo que tinha sido um dos diretores do banco. Diante disso, Camille detonou o gatilho da memória, saiu da zona das janelas saudáveis e subitamente entrou no epicentro de uma janela traumática, cujo volume de tensão bloqueou milhares de janelas, fechando consequentemente o circuito da sua memória e comprometendo sua análise crítica. Os velhos mecanismos doentios ressurgiram. Começou a desconfiar de tudo e de todos, inclusive de Marco Polo. Sentiu um gosto de complô percorrendo as entranhas da sua mente.

– O que vocês estão tramando? Não minta! – exclamou agressivamente para o jardineiro.

– Tramando? Quem? – perguntou Zenão, constrangido.

– Você, Marco Túlio, Marco Polo! O que vocês estão conspirando?

– Se há uma conspiração, é para ajudá-la.

– E quem disse que preciso de ajuda?

Zenão acreditava que Camille estivesse melhorando a passos largos. Ingênuo, desconhecia as armadilhas invisíveis em sua engrenagem mental. Pego de surpresa, calou-se. Ela, que detestava o mutismo, procurou detoná-lo.

– Está vendo? Por que não reage? Por que não responde? Seu conhecimento é decorado, e não assimilado. Onde está sua razão, homem?

Zenão não suportou e também partiu para o ataque.

– E onde está a *sua* razão?

– Em mostrar a sua ignorância.

Diante da indiscutível arrogância de Camille, rapidamente ele lhe deu o xeque-mate.

– E sua razão está na necessidade insaciável de mostrar sua superioridade intelectual. Entre ter razão e ser feliz, prefiro ser feliz... – E saiu de cena assoviando.

Ela quase caiu das pernas. Ficou muda diante dessas palavras. Teve um lampejo de lucidez sobre quanto era infeliz... Mas novamente se fechou em seu claustro. Chegou em casa e rapidamente ligou para Marco Túlio.

– Foi Zenão do Riso que indicou o psiquiatra.

– Por que você afirma isso?

– Porque descobri toda a tramoia.

– Não importa quem o indicou.

– Por que você mentiu para mim?

– Avalie-o pela capacidade dele, e não por seus preconceitos.

Camille desligou o telefone na cara do marido. Ela sabia da inteligência de Marco Polo, tinha consciência de quanto avançara no seu autoconhecimento e nas técnicas que reeditavam sua história. Mas seu Eu frágil, marionete das janelas traumáticas, inábil para gerenciar seus pensamentos, chafurdava novamente na lama da sua miserabilidade. A Síndrome do Circuito Fechado da Memória a algemava com ferrolhos invisíveis. Imagens mentais voltaram a sequestrar sua tranquilidade. Esqueceu-se das armadilhas que distorcem a construção de pensamentos. Esqueceu que o ser humano é micro ou macrodistinto a cada momento existencial. Naquele momento, estava irreconhecível. Sua interpretação flutuava entre o céu e o inferno. Não enxergava mais nada.

Felizmente ou infelizmente, à tarde Marco Polo a atenderia. Como passara horas remoendo seus pensamentos mórbidos, não via a hora de colocá-lo numa roda viva. Tinha vontade de terminar tudo. Estava com pedras nas mãos. Iria bombardeá-lo. Não o cumprimentou gentilmente como nas últimas sessões. Logo que se posicionaram no escritório, ela, entrincheirada, disparou:

– Você tratou do jardineiro?

– Jardineiro?

– Zenão, meu jardineiro.

– Não, não tratei!

Era o que Camille precisava para cortar a relação. Levantou-se, impostou a voz e disse:

– Você está mentindo! Agora, chega!

Mais uma vez ela demonstrava que optava por se autodestruir. Marco Polo se justificou inteligentemente.

– Repito, não tratei do jardineiro! Tratei de um ser humano. Um ser humano que, por acaso, cultiva flores.

– Por que não me contou?

– E por que deveria? A história de Zenão é privativa dele. E, além disso, a personalidade dele é tão complexa quanto a sua. Ou você acha que ele é inferior a você?

Abalada, ela suspirou e se sentou.

– Não. De modo algum.

Camille ficou emudecida outra vez, algo raro na sua biografia.

– O salário dele não paga uma semana de terapia.

– Ele me paga com ouro.

– Você está brincando?

– Não, não estou. Ele me paga com o ouro do reconhecimento, com o ouro da capacidade de recomeçar, com o ouro de jamais abrir mão da sua essência e, sobretudo, com o ouro de dar uma chance a si mesmo para conquistar uma mente livre. – E acrescentou: – Você me paga com esse ouro? Se não me paga com essa moeda, todo o dinheiro será insuficiente.

Nunca a milionária se sentiu tão pobre. Baixou a guarda, começou a arejar sua memória e penetrar nos espaços mais saudáveis para construir serenidade. Meneou a cabeça decepcionada consigo mesma, mas sem reconhecer verbalmente seu erro. Marco Polo foi ainda mais penetrante.

– Você tem o direito de ser quem é e se tratar com quem quiser. Mas, desde que não seja uma urgência médica, eu também tenho o direito de querer tratar ou não de quem só me paga com dinheiro...

O psiquiatra se levantou e começou a sair do escritório sem dizer nada. Ela ficou chocada. Em geral, era ela quem tinha essas reações. Então reagiu, agora positivamente.

– Espere... Sinceras desculpas. Vamos continuar...

Nunca tinha pedido a um psiquiatra que não desistisse dela. Essa atitude feriu mortalmente seu orgulho e abriu um precedente na relação terapêutica. Admitiu que não era completamente independente, que precisava se reciclar. Em seguida, Camille fez uma pergunta, mostrando humildade, mas sem perder a astúcia.

– Zenão do Riso me disse que você ensinou a ele que a posse legal de uma propriedade dá o direito aos seus proprietários de explorar seus recursos físicos, mas é a posse emocional que dá direito de explorar os sentimentos prazerosos. Esse argumento é uma nova roupagem da revolução do proletariado?

– É uma revolução, sim! Mas não uma nova revolução semelhante à preconizada por Karl Marx no livro *O Capital*, em que fala sobre o sistema no qual uma minoria que detém os meios de produção explora uma grande maioria de miseráveis. Até porque, atualmente, muitos empregados que têm salários dignos vivem melhor do que seus patrões. Têm menos estresse, pressões, preocupações, sofrimento por antecipação. A posse contemplativa fala de outra revolução, a democracia da emoção.

– Não estou entendendo.

– É estranho. Você é tão culta. Estuda Sócrates, Platão, Rousseau, Voltaire, Kant, Hegel, Sartre, Nietzsche, Chomsky, e não conhece a democracia da emoção?

– Que eu saiba, eles jamais dissertaram sobre essa tese.

– Não? Mas a dedução é a aplicação mais simples da razão. Nas entrelinhas da liberdade de expressão está a democracia da emoção.

Ela se calou e ele explicou:

– A democracia da emoção indica que os fenômenos mais importantes que produzem prazer, tranquilidade, bom humor, encanto pela existência são democráticos, acessíveis aos ricos e aos menos abastados, às celebridades e aos anônimos, aos generais e aos soldados.

Ela ficou deslumbrada. Inteligente, concluiu:

– Você quer dizer que o campo da energia emocional desrespeita a matemática numérica? Ter muito não é sentir muito. Ser dono de um edifício com cem apartamentos não significa ter mais segurança financeira e tranquilidade do que quem mora de aluguel?

Instigando-a a elaborar ainda mais seu raciocínio, ele pediu:

– Continue.

– Você quer dizer que, qualitativamente, a emoção é a mesma em todo ser humano, o que difere é a intensidade? – E lembrando-se de que o pensamento não incorpora o objeto pensado, ou seja, que não atinge a sua realidade essencial, concluiu: – Você quer dizer que a emoção é tão democrática que, quando um milionário compra uma Ferrari, como meu marido comprou há seis meses, ou um simples empregado compra um carro de segunda mão, o resultado emocional pode pender para o empregado?

– Bem-vinda à democracia da emoção – respondeu Marco Polo. – O que vai distinguir as experiências entre um e outro é quanto a emoção do usuário banca a imagem mental da posse. Se um simples empregado tiver um grande envolvimento emocional com o objeto possuído, sua experiência de prazer será mais rica do que a de um milionário.

Camille ficou extasiada com essa conclusão.

Depois disso o psiquiatra aproveitou para lhe falar de um fenômeno inconsciente chamado psicoadaptação, que tinha estreita relação com a insensibilidade doentia de Camille. O fenômeno da psicoadaptação, disse ele, é a incapacidade da emoção de sentir os mesmos níveis de prazer ou dor diante da presença dos mesmos estímulos.

– É um complô saudável entre a razão e a emoção. Se a perda de uma mãe não passar pelo crivo do processo de psicoadaptação, os filhos morrem emocionalmente no velório. Embora a saudade jamais seja resolvida, a psicoadaptação alivia a emoção. A dor da perda diminui com o tempo, libertando a emoção para novas experiências, novos prazeres.

– A psicoadaptação, do lado negativo, pode por acaso contrair o circuito da memória e, consequentemente, diminuir o prazer das conquistas, dos sucessos e dos bens materiais? – questionou Camille, desejando entender seu déficit marcante de alegria.

– Sim! – afirmou ele.

– Uma mesma roupa usada por mim três vezes deixa de me causar impacto. O sucesso de crítica dos meus livros me animou nos primeiros dias. Ser milionária me deu segurança nos primeiros meses – refletiu Camille, entendendo as entranhas deste fenômeno inconsciente.

– Uma pessoa rica pode se psicoadaptar à abundância dos seus bens e, consequentemente, diminuir inconscientemente seu envolvimento emocional. Se fosse possível medir a "energia emocional", detectaríamos que a classe média tem, em tese, mais níveis de prazer do que os mais abastados. Mas essa é uma regra que tem exceções.

– Isso é revolucionário! – exclamou Camille. – Ter riqueza ou fama pode ser um tiro no pé, ou melhor, no peito. – E de repente se lembrou: – Quem precisa de muito para sentir pouco é verdadeiramente um miserável.

– Quem deixar de se deslumbrar pela conquista e não refinar

sempre sua sensibilidade tem menos chances de ser feliz. Esvaziar a mente é um segredo.

– Agora sei por que tenho sido um verdadeiro carrasco para Zenão do Riso. Tenho os direitos legais, mas ele, a posse emocional. Eu o invejo porque ele tem o que sempre sonhei: um jeito simples, despojado, espontâneo de viver.

E assim a sessão se desenrolou. Camille parecia uma menina arrebatada, pisando num terreno inexplorado. Sua emoção nunca mais foi a mesma. Começou a vivenciar o que teoricamente já sabia: os olhos da alma é que dão profundidade aos olhos da face... Descobrir os segredos das pequenas coisas.

À noite pegou seu notebook e começou a escrever animadamente. Encheu a primeira página e não se censurou. Encheu a segunda, a terceira, a quarta, e não saiu da cadeira. A inspiração aprisionada finalmente se libertara. Rompeu as tramas da psicoadaptação, reacendeu sua sensibilidade e deu asas à sua imaginação. Sentia-se impelida a escrever sobre a menina cuja infância fora furtada: Mali. Um furto cruel. Era impelida a escrever sobre ela mesma, Camille.

CAPÍTULO 21

O ser humano profundamente só: a barreira virtual

Numa certa manhã, Camille deu descanso para Clotilde e Mariazita. Pediu que retornassem ao meio-dia. Foi para a cozinha e fez algo que lhe dava enorme prazer na adolescência: cozinhar. Estava particularmente alegre e querendo fazer uma surpresa para as duas empregadas. Preparou três pratos: estrogonofe com champignon, robalo com alcaparras e creme de milho. Fez também duas sobremesas: mousse de chocolate e creme de mamão papaia. Fez o que mais amava, esperando que as duas funcionárias gostassem.

Quando elas chegaram e viram todos aqueles pratos na mesa do almoço, taparam as bocas e encheram os olhos de lágrimas. Camille acolheu-as, dizendo:

– Obrigada por vocês existirem!
– Fez um almoço para nós? – perguntou Mariazita, quase incrédula.
– Só para vocês.
– Não merecemos – disse Clotilde.
– Sem vocês essa casa não teria alegria. O que seria de mim?

E as abraçou. Clotilde e Mariazita nunca tinham sido homenageadas por uma patroa. Jamais alguém lhes agradecera por existirem. Nenhuma pessoa lhes dera ao mesmo tempo tantas dores de cabeça e tantas alegrias. Camille era uma mulher única.

No dia seguinte, teve mais uma sessão com Marco Polo. Ele gostava de elogiar o progresso dos seus pacientes. Nenhuma melhora passava despercebida.

– Parabéns, Camille, sua melhora é significativa. Mas cuidado com os atores que estão alojados na ME, sua memória existencial. No centro, na MUC, você está reeditando rapidamente suas janelas traumáticas, mas sempre há, na periferia inconsciente, janelas traumáticas intocáveis que promovem as recaídas.

– Eu sei. Ainda hoje ressuscitei alguns vampiros. – E, brincando com o psiquiatra, falou: – Mas lembre-se do que lhe ensinei: crises são oportunidades.

Ele sorriu. Em seguida, sabendo que ele estudava o intangível mundo dos pensamentos, Camille quis tirar algumas dúvidas que a incomodavam. Fez-lhe uma pergunta complexa, que fizera a outros psiquiatras, mas cujas respostas não a satisfizeram.

– O pensamento incorpora a verdade do objeto pensado?

Admirado com a indagação, Marco Polo meneou a cabeça. Raramente alguém entrava nessa seara do conhecimento. "Aonde ela quer chegar?", pensou.

– Você está querendo saber se o pensamento de um psiquiatra incorpora a realidade da fobia ou da depressão de um paciente, ou se eles vivem em mundos diferentes? Está indagando se o pensamento de um pai atinge as angústias de um filho?

– Exatamente.
– O que você acha? – ele devolveu a pergunta.
– Sim, às vezes.

– Na realidade, nunca – afirmou Marco Polo.

– Mas as ideias de um pai podem machucar um filho – disse Camille, rememorando sua história. – As atitudes de um marido ou de uma esposa podem matar um romance. As reações de um aluno podem traumatizar um professor e vice-versa.

– Apenas indiretamente. O pai só poderá ferir fisicamente um filho se materializar o pensamento imaterial. Se um executivo agredir um funcionário falando em russo, e este nada entender da língua russa, não se sentirá ferido, a não ser pelo tom de voz e pela expressão facial.

– Por que o pensamento não incorpora o objeto pensado?

– Essa é uma grande tese – afirmou Marco Polo. – Porque o pensamento é virtual. – E, tirando uma caneta do bolso, disse: – O pensamento consciente pode usar milhões de palavras para descrever essa caneta com propriedade, mas ambos estão em mundos separados, há uma barreira virtual entre eles. O pensamento é virtual e a caneta é real, concreta.

E comentou que um psiquiatra ou psicólogo pode fazer milhares de intepretações sobre um ataque de pânico de um paciente, mas nunca atingirá a essência do pavor, da angústia, nem da sua crise de ansiedade. Ambos, o pensamento do profissional e o universo psíquico do paciente, estão separados por uma barreira virtual, estão em mundos diferentes.

Camille ficou enternecida com essa explicação. Fazia sentido, mas, na prática, qualquer atitude das outras pessoas a invadia.

– Se o pensamento é virtual, ele não é produzido por meio de um delírio, do vazio, do nada, mas tem que ter uma base real, neurobiológica – disse ela.

– E tem. A base neurobiológica é o pensamento essencial. Ele é inconsciente e surge em milésimos de segundo quando lemos a memória. O pensamento essencial, ao ser construído, rapidamente produz uma pista de decolagem para o pensamento consciente se projetar. Vamos a outra metáfora. Imagine o projetor de um filme. As ondas de luz (eletromagnéticas) correspondem aos pensamentos essenciais. São elas que geram as imagens dos personagens e dos ambientes, que correspondem aos pensamentos conscientes. Os personagens e os ambientes são virtuais, e só as ondas de luz são reais. Do mesmo modo, os pensamentos conscientes são virtuais; só os pensamentos essenciais são concretos.

– Se o pensamento consciente é virtual, por que sofro tanto com o comportamento dos outros?

– Porque você é hipersensível, não tem proteção emocional. Lembre-se de que é a emoção que materializa o pensamento virtual. Por isso, pequenos problemas lhe causam um impacto muito grande. Ofensas furtam-lhe o equilíbrio. Mas, se tivesse uma proteção emocional, o mundo inteiro poderia gritar, acusando-a de não ter valor, de ser tola, débil, doente, que isso não a atingiria. O virtual não tem efeito sobre a psique, a não ser que a emoção permita.

Camille fez uma incursão na sua história. Indagou para si: como explicar que as mulheres sintam prazer em vestir determinada roupa em um momento e depois, diante da mesma roupa, sintam que ela não lhes cai bem? A mesma roupa deveria produzir exatamente o mesmo prazer em dois momentos distintos. Mas não produz. Essas contradições eram devidas aos níveis de autoestima, autoimagem, estresse, preocupações, expectativas, autocobranças, enfim, aos níveis da emoção envolvida no exato momento em que se veste a roupa. A roupa é a mesma e a consciência (o pensamento virtual) sobre a roupa também, mas é a emoção que oferece cores e sabores diferentes em tempos distintos. E quem movimenta a emoção é a abertura das janelas da memória. Compreendendo isso, Camille questionou:

– Mas, devido à existência do gatilho da memória que dispara na frente do Eu, abrindo janelas que promovem relaxamento ou tensão, alegria ou angústia, é possível ter plena proteção emocional?

– Você é muito esperta. A resposta é não. Como vimos, não somos livres para escolher nos primeiros segundos da leitura da memória e do desencadeamento das experiências. Só momentos depois o Eu entra ou deveria entrar em cena para se proteger. Nesses momentos as calúnias ou difamações só machucam se você permitir, ainda que não perceba que fez tal concessão.

– Discuti com alguns psiquiatras se o pensamento deles incorporava as minhas mazelas. Fui incompreendida. Comentei com alguns amigos o tema e quase fui "apedrejada". Sempre desconfiei que existisse essa barreira virtual.

Em seguida, Camille comentou que, se há uma barreira virtual entre o pensamento e o objeto, que podem ser pessoas ou coisas, pensar jamais deve ser um instrumento da verdade. Pensar é interpretar, e interpretar, por melhor que sejam os critérios, além de ser um ato distorcido pelo estado social, emocional, motivacional do interpretador, é algo que jamais atinge a realidade essencial daquilo que pensamos. Por isso ela concluiu:

– Um pai pode errar muitíssimo ao comparar um filho com o outro. Um mestre pode falhar seriamente ao julgar precipitadamente seus alunos. Se um psiquiatra e um psicólogo não respeitarem os direitos de criticar dos pacientes, podem controlá-los em vez de libertá-los.

– A barreira virtual exige uma interpretação responsável, coerente, madura, enfim, com consciência crítica. Caso contrário, nós podemos diminuir o outro ou supervalorizá-lo. Guerras, violências, suicídios, homicídios e discriminação são produzidas porque o pensamento tem um poder que nunca teve – afirmou Marco Polo.

Camille esfregou a mão direita na testa. Mais uma vez reconheceu seus comportamentos impulsivos.

– Usei muitas vezes o pensamento como sinônimo da verdade. Carreguei nas tintas. Diminuí pessoas. Julguei colegas. Massacrei terapeutas. Desrespeitei os limites da barreira virtual dos pensamentos.

Feliz com a análise da paciente, Marco Polo comentou que o ser humano produz milhares de pensamentos diários com tanta facilidade que não percebe as armadilhas e implicações seríssimas do ato de pensar. E completou:

– Há mais de setenta milhões de pessoas com anorexia nervosa e bulimia no mundo. Escravizamos milhões de adolescentes por causa dos padrões tirânicos de beleza. Quem é belo? O que é ser belo? Quem estabeleceu que determinado padrão anatômico é sinônimo de felicidade e autoestima sólida? As modelos têm mais transtornos emocionais do que a média das mulheres.

– Eu engordei na minha adolescência. Canalizava minha ansiedade no ato de comer. Sentia-me horrível. Depois fiquei anoréxica, cortei drasticamente o alimento. Vivia em guerra com a comida e com o espelho. Era triplamente solitária. Primeiro, pela barreira virtual, segundo, pelo sentimento de abandono de meu pai e, terceiro, porque me abandonei.

De repente, após apontar as bases da sua solidão, Camille, numa guinada de 180 graus, virou para Marco Polo e resolveu testá-lo mais uma vez.

– Onde está o ser humano, Marco Polo? Por acaso você é um psiquiatra com tendência ao perfeccionismo? A solidão não o abarca? Nunca erra? Nunca tropeça? Nunca é incoerente? Quem conhece as lágrimas do ser humano atrás do profissional?

Marco Polo não teve dúvida em reconhecer:

– Erro não poucas vezes. – E contou uma de suas falhas: – Certa vez, uma das minhas filhas me disse: "Papai, você dá tantas conferências e atende tantos pacientes, mas não tem conversado comigo ultimamente." – Voltou-se para Camille e perguntou: – O que você faria se falhasse numa área em que pensa que é um especialista?

– Pediria desculpas.

– É insuficiente. Precisaria reparar o dano. Afirmei para minha filha: "Você é uma das personagens principais da minha história. Sinceras desculpas." E, na noite seguinte, caminhei junto com ela e pedi que olhasse para o alto e escolhesse uma estrela. Surpresa, ela escolheu a mais brilhante. Eu lhe disse: "De hoje em diante, essa estrela será sua. E, mesmo quando o papai fechar os olhos para a vida, ela estará brilhando em você e dizendo que eu te amo. E quando o seu céu estiver escuro, não tenha medo da vida, pois não há céus sem tempestades. Siga a sua estrela interior." E voltei a pedir: "Perdoe meus erros, minha filha." E nos abraçamos emocionados. Então, eu me dei a conhecer. Falei-lhe, inclusive, das minhas lágrimas, para que ela aprendesse a chorar as dela. Cedo ou tarde, eu sabia que as choraria.

Camille, comovida com a história de Marco Polo, viajou em sua própria história. Inspirou o ar lentamente e lembrou-se de episódios marcantes com seu pai. Quando ela tinha apenas 5 anos, num período desolador que atravessava, ele também usou a simbologia de uma estrela para animá-la. Um assunto em que mais tarde ela tocaria com Marco Polo. Pela primeira vez essa recordação levou Camille a ter saudades do tempo em que ela e o pai eram tão achegados, tão íntimos, tão cúmplices.

Lembrou-se do que Marco Polo costumava dizer: toda mente é um cofre; não existem mentes impenetráveis, mas chaves erradas. Alguns psiquiatras e psicólogos que a atenderam eram bem experientes, mas usaram as chaves inadequadas para o tipo rígido, hermético e incomum da personalidade dela.

Pela primeira vez não se sentia diante de um deus, mas de um profissional que, acima de tudo, era um ser humano que crescia diante das suas incongruências. Tudo isso a fez arrefecer ainda mais suas resistências, perder o medo de ser ela mesma e de se desvendar.

Em seguida, o psiquiatra sentiu que precisava explicar para Camille mais um fenômeno importante que estava na base do seu adoecimento: a criatividade destrutiva.

– Por ter natureza virtual, o pensamento consciente liberta o imaginário a tal ponto que leva cada ser humano, especialmente você, a ser, em seu psiquismo, um artista plástico mais sofisticado do que Leonardo Da Vinci, um cineasta mais inventivo do que o mais criativo diretor de Hollywood.

Camille ficou perplexa. A mente dela era realmente de uma engenhosidade surpreendente, ainda que aterrorizante. Seu imaginário era fertilíssimo. Sucumbia às imagens de que em breve morreria e de que o futuro era inexistente. Remoía os maus-tratos que sofrera de pessoas no passado, mas o passado era irretornável.

Em cima dessa tese, Camille comentou:
– Como o pensamento se desprende da realidade, ele pode ganhar uma estatura fantasmagórica. Um rato é capaz de se transformar num elefante; um espaço fechado, num cubículo sem ar.

E, depois de uma pausa para respirar, acrescentou:
– A pior prisão é a que nós mesmos construímos, e a mais inumana é aquela da qual perdemos as chaves. – E, colocando as mãos na cabeça, repetiu duas vezes: – Por que não consigo parar de pensar? Por que não interrompo meus pensamentos?

Diante desse questionamento, Marco Polo falou sobre um fenômeno importantíssimo e pouco conhecido.

– Por causa da ansiedade vital gerada pela barreira virtual dos pensamentos.

– Como assim?

– Um ser humano está próximo fisicamente das pessoas e dos objetos, mas virtualmente está muito distante. Essa é a barreira virtual. E isso gera uma solidão intensa, mas imperceptível, que provoca inconscientemente uma ansiedade fundamental, que chamo de ansiedade vital. Essa ansiedade vital é saudável e impele, induz e estimula uma construção ininterrupta de pensamentos com o objetivo de romper a própria barreira virtual e assim tentar tocar a realidade essencial das coisas e das pessoas, uma tarefa impossível. Só rompemos a barreira virtual quando beijamos, acariciamos e tocamos alguém. Por isso, o toque é importante.

Observando que Camille ainda estava confusa, Marco Polo usou mais uma metáfora para explicar o fenômeno. Disse que, ao assistir a um filme, o espectador e os personagens estão em mundos distantes. Se ela quisesse romper a barreira virtual, teria que entrar na tela e participar das cenas. Algo impossível. No mundo real, também não é possível tocar ou assimilar as pessoas com o pensamento, porque ele é de natureza virtual. Cria-se, com isso, uma ansiedade vital inconsciente, que leva à construção de novos pensamentos para fazer continuamente essa tentativa.

Era difícil para Marco Polo explicar esse assunto, por se tratar de uma das áreas mais complexas da sua teoria, um dos fenômenos mais sofisticados da mente humana. Não exigiu que ela o entendesse plenamente. Ele só queria enfatizar que a barreira virtual nos levava a pensar contínua e desesperadamente, milhares de vezes por dia, em nossos filhos, amigos, futuro, passado, projetos, sonhos, problemas. A solidão virtual era uma das causas inconscientes mais importantes para que a mente humana se comportasse como uma fábrica ininterrupta de "construtos" intelectuais e emocionais: fantasias, imagens mentais, ideias.

Camille suspirou. Ficou impactada com essa abordagem. Finalmente entendia por que era uma usina de pensamentos que não descansava. Inteligente, concluiu:

– Quando ficava na varanda da minha casa, dia após dia, mês após mês, desenhando imagens mentais e pensamentos perturbadores ligados à infecção por vírus, à parada cardíaca, ao politraumatismo produzido por acidentes imaginários, no fundo o que movimentava toda essa construção era a barreira virtual e a ansiedade vital, portanto, fenômenos saudáveis. O que era doentio eram os resultados, os conteúdos, pois eram construídos a partir de janelas traumáticas.

– Excelente conclusão.

– Mas é uma conclusão muito triste. Pais estão infinitamente distantes dos seus filhos, amantes ficam em mundos separados.

– Há um antiespaço em nossas relações. Parece triste, mas é assim que somos, é assim que funcionamos. Tanto um adolescente com síndrome de Down quanto um cientista, uma criança ou um idoso movimentam criativamente seu psiquismo a partir desses e de outros fenômenos. E, por sermos assim, procuramos ansiosamente um ao outro, bem como procuramos a nós mesmos. E, ainda por sermos assim, as pessoas se unem, têm amigos, sentem saudades, distribuem afetos, retribuem, têm prazer em ser altruístas. E, claro, também sentimos ciúmes, inveja, causamos intrigas.

– A solidão decorrente da barreira virtual se torna, portanto, um combustível para toda a produção psíquica. Sentimos a cada momento que nos falta algo. Eu sou um ser humano faminto. Estou sempre à procura de algo que não sei definir – refletiu Camille, que teve importantíssimos insights, inimagináveis descobertas. Navegava dentro de si mesma.

Marco Polo a alertou:

– Mas você deve entender que não apenas o conteúdo dos pensamentos e das imagens mentais pode ser doentio, mas a velocidade da sua construção também. Pensar com consciência crítica é ótimo, pensar demais é uma bomba contra a saúde mental. Gera-se a Síndrome do Pensamento Acelerado.

Camille sabia disso muito bem. Sua mente era agitadíssima, vivia fatigada, irritadiça, ela tinha dores de cabeça, dores musculares e déficits de memória por pensar excessivamente. Com essa explicação, descobriu que era vítima de duas grandes síndromes que estavam na base das suas doenças clássicas, como a depressão, a síndrome do pânico, a obsessão, as fobias: a Síndrome do Circuito Fechado da Memória e a Síndrome do Pensamento Acelerado. Entendê-las foi esclarecedor. Foi entender algumas das áreas mais ocultas da sua psique.

— Segundo essa tese, aqui há outro erro de Sartre — disse o psiquiatra. — Temos o direito de escolher o pensamento? Sim! Mas esse direito é pleno? Não! Ele fica comprometido pela ansiedade vital. Pensar não é apenas uma opção do *Homo sapiens*, mas uma inevitabilidade.

— Essa tese traz um grande alívio. Faz com que eu não me culpe por ser mentalmente engenhosa, ainda que essas construções me assombrem.

Sentindo o prazer de estar relaxada, Camille rapidamente fez uma síntese na sua mente das críticas de Marco Polo à tese do homem como dono do seu próprio destino. Contabilizou que havia mais do que seis argumentos que conspiravam contra ela. Recordou a ação do fenômeno RAM (registro automático da memória), do gatilho da memória, do cárcere das janelas traumáticas, da Síndrome do Circuito Fechado da Memória, da operação do fenômeno do autofluxo, da ansiedade vital, gerando a inevitabilidade do ato de pensar, das distorções espontâneas do processo de interpretação e da impossibilidade de se deletar a memória. E, expressando um suave sorriso, ela perguntou:

— Mas me responda: ninguém consegue interromper a construção dos pensamentos?

Marco Polo respondeu que não, que mesmo quando dormimos há uma plasticidade construtiva nos sonhos. Nem as melhores técnicas de meditação são capazes de interromper a construção dos pensamentos, no máximo a desaceleram.

Camille entendeu que a própria tentativa de interromper os pensamentos já era um pensamento. Diante de toda essa abordagem, algo novo aconteceu: pela primeira vez ela deu um sorriso suave para os absurdos que produzia em sua mente. Em vez de se condenar, de se achar uma doente mental, um intelecto falido, começou a admirar a brilhante diretora de filmes de terror que era. Relaxou por não se cobrar. Desacelerou seus pensamentos. Surgia um belo amanhecer depois de anos de tempestades. A fazenda Monte Belo conheceria a partir de agora a outra face da personagem.

CAPÍTULO 22
O paradoxo de Zenão do Riso

O humor de Camille ainda flutuava, mas, nas semanas seguintes, começou a se estabilizar mais. Superava seus conflitos e, a passos largos, diminuía sua fobia social e seu medo de sair de casa. Suas caminhadas pela fazenda prosseguiam, seu olhar se aprofundava. Conseguia capturar o belo nos detalhes da fazenda Monte Belo.

Quinta-feira, ao fazer mais uma simples caminhada, Camille encontrou Zenão do Riso todo sujo. Tinha acabado de plantar algumas flores e frutas na estrada que ligava o casarão da sede à colônia. Quando o viu, alegrou-se. Abriu um sorriso despretensioso. O jardineiro ficou tão extasiado com sua reação que se aproximou dela e lhe disse:

– Seu sorriso é maravilhoso, doutora. Ninguém nessa fazenda tem um igual.

Camille nunca ouvira um elogio desses. Era elogiada por ser uma escritora perspicaz, uma intelectual culta, uma milionária viajada, mas jamais por seus sorrisos, escassos que eram. Agradeceu.

Motivado, Zenão estendeu as mãos e lhe disse:
– Parabéns.

Mas ela, indelicada, deixou a mão do jardineiro no ar. Vítima do medo obsessivo da contaminação, ficou apreensiva. Ele, gentil, tentou aliviá-la.

– Não tem problema. Já ganhei o dia vendo a senhora sorrir...

E saiu, como sempre, sorrindo. Dez passos à frente, ela o chamou novamente. Contraiu os lábios e teve a coragem de confessar:

– Eu tenho preocupação obsessiva por doença. Toda vez que cumprimento alguém, acho que vou me contaminar.

O homem pensou, pensou, coçou a cabeça com as mãos sujas e depois desferiu um golpe no coração indomável da patroa.

— A senhora já ouviu falar do filósofo Zenão?

— Filósofo Zenão? É você, por acaso?

— Não, doutora, meu apelido "Ze-não" veio do meu negativismo. Estou falando do filósofo pré-socrático.

Mais uma vez, ela ficou embasbacada. Pensava que conhecia os grandes pensadores da história. "Não é possível que ele saiba mais do que eu", pensou. O preconceito, esse vírus que nunca morre, voltou a eclodir.

— Filósofo pré-socrático? Espere um pouco, li alguma coisa, mas nada muito profundo. Não me recordo.

O jardineiro continuou surpreendendo-a.

— Havia dois filósofos chamados Zenão na Grécia antiga. O Zenão de Eleia e o Zenão de Citium. Quero lhe falar sobre o Zenão de Eleia.

— Qual é a ideia central desse pensador? — perguntou ela, agora não para testá-lo, mas porque tinha sede de conhecimento. Meses antes seria uma heresia Camille ser ensinada por um jardineiro. Por instantes, ela riu ao observar Zenão do Riso explicando quem foi Zenão de Eleia, ensinando filosofia grega pura. Ele fez uma pausa e também riu. Depois continuou.

— Pelo que li e estudei, e pelo que Marco Polo me ensinou, o cara era incrível. Ele levantou argumentos contraditórios, paradoxais, contra a ideia da pluralidade das coisas e contra a ideia de movimento.

Camille, a doutora em ciências da comunicação, a mulher que deixava qualquer intelectual desnudo com sua capacidade de debater, pôs as mãos na cabeça e, perplexa, comentou:

— Desculpe-me Zenão, mas não estou entendendo nada.

— Vou traduzir de um modo mais simples. Sobre a pluralidade das coisas, Zenão disse que, apesar de percebermos um mundo onde tudo parece tão distinto, se dividirmos cada objeto tridimensional, como uma árvore, uma vaca ou uma pedra, em partes cada vez menores, chegaremos a um estágio infinitamente pequeno, onde tudo é igual.

Admirada, ela comentou:

– E Zenão de Eleia acertou. Hoje sabemos que tudo é formado de átomos e partículas subatômicas.

– Ele concluiu que a divisão do maior até o menor é um processo contínuo que é ad, ad... – disse Zenão, com dificuldade de pronunciar a expressão em latim.

– *Ad infinitum...* – ajudou ela, maravilhada.

– É isso aí. *Ad infinitum.*

– Quer dizer que para ele a matéria é contínua, não há partícula fundamental. Sempre há algo que pode ser dividido. Ele deve ter quebrado a cabeça de muitos físicos modernos – observou Camille.

Em seguida, o jardineiro comentou o segundo paradoxo do grego Zenão, o paradoxo do movimento.

Fascinada, ela o ouvia prazerosamente:

– O espaço não pode ser considerado, segundo Zenão, uma série infinita de pontos.

– Por quê?

– Porque, para ele, qualquer distância pode ser dividida em uma medida menor, e esta numa ainda menor, e assim por diante, indefinidamente, o que indica que a divisão racional contrasta com a realidade, que é indivisível. Os grandes pensadores, como Kant e Hegel, tentaram, mas não ofereceram solução para esse paradoxo de Zenão.

Camille ficou confusa. E a conversa se estendeu. Após alguns minutos, Zenão do Riso virou-se para a patroa e disse:

– Agora preciso lhe falar de outro paradoxo. O paradoxo de Zenão do Riso.

Ela deu risadas.

– Seu paradoxo?

– Pois é, eu também me atrevo a pensar. Mas antes de falar dele, deixe-me fazer uma pergunta básica: para a senhora, o que é um paradoxo, doutora?

– Uma contradição, um absurdo, um contrassenso, uma discrepância, um disparate, uma incoerência.

– Puxa, a senhora é boa em adjetivo.

– Mas, Zenão, por favor, me chame simplesmente de Camille. Os amigos não precisam de formalidades.

Zenão abriu um largo sorriso. Não cabia dentro de si.

– Bom, Camille, no passado, você sabe que eu era o Zenão da timidez, da reclamação, da negação. A existência para mim era uma grande pedra para rolar não de cima para baixo, mas de baixo para cima da montanha. Era um peso enorme. Mas, durante meu tratamento, pensei: "Esperar que esteja tudo certo na vida, esperar resolver todos os meus problemas para ser feliz é um paradoxo inaceitável. Vou morrer infeliz."

– Por quê? – perguntou Camille, que imaginava qual seria a resposta, mas jamais a adotara.

– Porque, se eu resolvo um problema, aparecem dois; se resolvo dois, aparecem quatro. Portanto, para abrandar esse paradoxo cheguei à seguinte conclusão: vou ser feliz com os problemas que tenho, nas dificuldades em que me encontro, com as pessoas complicadas com quem convivo, com os meus conflitos.

Camille ficou quase sem ar diante do jardineiro da emoção. Nada era tão simples como o paradoxo de Zenão, e nada era tão inteligente. Estava tão extasiada que queria congelar o tempo. Ela, que gostava de questionar tudo e a todos, recolheu as palavras e só queria ouvir o filósofo dos jardins. Mas Zenão aprendera o princípio da sabedoria na filosofia: a arte da pergunta.

– Quem reclama muito aumenta seus níveis de exigência para ser feliz. O que acha, Camille?

– Correto!

– Você reclama?

– Muito.

– E cobra excessivamente dos outros?

– Também. Tenho essa necessidade neurótica.

– E tem a necessidade doentia de mudar os outros?

– Igualmente. E não precisa me perguntar. Sei que ninguém muda ninguém. Eu e o Dr. Marco Polo já comentamos que temos o poder de piorar os outros, mas não de mudá-los. Só é possível contribuir com os outros se eles permitirem.

– Por que uma mulher tão inteligente faz o que não quer?

Camille não respondeu. Seus olhos lacrimejaram. Pela primeira vez um empregado via suas lágrimas. O paradoxo de Zenão do Riso abalou-a densamente. Marco Polo sempre enfatizava que um paciente profundamente enfermo precisava, mais do que se tratar, reaprender a viver, educar sua emoção, construir pontes sociais, trabalhar funções complexas da inteligência, como ter a capacidade de se colocar no lugar dos outros. Camille estabelecera um altíssimo nível de exigência para ser feliz. Era uma existencialista, mas precisava aprender a ser uma caminhante no traçado da existência, tal como Zenão de Monte Belo.

Ela pediu licença a Zenão e lhe deu um abraço prolongado, apesar de ele estar todo sujo. Fora contagiada pela generosidade e pelo afeto. Perdeu o medo, pelo menos temporariamente, de se contaminar com vírus e bactérias.

Zé Firmino observava de longe o que acontecia e tomava nota. Um segurança que acompanhava de longe os passos de Camille a fotografava. Marco Túlio tomava conhecimento de todos os seus movimentos.

Subitamente, ela fez algo que não fazia desde a infância. Tirou os sapatos e começou a andar descalça. Depois começou a correr e a cantarolar. O paradoxo de Zenão do Riso a libertara.

Na sexta-feira de manhã, Camille ligou para o marido:

– Você não vem de novo?

– Estou indo para a Alemanha, fechar um grande negócio – disse ele, apreensivo, esperando uma crítica. Mas ela nada lhe cobrou.

– O melhor negócio é cuidar da sua qualidade de vida.

Perturbado com o desprendimento dela, alfinetou-a:

– Você não pergunta mais se a estou traindo?

– Todos nós somos traidores – afirmou Camille.

– Você já me traiu? – perguntou ele apressadamente.

– Todos nós traímos nosso sono, nossa tranquilidade, nosso prazer, nossa simplicidade existencial. Somos todos traidores. Ou você, um homem de mil afazeres, não é?

Marco Túlio afagou os próprios cabelos do outro lado da linha e confirmou:

– Sou um traidor confesso. Às vezes, nem sei quem sou.

Depois de uma rápida conversa, desligaram. Marco Túlio, abatido, desenvolvera a síndrome da pessoa resignada. Ao conviver com uma pessoa doente, adoecera. Viveu em função da mulher e do banco e se colocou em lugar indigno em sua própria agenda. Dilacerou sua identidade. Para não sucumbir ao estado de angústia e de humor depressivo, afundou cada vez mais no trabalho, o que comprometia seu estado emocional. Parecia estar descompensando. A crua realidade existencial contrastava com os finais felizes hollywoodianos. Tão difícil quanto eliminar nossos monstros é remover seus escombros.

CAPÍTULO 23

A mais excelente propriedade

Conferências, livros, pacientes preenchiam a agenda de Marco Polo. Tinha aberto uma brecha no seu tempo para atender Camille. Como ela melhorava expressivamente semana após semana, diminuiu a frequência das sessões na fazenda. Passaram a ser quinzenais e, depois, mensais.

Reescrever a história da personalidade é uma tarefa árdua. Melhoras sustentáveis levam tempo. Não se compra paciência numa escola, nem autoestima numa loja de departamentos, muito menos tranquilidade num banco. Faz-se necessário conquistar o que o dinheiro não compra: sabedoria nas perdas, maturidade nas lágrimas, serenidade nas loucuras.

Camille estava em processo de mudança. Sua mente ainda flutuava como uma gangorra, o que, no passado, a levara ao diagnóstico de depressão bipolar, com o qual Marco Polo não concordava. Para ele, ela flutuava porque não tinha qualquer proteção emocional, sua psique era terra de ninguém. Estava agora encontrando o caminho da estabilidade. Mas, de todas as suas características doentias, a mais resistente era a impulsividade. Não poucas vezes insistia em reagir sem pensar nos focos de tensão.

— Que característica você acha mais complexa: a paciência ou a impulsividade, a capacidade de pensar antes de reagir ou a reatividade? – perguntou ele.

Camille respirou e não respondeu diretamente. Seria pega em seu próprio raciocínio.

– Depende. Qual das duas características precisa de mais informações para ser produzida, enfim, qual necessita de mais janelas abertas? – ela retrucou.

– Parabéns, Camille. Responda você mesmo à brilhante pergunta.

Constrangida, lembrando-se do que aprendera, deduziu:

– Reagir antes de pensar é um mecanismo produzido pela ação/reação. Por outro lado, a paciência e a capacidade de pensar antes de reagir necessitam que inúmeras janelas sejam abertas simultaneamente, capazes de fornecer milhares de dados para financiar a consciência instantânea de quem sou, onde estou, quem são os atores em cena, quais as consequências do meu comportamento.

Diante disso, Marco Polo a levou a pensar:

– O que você prefere: conviver com alguém sem grandes dotes intelectuais, mas paciente e bem-humorado, ou conviver com alguém culto, mas irritadiço, que dispara golpes em tudo e em todos?

– Sei que não é fácil conviver com pessoas com o meu perfil. Nem eu me suporto. Os comportamentos superficiais, levianos, incoerentes, estúpidos dos outros disparam minha reação imediata.

– É tempo de você aprender a se proteger nas relações sociais! É tempo de comprar o mais importante seguro.

– Qual? – indagou ela, curiosa.

– Antes de responder, deixe-me perguntar. – E fez a mesma pergunta que fizera a Marco Túlio quando se falaram por telefone pela primeira vez.

– Que seguros você tem?

Ela hesitou, não querendo mostrar ostentação diante de alguém que admirava. Mas ele insistiu.

– Por favor, diga!

– Tenho seguro de vida, de casa, de carro. Inclusive contra sequestros.

– Tem carro blindado?

– Todos os nossos carros são blindados.

– Vocês têm seguranças?

– Seis. Não reparou que há sempre alguns personagens nos espreitando?

– Qual é a sua propriedade mais cara?

– O banco.

– Tem seguro?

– Claro. Seguro contra incêndio, seguro predial, seguro contra crédito não recebível. Marco Túlio faz seguro de tudo, até contra fraudes bancárias.

– Mas qual é a sua propriedade mais importante?

– Já lhe disse, o banco.

– Não, estou me referindo à mais importante, aquela que se você não cuidar lhe causa insônia, perturba suas ideias, gera ansiedade, furta sua alegria – insistiu ele.

Ela finalmente entendeu.

– A minha emoção – disse, meneando a cabeça, como se fosse uma aluna que depois dos ensinamentos compreendeu a matéria.

– E você tem seguro emocional?

– Não. Não tenho – confessou ela honestamente.

Então Marco Polo lhe deu um golpe analítico fatal.

– Você não acha um paradoxo inaceitável os seres humanos terem seguro para tudo, mas não segurarem minimamente sua emoção? Eles acertam no trivial, mas erram no essencial. São completamente desprotegidos, ainda que morem em belos condomínios.

– Como proteger a emoção? Eu defendi tese no mestrado e no doutorado sobre o processo de comunicação nos relacionamentos, e não aprendi isso. Eu orientei diversas teses e nunca toquei nesse assunto.

– Há algumas ferramentas importantes, e uma das mais relevantes passa pelas sofisticadas operações da matemática emocional.

– Nunca ouvi falar disso.

– A matemática numérica é lógica, previsível e, portanto, superficial. Nela, dividir é diminuir, dar é decrescer.

Em seguida, ele fez uma pausa, esperando que Camille encontrasse a sua resposta. O que não demorou muito, pois ela era rápida para juntar as peças.

– No mundo da emoção, dividir é aumentar. Dar é somar.
– Correto. Por isso, o individualismo, o egoísmo e o egocentrismo, enfim, qualquer forma de isolamento externo ou interno, em vez de protegerem a emoção, tornam uma pessoa hipersensível aos estímulos estressantes – discorreu Marco Polo.

Em seguida, ele dissecou a ferramenta.

– Por isso, para proteger a emoção, doe-se sem medo, doe-se sem precondições, mas diminua o máximo possível a expectativa do retorno. Não busque reconhecimento, ainda que ele seja legítimo. Os íntimos são aqueles que mais nos frustrarão.

Camille fora uma adolescente profundamente decepcionada com as pessoas mais queridas, o que a levou a se tornar uma adulta retraída, recolhida dentro de si, com medo de se doar e reproduzir suas frustrações. Desenvolveu uma personalidade individualista, ensimesmada e apreensiva. Tinha um pé atrás com tudo e com todos. Mas não era egoísta.

Sensibilizada pela necessidade vital de proteger sua emoção, ela começou a revelar as principais frustrações do seu passado. Seu pai, o neurocirurgião Dr. Márcio Lacosta, e sua mãe, Rita de Cássia, formavam um casal que enchia os olhos de qualquer observador. Afetuosos, bem-humorados, viviam se abraçando, se beijando e dizendo que se amavam.

Desde que aprendera a falar, a pequena Camille não dormia se não dissesse: "Mamãe, eu te amo." E a mãe respondia: "Eu também, minha filha, você é meu tesouro." Camille voltava-se para o pai: "Papai, eu te amo." Ele respondia, bem-humorado: "Eu não te amo." E imediatamente acrescentava, ante o espanto da filha: "Eu te superamo! Você é a minha princesa."

Ela cresceu pedindo um irmão ou irmã. A mãe, que tinha problemas para engravidar, concebeu quando Camille tinha quatro anos. A menina falava dia e noite no bebê que ia nascer. Desejava que fosse uma menina e vivia fazendo planos para a pequena irmã. Já havia até escolhido o nome: Mariana. "Vou comprar sorvete para Mariana, levar ela no parque, comprar roupas."

Camille ajudou a mãe a decorar o quarto, comprou lençóis com motivos de paisagens, brinquedos cintilantes para pendurar no teto, almofadas. Tudo parecia perfeito num mundo imperfeito.

Marco Polo ouvia atentamente a sua história. Camille falava com liberdade, navegava pelas sinuosas águas do passado. Ela sempre se esquivara desses assuntos porque a descompensavam. Mas, naquela altura da terapia, sentia uma força irresistível para adentrar na sua história.

– Infelizmente, durante a gravidez, mamãe começou a manifestar os mesmos sintomas que teve quando engravidou de mim: pré-eclâmpsia, que logo evoluiu para eclâmpsia, e sua pressão subiu às alturas. Ela ia da cama para o hospital e do hospital para a cama. Eu não sabia o que ocorria na época, mas minha mente já desenhava imagens que sugeriam a possibilidade de perder minha mãe e minha irmã. Foram minhas primeiras noites maldormidas.

Na época, além do risco de Rita de Cássia morrer e do altíssimo risco de a placenta descolar e ocorrer um aborto, ela desenvolveu diabetes. O bebê nasceu prematuro, de seis meses. Com menos de um quilo.

– Mariana tinha condições de viver, mas complicações respiratórias e cardíacas fizeram-na sobreviver por apenas nove meses. Depois que nasceu, ficou internada por dois meses. As complicações a levavam a sair e voltar para o hospital. Vivíamos em função dela. Quando ela sorria para nós, nosso dia era diferente. Quando se abatia, ficávamos angustiados. Já nessa época eu sentia as labaredas dessa gangorra emocional. Por fim, o pior aconteceu.

Meu pai não era religioso, mas acreditava em Deus. Tentou se preparar para me dar a notícia. E o fez com sabedoria.

– Como foi?

– Lembro-me de cada detalhe. Ele me levou para o jardim no condomínio onde morávamos. Era noite sem luar, com esparsas nuvens. Percebi que ele estava tristíssimo. Querendo distraí-lo e aliviá-lo, ao ouvir o canto de uma coruja chamei sua atenção como sempre fiz: "Ouça! Ela cantou, papai!" Mas naquela noite ele esticou os lábios, mas não conseguiu sorrir. Demos mais alguns passos, e ele pediu que eu olhasse para o alto. Topei a brincadeira sem saber que não se tratava de uma brincadeira.

"Está vendo aquela estrela brilhante, minha filha?"
"Estou, papai! É linda!"
"Ela é a sua irmãzinha!"
"Mas ela não está no hospital?", perguntei, confusa.
Com lágrimas nos olhos, ele disse:
"Estava, mas resolveu partir. Agora foi morar longe de nós..."
Camille fez uma pausa na história antes de prosseguir:
– Eu nunca duvidei do meu pai, pelo menos durante a infância. Por isso, pedi, com lágrimas nos olhos:
"Eu quero ir morar com ela."
"Não vai ser possível, filha... Mas ela sempre vai brilhar sobre você, sobre nós..."
Foi então que entendi a penetrante metáfora.
"Ela morreu, papai?", eu disse, chorando incontrolavelmente.
"Morreu, minha filha, Mariana morreu!"
Marco Polo se emocionou enquanto Camille falava:
– Nós nos abraçamos por mais de uma hora. Choramos juntos sem parar. Naquele momento, meu pai não era o neurocirurgião famoso, culto, admirado, mas um pai fraturado, um ser humano perturbado, transpassado pela angústia da perda da filha e pela impotência diante da vida.
– Ninguém é tão poderoso quanto os médicos diante da vida e nem tão frágil diante da morte – disse Marco Polo.
– A imagem de Mariana ficou congelada em minha mente durante anos. Enterrá-la era enterrar meus sonhos. Eu só tinha 5 anos quando conheci o lado amargo da vida.
– A saudade nunca é resolvida. Mas paralisar a existência no velório de quem partiu é grave, gera um luto crônico, asfixia a emoção. Homenagear quem perdemos com o cálice da alegria é a melhor maneira de cultivar uma saudade saudável – comentou o psiquiatra.
O tempo passou e a família superou a dor da perda. Camille nunca deixou de falar da sua pequena irmã, até porque Rita de Cássia não podia mais engravidar, pelo risco que corria. A família Lacosta gostava de aventuras, em especial de safáris fotográficos na

reserva de Mala, na África do Sul, um lugar onde a natureza convida ao deslumbramento. Fizeram três safáris.

— Seu primeiro safári foi depois que perderam Mariana?

— Não, o primeiro foi antes de mamãe engravidar. — E, libertando a imaginação, ela recordou com detalhes: — Eu tinha 3 anos. Era muito nova, mas quando vi um bicho enorme, um elefante, na minha frente, bati com as mãozinhas na lataria do jipe, gritando excitada: "Olhe, papai! Olhe, mamãe! Vamos pegar esse bicho!" O guia pediu que eu me calasse, para não perturbar o animal. Mas quem poderia aquietar o entusiasmo de uma criança? Meu pai sorria, minha alegria era contagiante.

A intelectual pessimista, a mulher extremamente crítica, a paciente depressiva e fóbica tinha na infância uma leveza e um prazer contagiantes. O tempo, cruel, tirou-lhe o oxigênio da emoção. De repente, ela caiu em si.

— Sou tão diferente hoje.

— Você não é diferente, você está diferente.

Ela sorriu e ele indagou:

— E aí? Como terminou o safári?

— Continuei gritando excitada. Mas o elefante de fato se irritou, abanou as orelhas, jogou a cabeça para a frente, emitiu um som estridente e partiu para cima do jipe. O guia, apavorado, rapidamente virou a direção do veículo e bateu em retirada. Nunca dei tantas risadas.

— Você já era especialista em provocar o ambiente — brincou Marco Polo.

— Inclusive elefantes. Mas me especializei em provocar psiquiatras.

— Eu sei disso — falou ele, sorrindo.

E lhe deu uma boa notícia:

— Todas as experiências do passado não se apagam, sejam as doentias ou as saudáveis. Como vimos, elas podem ser reeditadas. Se você foi uma menina alegre, solta, livre, essas experiências estão alojadas em algum lugar do seu córtex cerebral, estão arquivadas em algum espaço da ME, a memória existencial ou memória inconsciente. Trazendo-as à tona, você pode abarcá-las na MUC, a Memória de Uso Contínuo ou Consciente. Sempre que atendo um caso grave e arrastado, se há depósitos positivos no passado, o saldo pode ser resgatado.

– Finalmente parece que estou conseguindo resgatá-lo. Estes dias eu pensei muito na minha infância. Eu a bloqueava, mas ela continha ricas experiências. O prazer do contato com os animais, de me esconder atrás das árvores, a brisa, o luar, não passavam despercebidos para mim. Estou novamente admirando a natureza.

Camille suspirou lenta e suavemente. O ar que entrava não apenas oxigenava seus pulmões, mas parecia libertar a sua mente. De repente, ela ficou sem cor, pálida, sentindo um nó na garganta. Imediatamente se retraiu na poltrona. Marco Polo percebeu que havia elementos dramáticos na sua infância que ela não tinha coragem de verbalizar.

– Fui atropelada em minha história. Era uma menina feliz, mesmo depois que perdi minha irmã. Brincava, era espontânea, sociável, divertida... até que...

Camille não conseguia falar. Ela já tinha contado que sua mãe sofrera um acidente, mas sem detalhes. Marco Polo ficou em silêncio, esperando que ela dissipasse sua tensão e se sentisse um pouco mais segura para falar.

– Até que... minha mãe entrasse num caminho sem volta... Antes de eu completar 12 anos, fomos fazer o terceiro safári fotográfico. Foi cheio de aventuras. Meu pai, destemido, desobedecendo às normas de segurança, perguntou ao guia, um conhecido dele, se podia descer do veículo e fotografar um leão. Quando ele conseguiu a permissão, se entusiasmou e se aproximou perigosamente. De repente, o leão atacou. Por sorte o guia espantou o animal com alguns tiros para o alto.

Camille olhou para o horizonte. Seus olhos ultrapassaram a imensa janela de vidro do escritório do casarão. Estava feliz por conseguir se lembrar dos bons momentos da sua infância. Mas sabia que eles lhe trariam um árido e solitário deserto.

– Depois dessa aventura, fomos passear em todo o parque. Eu simplesmente me encantava com cada girafa, leopardo, guepardo, rinoceronte, zebra, búfalo. Tirava centenas de fotografias. Acreditava que não havia garota mais feliz do que eu ou que houvesse pais mais maravilhosos que os meus. Depois do safári, fomos para Johanesburgo, a capital da África do Sul. Após sairmos de um restaurante, meu pai dirigia no centro da bela cidade quando outro carro em altíssima velocidade que vinha em sentido contrário perdeu o controle.

Camille começou a ficar ofegante.

– Assustado... meu pai tentou desviar, mas o carro do motorista imprudente bateu justamente no lado onde estava minha mãe.

A pequena Camille fraturou uma das vértebras cervicais, mas não teve a medula atingida. Infelizmente, sua mãe, Rita de Cássia, teve menos sorte. Sofreu um traumatismo craniano grave e foi levada em coma para uma UTI. O pai ficou desacordado por algumas horas. Trincou apenas o antebraço esquerdo.

O tempo da sessão terapêutica daquele dia já se esgotara. Camille estava afônica. Continuaria a história na próxima sessão. Sentia-se profundamente emocionada.

CAPÍTULO 24

A traição de um herói

No encontro seguinte com Marco Polo, Camille estava tão desarmada que resolveu abrir os textos mais íntimos do livro da sua vida. Chegou o momento de revisar capítulos fechados da sua história... Com a voz embargada, ela falou:

– Depois do acidente, voltei ao Brasil e fiquei quatro meses numa cadeira de rodas, com uma proteção no pescoço. Não conseguia aceitar meu estado. Fiquei ansiosa, deprimida, irritadiça. Queria andar, correr, ir a festas, mas não podia. Dependia dos outros. Só sabe dar valor à liberdade quem um dia a perdeu.

– E sua mãe?

– Mamãe ficou em Johanesburgo, em coma. Corria o risco de morrer a qualquer momento. Respirava por aparelhos. Nunca havia me separado dela, amava-a desesperadamente. Tinha muitas coisas para lhe dizer, mas não podia. Estávamos em continentes distintos, com barreiras intransponíveis entre nós. Eu, paraplégica, pelo menos momentaneamente, ela, inerte. É muito triste sentir-se impotente. Eu me perguntava dia e noite: por que comigo? Sempre acreditei em Deus, mas eu indagava, magoada, onde está Ele? O que fiz? Onde errei? Revoltei-me contra a vida, contra todos.

Rita de Cássia havia sofrido um edema cerebral, acompanhado de micro-hemorragias. O marido, embora fosse neurocirurgião, nada podia fazer. Nos primeiros dias após o acidente, ele convalesceu. Depois voltou ao Brasil, onde tinha seu trabalho, seus pacientes, sua vida. Camille o acompanhou. Embora diariamente recebesse notícias da esposa, ele viajava a Johanesburgo a cada três ou quatro semanas para acompanhar de perto a evolução do quadro. Mas, nada.

– Imagine... Eu, numa cadeira de rodas, esperando a qualquer momento a notícia de que minha mãe não estava mais viva. Meu pai entregou-se ao trabalho, seja para esquecer um pouco que havia acontecido, seja para pagar as contas altíssimas do tratamento dela. Cada dia era uma eternidade...

No final do terceiro mês, vendo o sofrimento da pequena Camille por estar distante da mãe, seu pai fretou um avião dotado de uma unidade de terapia intensiva e trouxe de volta a mulher para o Brasil.

– E como ela evoluiu?

– Seis meses depois, ela despertou do coma. Mas eu, egoísta, pensava que seria melhor que ela nunca tivesse acordado.

Camille recordou que sua mãe parecia outra pessoa, não mais era dócil, gentil, paciente, lúcida e bem-humorada como sempre fora. Ao fazer esse relato, lágrimas rolaram dos olhos de Camille e serpentearam pelos vincos do seu rosto. Em seguida, ela fez poesia do caos:

– A mulher que me ensinou a passear pela filosofia desde os meus 7 anos não construía mais ideias brilhantes. A mãe que me contava histórias para que eu adormecesse me tirava o sono. O ser humano que era tolerante com minhas travessuras não suportava sequer minha presença. Não me reconhecia, me chamava pelo nome de sua mãe, minha avó, uma mulher irritadiça e intolerante.

– Qual era a sua reação diante do comportamento dela?

– Em prantos, eu suplicava "Mamãe, sou eu! Sou sua filha, a Camille". Mas ela não assimilava o que eu dizia. Ficava mais estressada. Eu me sentia completamente desprotegida. Por fim, deixei de chorar, não tinha tempo nem ambiente para derramar mais lágrimas. Porque me tornara mãe da minha mãe...

Raramente a inocência de uma criança tinha sido atingida com tanta violência e sem dar aviso. Camille tinha motivos para ter a personalidade que tinha. Não apenas seus estímulos estressantes se diferenciavam dos de outras crianças pela intensidade, mas também pela durabilidade.

– E os enfermeiros?

– Não confiava em ninguém para cuidar dela. Havia três que se revezavam em casa, dois tinham paciência, mas o outro era intolerante com a agressividade de minha mãe. Eu tentava lhe dizer que mamãe era a mulher mais amável do mundo. Mas eu era uma criança, uma pequena voz no deserto.

– E seu pai? Ele esteve próximo de você?

– Meu pai, que antes era uma pessoa bem-humorada, sociável, piadista, mudou. Pouco falava comigo. Não sei se por culpa, porque era ele quem dirigia o carro na hora do acidente; não sei se por ter que enfrentar a realidade de ter uma esposa mentalmente confusa. Ou talvez se sentisse impotente para falar com a filha sobre um assunto em que as palavras eram toscas. Nem sei se era porque eu tinha mudado e não lhe dava mais espaço. Só sei que não era mais a menina que enchia seus olhos, a filha que ele chamava de "minha princesa".

Camille esfregou as mãos nos olhos. Em seguida, completou:

– Ele me encaminhou para a terapia. Eu precisava de terapia, confesso, mas precisava também de um pai. Ele não entendia que eu era uma menina ansiosa e revoltada que queria entrar no cérebro de minha mãe e despertá-la para a realidade... Daria tudo o que tinha para comprar esperança, mas ninguém a vendia...

Camille indicou com os olhos que esperava alguma explicação de Marco Polo sobre essa ruptura da lógica do pensamento de sua mãe, mesmo sabendo que ele desconhecia o caso.

Ele relembrou uma das metáforas que costumava usar. Como numa grande cidade, não basta estarem intactas as residências, têm que estar intactas as vias de acesso. Para produzir uma simples cadeia de pensamento – tal como a mãe de Camille frequentemente construía ao dizer "Filha, eu te amo" –, milhares de janelas deveriam ser abertas instantânea e simultaneamente para estabelecer o processo de escolha, resgate e utilização dos dados.

Era provável que o intenso edema cerebral e as hemorragias tenham degenerado áreas do córtex cerebral de sua mãe que continham milhares de janelas com milhões de informações relevantes. Mas era provável também que grande parte das janelas estivesse preservada, pois Rita de Cássia construía múltiplos pensamentos. Entretanto, as vias de acesso estavam destruídas, o que levava a erros de identificação dos personagens à sua volta.

Camille, perspicaz, concluiu:

– Freud foi o grande descobridor do inconsciente, mas não teve oportunidade de estudar os fenômenos que constroem as cadeias dos pensamentos. Em nossa mente, o inconsciente é que gera os pensamentos conscientes. E tudo se opera em milésimos de segundo, com extrema sutileza.

Marco Polo ainda comentou que, devido à fascinante plasticidade do cérebro, é possível, com exercícios intelectuais regados pela técnica da teatralização da emoção (aplaudindo frequente e solenemente os atos saudáveis do paciente e mostrando tristeza diante atos decepcionantes), que as vias de acesso possam melhorar, ampliando os circuitos da memória e expandindo a cognição, a percepção e a socialização do paciente.

– Sua mãe recuperou parte do raciocínio?

Camille recostou na poltrona um tanto pálida. Contraiu os músculos da testa, deslizou as mãos suavemente sobre o rosto e disse:

– Um ano depois, ela morreu. Eu lhe contei que ela sofreu uma parada cardíaca, mas não contei a razão. Foi uma overdose de medicamentos.

Houve um silêncio na sessão terapêutica.

– Suicídio?

– Não sei... Meu pai preferiu achar que ela tomou os medicamentos errados. Durante anos eu me recusei a pensar que "minha mãe" tinha me abandonado.

Camille derramou mais lágrimas, agora incontidas. Soluçava e mordia suavemente os lábios.

– Sem perceber, você me ajudou a resolver uma grande equação emocional numa sessão anterior. Felizmente você me convenceu de que todo suicida tem sede de viver. Minha mãe não me abandonou.

Rita de Cássia sempre amara intensamente a vida e estava melhorando sua consciência crítica, mas, quanto mais melhorava, mais ficava deprimida, pois percebia que seu marido estava distante, frio, insensível, sempre trabalhando.

– Você acha que o comportamento do seu pai é que "matou" sua mãe?

Ela não respondeu. Parecia que Marco Polo atingira o centro de um dos mais importantes núcleos traumáticos de Camille. Ela ficou em silêncio por longos cinco minutos. Queria falar, mas estava afônica. Teve um ataque súbito de tosse. Então, pela primeira vez diante de um profissional de saúde mental, Camille rasgou a sua alma.

– Antes do acidente, eu tinha uma admiração incrível por meu pai. Ele era meu herói, meu melhor amigo, meu grande protetor. Eu sentava em seu colo e o beijava pelo menos 10 vezes. Nossa relação era cheia de afeto e confiança.

– O amor, diferente da paixão, só nasce no terreno da confiança. A confiança se quebrou e o amor diminuiu – afirmou Marco Polo.

– Matar o herói de uma criança é muito sério. Você perde o referencial. Mamãe ainda estava em coma quando essa morte começou a ocorrer. Um mês e meio depois que saí da cadeira de rodas, vi minha mãe movimentar um dos braços. Fiquei eufórica. Queria fazer uma surpresa para meu pai, dar-lhe a maior notícia do mundo. Feliz da vida, fui até seu consultório. Ao chegar, pedi à secretária que não anunciasse minha presença, mas ela ficou desconcertada. Tentou me impedir de entrar. Mas rapidamente abri a porta do consultório sem bater e...

Camille fez mais uma pausa.

– Entrei gritando: "Papai! Papai! A mamãe..." E eis que ele estava nos braços de uma médica jovem, beijando-a. Em estado de choque, ele disse: "Princesa, deixe-me explicar."

– Fui embora sem lhe contar a novidade. Nunca quis ouvir suas explicações. Eu cuidava de minha mãe como se fosse mãe dela. Ela era a pessoa mais importante para mim, mas deixara de ser para ele. Meu pai traiu minha mãe e esmagou meu afeto. Comecei a desconfiar do instinto masculino.

– Se quisermos conviver com pessoas perfeitas, nos frustraremos sempre... É melhor então viver só – disse Marco Polo.

– Eu sei, doar-se sem esperar retorno é um segredo. Mas como convencer a emoção de uma criança para ter essa capacidade? Se ele tinha outra mulher antes ou depois do acidente, por que não me procurou e se abriu? Eu não era a menina dos seus olhos?

– Será que seu pai não queria poupá-la? Você tinha maturidade para entender o conflito dele?

– Está querendo justificar os comportamentos torpes masculinos? – falou Camille rispidamente.

– Não. Mas quero que você pense em outras possibilidades.

– Minha mãe não estava morta, Dr. Marco Polo, mas ele a enterrou viva! Você não entende...?

– Será que o episódio não foi um caso fortuito, gestado por um homem carente? Pense um pouco, havia meses seu pai não tinha intimidade com sua mãe. Sem afeto, sem beijos, sem troca. Você pode ter ódio de seu pai, mas será que não cabem outras possibilidades em sua mente?

– Mas o que é o amor? Uma reação química que não suporta os ciclos da existência? Ou uma emoção alimentada por cumplicidade, em que um aposta no outro tudo que tem?

– Lembre-se, Camille, qual é a maior vingança contra um inimigo?

Ela parou de se debater por alguns momentos, gerenciou sua ansiedade e comentou:

– Não me esqueci, embora não a tenha aplicado na relação com meu pai. Sei que é compreender e, por compreender, perdoar. Mas é tão difícil para mim. E, além disso, compreendê-lo não resolveria os conflitos dele.

– Mas resolveria os seus.

Depois que a mãe de Camille morreu, o pai se casou com a médica que estava no consultório, a Dra. Helena, 18 anos mais nova do que ele. Ela fora sua residente na faculdade onde ele lecionava. Por isso Camille desconfiava que a relação entre os dois antecedia o acidente. Dúvida teve, dúvida guardou.

A relação entre Helena e Camille foi lastimável. Camille era irritadiça e tinha um pé atrás com ela, e Helena tinha os dois. A nova madrasta tinha tido um pai autoritário e rígido, e uma mãe ausente. Não resolvera seus conflitos. Era emocionalmente imatura e extremamente ciumenta. Tinha ciúmes até da relação de Camille com o pai. Helena sabotava essa relação, colocava um contra o outro, mentia, dissimulava, dificultando que pai e filha reatassem, resolvessem suas pendências. O clima ficou insuportável, um caldeirão de estresse.

Depois de todo esse relato, Camille se recostou suavemente em sua poltrona. O cofre se abriu e, ao se abrir sem pressões, culpas ou cobranças, o resultado foi animador. Ela experimentou um alívio arrebatador. A mulher adulta abriu as janelas da senzala onde a menina estava aprisionada em seu passado. Assimilou seus traumas, compreendeu-os, reciclou-os e começou a reeditá-los. Marco Polo cumprimentou-a pelo seu progresso. Camille agradeceu. Estava tão feliz que dessa vez insistiu para que ele ficasse para o jantar. Apesar de precisar ir, ele quebrou o protocolo.

Ela foi para a cozinha junto com Clotilde e Mariazita. As empregadas mais uma vez ficaram admiradas com a sua generosidade. A menina que gostava de servir e que nunca tinha morrido dentro de Camille, que estava alojada nos recônditos do seu inconsciente, na memória existencial, ressurgia e começava a habitar o seu centro consciente, a sua memória de uso contínuo, permitindo, assim, que voltasse a oxigenar sua emoção.

Enquanto preparava um peixe, lembrou-se prazerosamente de seu pai. Recordou que cozinhavam juntos. Faziam uma bagunça na cozinha, para desespero da sua mãe. Enquanto cozinhavam, falavam dos nutrientes que cada alimento continha. Não poucas vezes, o Dr. Mário Lacosta atirava farinha no cabelo de Camille. A vida era uma festa. Mas a festa...

Após se servir, Marco Polo reconheceu:

– Poucas vezes comi um peixe tão saboroso.

– Tem sabor de liberdade – afirmou ela.

Mariazita ficou tão encantada por estar sendo novamente servida pela patroa, que, ao pegar a taça de vinho, derrubou-a no chão, quebrando-a.

– Mil desculpas, doutora – falou ela, apreensiva, e levantou-se rapidamente para ir buscar a vassoura e a pá de lixo.

– Sente-se, Mariazita – disse Camille sorrindo. – Eu e meu pai sempre fomos estabanados... – Depois parou, pensou no que tinha dito e olhou para Marco Polo, que novamente sorriu sem dizer nada.

Nesse momento, ouviram-se alguns trovões. Imediatamente Camille pediu que todos ficassem em silêncio.

– Ouçam o coaxar dos sapos. Como é lindo!

Aparentemente nada havia de belo naqueles sons ribombantes em uníssono. Mas, para uma mente livre, eram belíssimos.

As empregadas se entreolharam. Nunca tinham admirado os sapos, e Clotilde tinha pavor deles. Pensaram em dizer uma para a outra: "Será que a doutora está pegando a loucura de Zenão?" Camille pareceu ler o pensamento das duas. Deu belas gargalhadas.

– Olhe quem está atrás de vocês, meninas... – disse efusivamente.

Assustadas, elas olharam. Levaram um susto. Era outro convidado de Camille, Zenão do Riso, atrasado para o jantar. Sua loucura era mesmo contagiante.

CAPÍTULO 25

Revolucionando as relações na fazenda

Os empregados da fazenda viviam com o coração na mão devido ao autoritarismo de Zé Firmino, o gerente. O homem era um carrasco. Se vivesse nos tempos dos escravos, brandiria um chicote para retalhar as costas dos negros. Hoje seu chicote era o contracheque e as palavras. Todo mês despedia algum funcionário. Os que permaneciam pagavam um preço caro, eram humilhados, agredidos verbalmente e pressionados.

Camille não sabia disso. Mente arejada e emoção saudável faziam pulsar cada vez mais seu psiquismo. Começou a sorrir com mais constância e se relacionava de forma espontânea. Seus gestos eram ímpares, inéditos, até mesmo para as mentes abertas que habitavam aquelas bandas.

Um personagem estranho no ninho da fazenda acompanhava seus passos à distância e fazia anotações sem parar. Sem que ninguém soubesse, nem Camille, ele passava o relatório do seu comportamento para Marco Túlio. Talvez porque ele estivesse feliz com o progresso da mulher. Não se sabia. Zé Firmino, que conhecia todos os movimentos da fazenda, também contribuía para o dossiê.

Camille se arriscou pela primeira vez a acompanhar os movimentos da fazenda e começou a perceber que não havia um bom clima naqueles ares. Certa vez, foi observar a sangria de uma seringueira. Sorrateiramente colocou-se a 30 metros de um dos antigos seringueiros, seu Pedro. De repente ouviu os gritos agressivos do gerente:

– Você é um irresponsável, velho. Sua produção de látex está inferior à dos demais.

O corte ascendente do caule da seringueira deveria ter poucos milímetros de profundidade. Se fosse mais profundo, daria mais látex, mas poderia ferir o cerne, formando cicatrizes no caule que impediriam a regeneração da casca e a continuidade da produção por décadas.

Seu Pedro se justificou com o gerente:

– Seu Zé Firmino, se eu for agressivo no corte, teremos uma produção excelente, mas nossa alegria de hoje será a tristeza de amanhã. Se eu fizer um corte delicado, essa árvore produzirá por mais de trinta anos.

– Não interessa! Eu tenho metas! Metas são metas.

E tinha mesmo. Zé Firmino ganhava uma porcentagem sobre o preço do látex produzido por todos os sangradores. Pensava pequeno, e não a longo prazo. Autoritário e impaciente, sentenciou o destino do generoso trabalhador.

– Passe no escritório, seu Pedro! Está despedido.

– Por favor, tenho esposa, uma filha e três netos para criar. Sem esse trabalho, meus netos passarão fome.

– Esse é um problema seu. Já o adverti muitas vezes.

Subitamente, Camille se aproximou dos dois e saudou o seringueiro:

– Seu Pedro, como está o melhor sangrador desta região?

Zé Firmino ficou branco como o látex. Com a testa franzida, indagou:

– A senhora o conhece?

– Quem não conhece seu Pedro? Ele tem nível para ser o gerente dessa fazenda. Passe no escritório, seu Zé Firmino, o senhor acabou de ser substituído.

O homem desabou. Ganhava muito dinheiro naquela fazenda. Não podia ser dispensado do trabalho.

– Doutora, tenho esposa e dois filhos. Um já está na faculdade, como vou pagar seus estudos? Por favor, me dê mais uma chance.

– Certo, mas com duas condições. Primeira, o senhor terá um chefe no setor do seringal: seu Pedro. Quero que todos os sangradores tenham o mesmo padrão de corte que ele.

O gerente engoliu em seco e, um tanto engasgado, indagou:

– Tudo bem! E a... segunda?

– Vou pedir a Zenão que consulte os funcionários da fazenda.

– Zenão?

– Sim. E se disserem que o senhor maltratou algum empregado, terá seu contrato de trabalho imediatamente cancelado.

As pernas de Zé Firmino bambearam.

– Mas não poderei despedir mais ninguém?

– Se o senhor tiver que despedir um funcionário, faça-o com gentileza, e não antes de conversar com seu Pedro e Zenão. Mas antes de despedir qualquer um, saiba que um bom gerente investe tudo o que tem naqueles que pouco têm. Treine-os, capacite-os, antes de demiti-los.

Nesse momento, uma lufada de vento fez balançar os galhos da seringueira.

– Doutora, as árvores estão aplaudindo a senhora – disse o novo chefe do seringal, seu Pedro.

Zé Firmino saiu bufando de raiva. Camille deu um abraço em seu Pedro. Pediu-lhe que mostrasse como se faz o corte no caule das árvores. Ele o fez com maestria. Pela primeira vez, ela começou a valorizar a atividade desses heróis anônimos.

Mais tarde descobriu que os pneus dos aviões eram feitos de látex puro para suportar o impacto da aterrissagem. Os carros tinham uma porcentagem inferior do material, devido ao preço da matéria-prima, que era complementada por derivados de petróleo que não tinham as mesmas propriedades elásticas. Os ingleses, no começo do século XX, piratearam as sementes dessa árvore nativa do Brasil e as levaram para a Ásia, fazendo com que terminasse, assim, o ciclo da borracha. O látex era tão importante que, durante a Segunda Grande Guerra, os generais americanos enviavam mensagens dizendo que não precisavam de mais máquinas, mas de pneus.

Aquela mulher saturada de fobias deu um salto na sua qualidade de vida. Tinha pavor de cobras, mas, para espanto dos observadores da fazenda, começou a correr pelos campos sem medo, como um animal livre que escapou do curral. A certa altura, ouviu uma advertência.

– A senhora não tem medo das cascavéis? – gritou Zenão, admirado com a ousadia da patroa.

Ela interrompeu a marcha. Sorriu para ele e também bradou:

– As piores cobras vivem na cidade, e as mais venenosas vivem em nossa mente, Zenão. Venha correr comigo!

Zenão, apaixonado pelo incomum, não pensou duas vezes. E, assim, os dois malucos que se tornaram grandes amigos corriam pelos campos. A fazenda Monte Belo começou a exalar júbilo.

O progresso de Camille continuava. Tinha pavor de ser contaminada por vírus, bactérias, fungos, mas, enfrentando essa obsessão, começou a andar descalça na terra molhada, até mesmo nos dias chuvosos. Era uma cena inacreditável vê-la correndo de braços abertos como se estivesse agradecendo pela existência. Uma mulher pessimista encontrara o verdadeiro rigor otimista. Ninguém é plenamente dono do seu destino, Camille aprendera isso, mas é possível controlá-lo, e a experiência era exultante.

– A senhora vai ficar doente, doutora. Venha se proteger aqui em casa – bradou seu Pedro da varanda de sua casa ao vê-la toda ensopada.

– Há anos estou infectada pelo medo de ser feliz. Não há pior doença do que essa, seu Pedro – gritou ela de volta.

– Vai, minha filha. Corra na chuva, atole o pé no barro. Só você sabe a lama que a envolvia – comentou sabiamente a mãe de Zenão, que morava ao lado da casa do seu Pedro.

As crianças, rebeldes às convenções, acompanhavam a dona da fazenda correndo também na chuva de braços abertos como se fossem aviões sobrevoando as tempestades. Os pais ficavam de cabelo em pé. Mas Camille só permitia porque era uma chuva branda, sem raios.

– Geralda, chame seu filho – dizia um pai.

– Laura, nossos filhos não podem andar na chuva! – exclamava outro.

As mães, que tinham medo da patroa nos primeiros meses em que ela tomou posse da fazenda, agora descobriam uma mulher intensamente generosa, que ensinava a seus filhos o que elas não estavam mais conseguindo, a serem livres, soltos, amantes da natureza. Afinal, o progresso tecnológico tinha chegado à fazenda Monte Belo. As crianças e os adolescentes estavam viciados em TV, videogames e internet.

Por onde andava, Camille era a alegria da fazenda, abraçava os colonos, mexia nos cabelos das crianças. Antes não as tocava, agora, gostava de brincar com elas.

– Essa mulher não está ficando doida? – perguntou Zé Firmino para alguns empregados que ainda subjugava.

A criatividade de Camille aflorou. Continuava a escrever sobre Mali, sobre o desejo irrefreável de ser livre. Sonhava com a menina de um modo diferente. Seu pai não estava mais no seu encalço. Mali corria por prados verdejantes, encontrava rios onde podia nadar. Camille escrevia também sobre as experiências na fazenda. Voltou a pintar, inspirada pela arte de observar. Por onde passava, fotograva com os olhos as paisagens. Era capaz de abrir uma flor de maracujá sem arrancá-la e ficar deslumbrada com suas cores multiformes e com as estrias roxas que formavam o cálice da flor. Nada passava despercebido.

Os meninos da fazenda aprenderam a sentir a resiliência das árvores com ela. Descobriram uma aventura em cada espaço.

– Meninos, olhem atentamente para esta árvore.

Era um imenso jacarandá com troncos entrecortados, rugosos e ásperos. Eles a observavam e não viam nada de atrativo. Estavam na natureza, mas a natureza não estava neles. Então ela ensinava a diferença entre admirar e contemplar o belo, entre uma experiência fugaz e uma experiência duradoura.

– Abracem os troncos delicadamente, soltem sua imaginação e sintam tudo o que esta árvore já viveu em todos estes anos – dizia, emocionada.

O jacarandá era tão grande que foi preciso colocar três meninos para abraçá-lo. Observaram atônitos os troncos carcomidos, rústicos e feridos, um exemplo de sobrevivência às intempéries e aos anos.

– Eu não imaginava que os troncos são grossos e retorcidos porque essa árvore suportou sol, ventanias e tempestades – afirmou Mariana, uma adolescente de 13 anos que tinha o mesmo nome da irmã de Camille que morrera quando era bebê. Camille abraçou-a prolongadamente, festejando a descoberta.

Gui, um menino de 7 anos, comentou inteligentemente sobre o jacarandá:

– Ele deu um duro danado para sobreviver. Quando eu crescer, quero ser forte que nem ele.

Todos o aplaudiram. E muitas outras crianças fizeram suas descobertas. Enquanto isso, dois homens estranhos seguiam de longe os passos de Camille. Continuavam a anotar tudo...

CAPÍTULO 26

Um encontro magnífico

Os meses se passaram e Camille continuou evoluindo. Marco Túlio finalmente adquiriu uma grande empresa nos Estados Unidos. E, devido às frequentes reuniões e viagens internacionais, vinha ainda mais raramente à fazenda Monte Belo. Não se sabia se o trabalho era a razão de sua ausência, se ele tinha medo de encarar a nova Camille ou se não acreditava em nada do que estava acontecendo. Nesse período, Marco Polo a via apenas uma vez por mês. Marco Túlio, também.

Todas as manhãs Camille corria durante trinta minutos pelas estradas de terra. Certo dia, quando estava retornando ao casarão, viu um homem de cabelos grisalhos e bem-vestido vindo em sua direção. Ele estava a 100 metros, seus passos eram lentos e cautelosos, e sua face, compenetrada. Camille o observou e, sem deixar de correr, desacelerou seus passos. O homem, por sua vez, desacelerou ainda mais os dele. Ela não sabia por quê, mas ficou levemente sobressaltada. O homem tinha seus motivos para estar abalado.

Sem nenhuma explicação, uma atração irresistível os aproximava. A 50 metros, Camille identificou o personagem e ficou profundamente abalada. Reduziu ainda mais seus passos, e o personagem interrompeu os dele. Depois, ela deu o mais intenso grito que alguém poderia dar quando cai nos braços de quem ama.

– Pai! Pai! É você...?

Camille correu felicíssima para abraçá-lo. O Dr. Mário não sabia como iria encontrá-la. A rejeição do passado o dominava. Ao vê-la correr em sua direção gritando seu nome, ele abriu a alma. Chorando, também correu em sua direção.

– Minha filha...! Sou eu...! Sou eu!

E, enquanto corria, sua mente, em engenhosa construção, libertou seu imaginário e resgatou imagens de três décadas atrás. Era como se corresse para abraçar apaixonadamente sua menininha em seus primeiros anos de vida. Foi uma cena de inimaginável comoção. Pai e filha, separados por uma barreira emocional gigantesca, romperam o circuito da memória e finalmente aproximaram seus mundos. E, para brindar o encontro, a barreira virtual foi superada por abraços e beijos mágicos.

Ficaram abraçados por alguns minutos e não disseram nada, pelo menos não com palavras. Usaram a linguagem das lágrimas para gritar o que os sons não teriam competência para declarar. Cada gota de lágrima era mais eloquente do que mil palavras. Depois desse momento solene, o pai lhe disse:

– Minha filha, me perdoe, me perdoe, minha filha! Sou um cirurgião, sei usar um bisturi, mas me perdoe por não ter sensibilidade para ouvir você e sabedoria para conquistá-la.

– Eu é que peço perdão, papai. Fui arrogante. Não lhe dei oportunidade para se aproximar. Como eu fui cruel com você...

– Não, minha filha. Você era apenas uma criança. Sou um homem tosco, perdoe-me por esconder meus sentimentos atrás de tanto trabalho.

– Você salva vidas.

– Mas perdi a pessoa mais cara da minha vida. Eu te amo tanto. Ficar sem você todo esse tempo foi como atravessar sedento um deserto.

– Você não me perdeu. – Então ela teve vontade de ouvi-lo falar do modo carinhoso que falava antes. – Eu ainda sou sua princesa.

– Minha princesa. Eis aqui o seu servo – brincou ele, como sempre fazia.

– Papai, nunca mais vou abandonar você...

– Jamais. Nem Helena, nem meu trabalho, nada nem ninguém vai nos afastar.

Condoído, ele falou algo que estava engasgado havia muitos anos na sua garganta e asfixiava a sua alma.

– Minha filha, eu não traí sua mãe antes do acidente, mas durante o coma. Eu era um homem carente, despedaçado, fragilizado. Eu sei... Traí sua mãe no momento em que ela mais precisava de mim...

– Não, papai, você não precisa me dizer mais nada...

– Mas eu preciso dizer algo que há anos me atormenta. Eu acho que minhas atitudes mataram a sua mãe. A única mulher que arrebatou a minha emoção e me fez verdadeiramente feliz...

– Não diga isso, papai. Não se puna! Não se cobre! – exclamou Camille, sem conter as lágrimas. – Eu aprendi com um psiquiatra que nenhum suicida quer matar a vida, mas a sua dor.

– Mas eu a decepcionei tanto.

– Mamãe estava sofrendo muito com as sequelas neurológicas. Por favor, não se culpe. – E lhe deu de novo um afetuoso abraço.

Vendo a face abatida de seu pai, Camille recordou que escrevia poesias desde os 7 anos e que uma das coisas que mais o emocionavam era quando ela as recitava sentada em seu colo. Inspirada, recitou uma poesia que tinha escrito para ele após uma das últimas sessões de psicoterapia com Marco Polo. Contemplou os cabelos brancos do pai e sua pele desidratada, com cicatrizes na face:

Pai, o tempo é cruel,
Se você corre, ele o alcança.
Se você se esconde, ele sempre o encontra.
Se você se maquia, ele invade os tecidos.
Se você trabalha muito, ele o extermina mais cedo.
O tempo zomba da juventude.
Faz, da meninice à velhice, instantes.
A única forma de trair o tempo é amar e perdoar.
Amando, transformamos cada minuto em eternidade.
Perdoando, devolvemos à vida a suavidade.
Eu não sou uma filha perfeita,
Mas ninguém te ama mais do que eu...

O pai desabou. Ficou emocionadíssimo. As palavras penetraram em sua mente como um raio iluminando os subsolos escuros daquela relação que era tão linda, mas que adoecera. O grande neurocirurgião mais uma vez desatou a chorar, agora convulsivamente. Tinha saudades dele mesmo, tinha saudades da filha. O tempo fora cruel. Precisava conspirar contra ele, dilatá-lo.

Depois desse episódio, Camille levou seu pai para conhecer a fazenda, as florestas, o gado e principalmente todos os incríveis personagens que lá trabalhavam. Ele conheceu as crianças, Zenão, dona Zélia, seu Pedro e o sempre amargo Zé Firmino. Depois ela lhe mostrou seus escritos e os personagens que criara. O pai ficou fascinado com a menina Mali. A filha disse-lhe que o tempo da escravidão não cessara.

Camille deu um salto em sua criatividade. Passou a amar personagens reais, de carne e osso. A mulher bela, mas profundamente triste e mal-humorada, da qual todos se afastavam, começou a encantar quem atravessava o seu caminho. Superou a necessidade neurótica de mudar os outros. Descobriu que bastava o ônus de reciclar sua própria história.

Levantou-se com o pai pela manhã, antes de o sol raiar, para que ele lhe mostrasse como ordenhar vacas. Ele sabia que a filha desbancava políticos, professores universitários e até mesmo ele com sua cultura e capacidade de argumentar. Agora estava deslumbrado com o seu desprendimento, com a facilidade e a maneira solta com que ela se relacionava com pessoas simples. Algo que fazia muitíssimo bem até os 10 anos de idade.

– Seu Jurandir, como é que a vaca come capim verde e seu leite é branco como a neve?

– Acho melhor a senhora perguntar para a Mimosa – disse Jurandir com a voz sossegada, quase parando.

– Quem é a Mimosa?

– Mimosaaaaa! – chamou Jurandir.

A vaca mugiu e se aproximou. Camille ficou impressionada ao saber que todas as vacas tinham nome e que algumas delas eram bem espertas.

Depois de saírem da ordenha abraçados, ela segredou para o pai:

– Eu era muito preconceituosa e nunca pensei que fosse me maravilhar com a sabedoria e a experiência dessas pessoas. Mas agora me delicio em conhecê-las, em desvendar suas histórias e aventuras. A cidade criou mundos artificiais. O prazer das pessoas daqui é fazer os outros felizes.

Nesse momento agradável, seu pai recordou:

– Você lembra dos nossos safáris?

– Claro.

– Lembra-se do Golga?

– Sim, o guia que se tornou nosso amigo, que tentou me calar quando eu fiquei eufórica ao ver um elefante?

– Você tinha 3 anos.

– Papai, eu quero construir uma relação saudável com a sua nova família. Eu quero construir uma relação positiva com a Helena, se não afetiva, pelo menos aceitável. Pois tenho uma ambição.

– Qual, querida?

– De ser a melhor filha do mundo para você. Afinal de contas, sou sua filha única.

O Dr. Mário Lacosta ficou encantado com tudo o que Camille lhe contou e teve vontade de conhecer Marco Polo. Passou três dias na fazenda, os melhores em décadas. Desse modo, pai e filha se reencontraram para nunca mais se separarem. Na tarde do terceiro dia, ele partiu no helicóptero de Marco Túlio.

Camille continuava se envolvendo com as famílias da fazenda Monte Belo. Almoçava na casa delas. Não poucas vezes aparecia sem ser convidada. Os colonos faziam uma festa diante dessa pessoa tão agradável. Não tinha medo de experimentar. Comeu coisas inimagináveis, inclusive flor do pé de abóbora batida com ovos.

Na faculdade, sempre combatera o analfabetismo funcional, aquele dos que sabem ler, mas não conseguem compreender ou interpretar um texto. Agora enfrentou também o analfabetismo das letras. Três mulheres e quatro homens, incluindo dois da terceira idade, eram analfabetos, não sabiam ler nem escrever. Começou a levá-los para o casarão e dar aulas para todos. Ensinava-lhes também o alfabeto da emoção: pensar antes de reagir, colocar-se no lugar dos outros, proteger a mente.

Gostava de reunir todos os funcionários a cada quinze dias para trocar experiências. Certa vez, numa reunião, seu Jurandir, que já era íntimo da patroa, fez uma pergunta engraçada:

– Que bicho mordeu a senhora, doutora?

– Como assim, seu Jurandir?

– Nos primeiros meses a senhora vivia trancada em casa, mas nos últimos tempos parece a mulher mais livre do mundo.

– Passe essa alegria para a gente! – pediu seu Pedro.

– Ande junto com o Zenão... – brincou Camille.

– Tô fora. A loucura do Zenão é muito doida – disse seu José, outro seringueiro. – Se Zenão abraçar a seringueira, não vai desgrudar dela. Vamos morrer de fome.

Todos caíram na gargalhada. Em seguida, Zenão comentou:

– Eu adoro as árvores, mas gosto principalmente das pessoas mais belas e inteligentes que encontrei, como Camille.

A turma assoviou e aplaudiu. Camille se levantou e foi abraçar seu amigo, pois, depois da morte da sua mãe e do afastamento do seu pai, nunca tivera alguém tão importante e tão preocupado com ela como Zenão.

– Obrigada por ter me suportado, Zenão.

– Obrigado por você existir, Camille.

De repente, o clima agradável daquela reunião foi quebrado. Um helicóptero se aproximou e pousou muito próximo deles. Não era comum aterrissar naquele lugar. Os seguranças da fazenda, que sempre estavam distantes, se aproximaram. Todas as crianças saíram para ver a aeronave.

Camille ficou feliz. Pensou que era Marco Túlio fazendo uma surpresa ou, quem sabe, seu pai novamente. Fazia quase um mês que Marco Túlio não aparecia. Pensando que era o marido, ficou animadíssima em mostrar todas as suas conquistas ao vivo e a cores. Mas Marco Túlio não veio. Desceram quatro seguranças, dois enfermeiros trajando branco e um médico. Todos sérios, sem dar nenhum sorriso. Traziam uma carta. Mais uma vez, o mundo desabaria sobre ela. A liberdade cobrara um preço caríssimo...

CAPÍTULO 27

A grande decepção

Camille não entendeu o que significava aquele cortejo de pessoas. Imaginou que Marco Túlio ainda estava dentro do helicóptero, porém, ninguém mais desceu. Os homens de branco se aproximaram lentamente. Os funcionários da fazenda se alegraram com a chegada dos novos visitantes. Ninguém tinha a mínima ideia do que estava acontecendo.

O Dr. Leandro Bittencourt, um médico de meia-idade, olhar compenetrado, destituído de qualquer traço de simpatia, tomou a frente e solicitou.

– Doutora Camille, a senhora pode nos acompanhar?

O coração dela disparou. A fobia não reeditada que estava na periferia alçou voo. Pensou que algo grave acontecera.

– Onde está meu marido? Aconteceu alguma coisa?

– Não, não aconteceu nada.

Mas, como não havia generosidade na sua expressão, ela insistiu.

– Nenhum acidente? Alguém que amo está doente ou morreu? Sejam sinceros! – falou, perturbada.

– Nada. A senhora apenas deve vir conosco.

– Mas se nada ocorreu, não preciso ir.

– Sinto muito, a senhora precisa.

– Mas não quero ir – afirmou ela num tom mais alto.

Quando os funcionários da fazenda e seus familiares ouviram isso, houve um burburinho. Ficaram agitados. Camille sentiu-se aviltada. Irritou-se.

– A senhora não tem escolha.

Ao ouvir isso, ela ficou indignada. Sentiu que aquilo que mais temia estava prestes a acontecer: ser internada à força.

– Eu tenho escolha, sim. Os senhores se retirem da fazenda!

– A senhora não entendeu. A senhora não tem escolha.

De repente, ela olhou para Zé Firmino e o viu sorrindo. Ficou perturbadíssima. Nesse meio-tempo, os enfermeiros se aproximaram e os seguranças fizeram uma espécie de cordão de isolamento. Revoltados, os empregados da fazenda se aproximaram para defendê-la. As crianças começaram a chorar. Vendo o tumulto, e para ninguém sair ferido, ela tentou argumentar:

– Esperem. Esperem! O que está ocorrendo? Quem é o senhor?

– Sou médico. A senhora não está bem de saúde. Precisa se tratar.

– Estou doente? Vocês estão enganados, estou ótima. – E tentando ganhar tempo, acrescentou: – Eu ando, corro, não sinto nada. Qual é a sua especialidade?

– Sou médico! Dou plantão num hospital psiquiátrico. – Mas ele era um clínico geral, e não um psiquiatra.

– Você acha que eu estou louca?

Os enfermeiros a seguraram. Camille, em completo desespero, gritou:

– Marco Túlio não pode fazer isso comigo! Não pode!

O tumulto ganhou maiores proporções. Em seguida, tentando se controlar, ela declarou:

– Você não pode me levar à força! Nem me conhece! Nunca me avaliou! Isso é uma afronta aos meus direitos!

Todos, seguranças, enfermeiros, funcionários, esposas, crianças, estavam atentos às suas palavras. Subitamente, o médico sacou uma cópia de um mandado de internação compulsória, expedido por um juiz, a partir do atestado assinado pelo Dr. Claus, seu antigo psiquiatra, o mesmo que diagnosticara que ela estava desenvolvendo uma esquizofrenia paranoica.

– Mas como? Nunca me senti tão bem! Meus medos foram domesticados, minhas insônias foram abrandadas, meu humor depressivo se dissipou.

O médico titubeou. Sentiu que ela não estava tão doente como lhe tinham dito. Mas ordens eram ordens.

– É um procedimento de jurisdição voluntária – usou o termo técnico. – Mas se não for de livre e espontânea vontade, infelizmente teremos que medicá-la.

– Ela é superinteligente! – disse Zenão do Riso, perdendo a calma.

– Não vão levar ela, não – bradou seu Pedro.

– Só se for por cima do meu cadáver! – esbravejou dona Zélia.

Furando o cerco, o garoto Gui agarrou as pernas de Camille e, aos prantos, suplicou:

– Não nos deixe! O que está acontecendo?

– Um pesadelo, meu filho. Vá com sua mãe para não se machucar.

Ele obedeceu.

Camille tentou sair do cerco. Foi impedida. Os funcionários da fazenda partiram para retirá-la dali. Zenão tentou agarrar as mãos dela. Os seguranças bateram nele e o atiraram ao chão. Seu Pedro foi igualmente agredido. Percebendo o clima ameaçador, os seguranças sacaram suas armas. Um deles atirou para o alto. Camille observou de relance as crianças em pânico. Sabia que janelas killer estavam sendo formadas naqueles meninos puros, o que a abalou ainda mais.

– Poupem as crianças! – pediu, chorando descontroladamente. E colocou as mãos na cabeça. – Poupem Mali! Poupem as crianças!

Foi um alvoroço dramático. As pessoas saíam correndo com medo de serem alvejadas. Uns tropeçavam nos outros. Os seguranças, o médico e os enfermeiros não tinham nenhum preparo para realizar aquela tarefa. Fizeram em local impróprio e de modo inadequado. A internação compulsória só seria cabível depois que algumas tentativas inteligentes de conscientização espontânea fracassassem, e somente quando a integridade do paciente e dos que o envolviam estivesse em risco. E nada disso ocorreu.

Diante do que estava acontecendo, Camille, resgatando a capacidade de proteger sua emoção, assumiu a liderança naquele caos:

– Acalmem-se! Acalmem-se! Eu vou com vocês! Mas não machuquem nenhum desses inocentes.

Os enfermeiros e seguranças se aquietaram. Ficaram impressionados com o seu autocontrole. Mas, sob a ordem dada pelo olhar do médico, resolveram agir. Ela os interrompeu.

– Já disse que vou espontaneamente. Não precisam me sedar.

Mas o médico fez com a cabeça um sinal negativo. Pensou que se ela não fosse sedada poderia tentar derrubar o helicóptero. Seguraram seu braço com força e lhe aplicaram um sonífero. Depois a levaram caminhando para o helicóptero. Enquanto andava, Camille olhava para trás. Seus olhos lacrimejaram. Não conseguiu se despedir daquele grupo de amigos que provavelmente nunca mais veria. Enquanto se afastava, meneava a cabeça como que agradecendo por tudo o que aprendera com eles. Apenas balbuciou:

– Obrigada por vocês existirem... Muito obrigada.

Não há palavras capazes de expressar a tempestade emocional que se abateu sobre as pessoas da fazenda Monte Belo. Todos choravam e abanavam as mãos. Vinte e uma crianças e adolescentes se desprenderam de seus pais e correram atrás de Camille, aplaudindo a mulher que lhes ensinara a viver belas aventuras com as coisas simples. Gui e Mariana estenderam os braços e saíram correndo em sua direção como se estivessem na chuva, homenageando-a. Ela abriu um breve sorriso. Os seguranças, enfermeiros e o médico ficaram embasbacados ao constatarem como aquelas pessoas a amavam. Ela foi perdendo as forças enquanto recebia os aplausos. Precisou ser carregada.

– Que segredos esconde essa mulher? – perguntou ao médico um enfermeiro um pouco mais sensível.

– Queria eu também saber. Muitos psicóticos são fascinantes...

– Fizemos a coisa certa? – indagou o outro enfermeiro.

– Obedecemos ordens – respondeu novamente o médico.

Numa sociedade livre, as pessoas abrem mão do pensamento crítico. E assim foram direto para uma sofisticada clínica psiquiátrica particular. Dois dias depois, sedada, mas ainda lúcida, Camille recebeu inesperadamente a visita de Marco Túlio. Ela se recusava a comer. Ele ficou abalado com seu abatimento.

– Camille... – disse ele.

Ela o interrompeu:

– Por quê...? O que você fez comigo? O homem da minha vida foi o meu mais cruel carrasco.

– Você precisa se tratar. Recebi notícias preocupantes de que você corria pelos campos, andava na chuva, via coisas que não existem, ouvia vozes, conversava sozinha, chegou a agredir o gerente da fazenda. Parece que perdeu o senso da realidade. – O relatório estava contaminado pelo ódio de Zé Firmino e pelo olhar preconceituoso dos seguranças.

– Nunca fui tão feliz, jamais fui tão espontânea, livre, animada – falou ela com a voz pastosa pelos efeitos dos medicamentos.

– Você pensa que está melhor. Recebi um relatório dizendo que até o Dr. Marco Polo desistiu de tratar de você. Por isso raramente vai à fazenda.

– Não é possível. Quero falar com ele.

– Não será possível, pelo menos por enquanto. Relatei seus comportamentos para seu antigo psiquiatra e ele ficou preocupado. Disse que sua doença está progredindo e que você pode colocar em risco a sua vida e a das pessoas ao seu redor. Fiz isso para preservá-la.

– Você sempre foi um excelente vendedor... Eu sei muito bem. Induziu o psiquiatra a dar aquele laudo. Você me tirou do meu paraíso... Por quê? Por quê... Marco Túlio?

Ele manteve um gélido silêncio. Além dos relatórios distorcidos, havia um segredo que levara Marco Túlio a cometer a dramática injustiça. Apesar da sonolência, ela percebeu qual era, pois não perdera sua capacidade refinada de inferir.

– Dinheiro! Maldito dinheiro que nunca enriquece os egocêntricos. Dinheiro... que desperta os monstros alojados na alma.

Marco Túlio se perturbou. Sempre se sentira apequenado diante da inteligência de Camille. Infelizmente, o que mais o preocupara não foi o seu comportamento incomum na fazenda Monte Belo, mas receber por e-mail algumas mensagens em que ela dizia ter descoberto que era uma miserável que morava num palácio, que compreendera a democracia da emoção. Nessas mensagens ela manifestava firmemente o desejo de vender todas as suas ações do banco, de valor equivalente a mais de 500 milhões de dólares, para fundar uma instituição com o objetivo de promover a educação da emoção das crianças, prevenir transtornos psíquicos e a violência escolar, e expandir a generosidade e a tolerância.

Ela não sabia que sua fortuna tinha mais que dobrado no último ano. Nem imaginava que suas mensagens causaram pânico nos diretores e nos membros do conselho administrativo do banco. O casal deixaria de ser sócio majoritário. Se a notícia vazasse, temiam que o valor das ações pudesse despencar. Todos perderiam.

Ele era um filantropo e admirava o desprendimento de Camille. Em alguns momentos passava pela sua cabeça fazer a sua vontade, mas depois entrava em crise existencial, crises essas que eram irrigadas por enormes pressões exercidas pelos dirigentes do banco. Não suportaria dilapidar o patrimônio que construíra. O lucro era a função social das empresas, pensava ele. Quanto mais lucros tivesse, mais poderia gerar empregos, mais poderia investir em instituições. Perder o controle do banco lhe tirava o sono.

– Se vendêssemos suas ações, não teríamos poder diante dos outros sócios. Eu não teria agilidade, não tomaria decisões...

– Eu já entendi... O homem que sempre amou o controle seria golpeado.

– Não, não é isso.

— O dinheiro sepultou nosso casamento. Adeus, Marco Túlio.
— Fale comigo...
Mas Camille emudeceu completamente. Recusou-se a falar. Ele tentava se comunicar por telefone, mas ela não atendia. Marco Túlio caiu em si e se arrependeu muito de tê-la internado. Mas já era tarde, as sequelas psíquicas e jurídicas eram enormes. Ele a visitava, mas ela ficava em silêncio. Aquele silêncio absoluto o angustiava. Marco Polo tentou visitá-la, mas, deprimida e assaltada pelos fantasmas mentais que despertaram nela, também se recusou a recebê-lo.

O procedimento jurídico instalado a partir do atestado do médico evidenciava que Camille não tinha plena consciência dos seus comportamentos. Foi considerada momentaneamente inimputável, incapaz de exercer seus direitos civis. Não adiantava Marco Túlio reivindicar o reconhecimento da saúde mental de Camille perante o juiz, pois havia um ritual jurídico a ser seguido.

Ele foi até o Ministério Público, onde os promotores, como fiscais da lei, protegem os direitos dos incapazes. Através de Marco Polo, Marco Túlio recebeu uma grande notícia do promotor que cuidava do caso: o procedimento jurídico poderia ser aberto. O juiz determinou que um especialista em psiquiatria judicial fizesse outro atestado e designou um profissional da sua confiança.

Mas o tempo corria contra Camille. Aquela borbulhante mulher desfolhara sua alegria como árvores abatidas no inverno. As janelas traumáticas não reeditadas retroalimentavam-se, tornando-se núcleos que encarcerariam seu Eu. As consequências seriam imprevisíveis.

Uma semana depois, porém, o caso estava encerrado, e o perito se curvou diante da inteligente, perspicaz e culta mulher que avaliara.

— Meritíssimo, o comportamento da senhora Camille foge ao trivial. Ainda que alguns procedimentos sejam bizarros, não depõem contra sua lucidez e fazem parte das suas características pessoais. Ela possui uma argúcia intelectual e um pensamento crítico capazes de debater ideias ímpares. Seu raciocínio está, portanto, dentro dos parâmetros da realidade, o que lhe permite gerir plenamente seus atos.

O juiz deu por encerrado o procedimento jurídico. Camille poderia, enfim, sair da clínica. Mas seu psiquismo estava fraturado. Quem lhe deu a grande notícia foi o próprio Marco Túlio. Mas ele tinha razão de sobra para estar temeroso.

– Querida, você está livre!

Ela não respondeu nada, estava inerte, impassível, parecia afônica, como muitos pacientes profundamente deprimidos. Muda estava, muda foi para casa, muda continuou. Não falava com ninguém, nem com as empregadas. Continuava recusando a presença de Marco Polo, bem como de outras visitas importantes, como Zenão do Riso, de amigos. Nem com seu pai trocava algumas palavras. Mesmo sem medicação mais potente, ficava deitada na cama como um zumbi, pensando doentiamente, se entregando.

Seu marido lhe suplicou perdão, mas, fechada no circuito da memória, ele simplesmente não existia para ela. Voltou a ter pesadelos com a menina Mali. Acordava em pânico. Estava pálida e emagrecendo. Os enfermeiros e médicos que a assistiam diziam uns para os outros:

– Parece que ela quer desistir de viver.

Marco Túlio começou a se deprimir também. Não conseguia suportar vê-la nesse estado. Certo dia, completamente desesperado, entrou no quarto e aos prantos disse:

– Só penso em você dia e noite!

Ela mantinha, como sempre, um silêncio ininterrupto. Parecia não ouvi-lo. Ele acrescentou, extremamente comovido:

– Eu errei muitíssimo, confesso... Fui ambicioso também, confesso. Assumo que fui injusto. Neguei nossa história, também assumo... Mas ninguém a amou mais do que eu. Ninguém! Não me faça levar a culpa por tê-la matado... Não é justo.

Ao ouvir essas palavras, lembrou-se vagamente do que dissera Marco Polo sobre o suicídio. Os suicidas querem matar a dor, e não a vida. Ameaçou reagir. Abriu os olhos. Não podia se colocar como vítima da sua história.

E entre soluços e dor ele ainda tentou cantar a música que sempre cantava no início do seu relacionamento com Camille:

– *Eu sei que vou te amar... por toda a minha vida eu vou te amar... mesmo que não me perdoes eu vou te amar...*

Pela primeira vez Camille ergueu os olhos e prestou atenção nele. Nesse momento teve um insight poderoso. Lembrou-se da técnica do DCD. Sem a arte da dúvida, da crítica e da autodeterminação estratégica, ela se abandonaria novamente, seria uma escrava vivendo numa sociedade livre. Sentou-se na cama com dificuldade, pegou papel e caneta e escreveu uma mensagem em caráter irrevogável.

"Todas as ações são suas. Todo o dinheiro é seu. Não quero nada, nem casas, apartamentos, carros. Nada."

Marco Túlio leu perplexo a mensagem. Parecia que Camille estava assinando sua sentença de morte. Ficou ainda mais desesperado. Mas, em seguida, ela escreveu outra mensagem.

"Eu me esforçarei para perdoá-lo. Mas exijo me separar. Só lhe peço que me deixe morar na fazenda Monte Belo. Não quero ser proprietária, ela continua sendo sua. Construa uma escola rural. Serei uma simples professora para ajudar as pessoas da região. Quero viver lá, morrer lá, mas sem a sua presença."

Camille chorou e Marco Túlio suplicou.

– Camille, por favor, não!

Foi então que ela escreveu a última frase:

"Você me matou por dentro, agora me mantenha viva por fora."

Marco Túlio sabia que ela jamais arredaria pé das suas convicções. Assim queria, e desse modo foi feito. Deram rapidamente início ao processo de divórcio. Ela passou todas as ações para ele, que ficou muito mais rico ainda, mas deprimido, sentindo-se mais pobre do que nunca. Um dia depois de assinar o divórcio, ela foi num carro sem glamour para a fazenda Monte Belo. Viajou por cinco horas. Não quis motorista. Dirigia com dificuldade. Estava ainda muito triste, mas pelo menos não estava entregue, não estava destruída. A mulher com um discurso vibrante estava calada.

Quando chegou à fazenda, teve uma grande surpresa. Todos a esperavam. Havia um cordão de pessoas, homens, mulheres, crianças, que irromperam em aplausos. Só Zé Firmino não estava. Pedira as contas.

Parou o carro e foi abraçando um por um. À medida que foi abraçando-os suavemente, voltou a sorrir. Quando viu Zenão do Riso, soltou um suspiro profundo e seus olhos lacrimejaram, agora não de dor, mas de alívio. Começou a se sentir como um pássaro que retornou ao ninho. Foi se conectando com ela mesma. Teve saudades da vida espontânea, suave, desprendida que vivera nos últimos meses com todas aquelas incríveis pessoas. Não foram dias, foram momentos prolongados. Teve saudades de si mesma.

CAPÍTULO 28

Saudades de mim

As crianças perceberam que Camille, apesar de sorrir e brincar, ainda estava retraída, não era a mesma mulher envolvente, a educadora vibrante. Foram todas retirá-la do grande casarão. Animaram-na e perturbaram-na positivamente. Debaixo de uma grande figueira, suplicaram que ela lhes contasse algumas histórias.

Depois de contar, ela lhes perguntou:

– Vocês acreditam em fantasmas?

Alguns meninos e meninas acreditavam. Depois, ela lhes falou dos fantasmas da mente. Dos medos, das manias, da preocupação excessiva com a opinião dos outros. Todos eles tinham esses fantasmas. Em seguida, ensinou-lhes a técnica do DCD. Estava convicta de que essa técnica era psicopedagógica e poderia ser importante para a prevenção de transtornos psíquicos. O resultado não demorou a aparecer.

– Caramba! Eu posso duvidar dos meus medos! – exclamou o pequeno e esperto Gui.

– Eu penso todos os dias que meus pais vão morrer. Eu posso evitar esses pensamentos? – perguntou, curiosa, Mariana.

Camille ficou feliz por eles, mas ficou impressionada ao constatar que nunca tinha perguntado sobre os medos que os assombravam. "Que erro", pensou.

No outro dia, após levar algumas horas escrevendo seu novo romance, saiu de casa no final da manhã. Horas antes tinha chovido. Como outrora, o cheiro agradável de terra molhada invadiu suas narinas e era insubstituível. Camille não teve dúvida, tirou os sapatos e, com os pés descalços, foi caminhar nas estradas de terra, pisar na lama, contemplar o inimaginável mundo que havia em cada metro quadrado do campo.

De longe, avistou dois personagens que saíram ao seu encontro de braços abertos, dois homens importantes em sua vida. Um deles escorregou, mas logo se levantou: era Zenão do Riso. O outro era Marco Polo. Não sabia o que estavam fazendo juntos, mas ficou alegríssima ao vê-los. Abraçaram-se e conversaram muito, deram boas risadas. A certa altura, Zenão, sempre irreverente, disse:

– Conhece as regras fundamentais para se relacionar bem com as mulheres?

– Quais, Zenão? – perguntou ela, curiosa.

– 1ª Regra: Você nunca vai entender a mente de uma mulher.

Ela deu risadas.

– 2ª: Elas são mais inteligentes do que os homens.

– Concordo!

– 3ª: O tempo passa diferente para elas. 4ª: Elas vão rejuvenescer e nós vamos envelhecer. Estamos fritos.

Camille e Marco Polo caíram na risada. E, por fim, Zenão afirmou:

– 5ª Regra: Elas vão viver mais tempo do que nós. Portanto, é melhor eu relaxar para não infartar.

Mais risadas. Quando os dois estavam para se despedir, Marco Polo indagou:

– Conhece o paradoxo de Zenão?

Ela deu um leve sorriso. Lembrava-se do paradoxo, mas agiu como se não soubesse.

– Qual é, meu dileto psiquiatra, a tese louca desse incrível jardineiro?

Zenão interveio:

– Que progresso, Camille! Você perdeu o medo de psiquiatras.

Após sua reação, ela mesma respondeu.

– Eu não posso me esquecer desse paradoxo: quem cobra muito de si e dos outros jamais será feliz.

– Devemos diminuir nosso nível de exigência – completou Marco Polo.

Depois disso, eles partiram e ela continuou a caminhar, profundamente reflexiva. Pés descalços e mente aberta. Pensar nas feridas que Marco Túlio lhe causara ainda a angustiava. Perdia o sono. Era tempo de dormir melhor, arejar a memória, vingar-se de maneira inteligente. Começou a se colocar no lugar dele, a enxergar o invisível, a compreendê-lo.

Marco Túlio, por sua vez, nunca mais foi o mesmo. Jamais se perdoou. Sentiu-se um crápula, o mais vil dos homens, o mais egoísta deles. Não se considerava um santo, mas realmente a amava. Vivia deprimido e se autopunindo. Os grandes homens também erram. A recusa de Camille de recebê-lo na fazenda era uma punição atroz para ele.

Enquanto caminhava, Camille viu um casal de bem-te-vis fazendo um ninho. De repente, uma pena presa no bico da fêmea e que serviria para afofar o ninho se desprendeu. Como um acrobata, o macho deu um mergulho e, com incrível habilidade, pegou-a de novo. Eles investiam tudo o que tinham para ter filhotes. Viu um casal de rolas namorando. Começou a se sentir solitária.

Nos últimos meses que antecederam a internação, o contato com as crianças da fazenda despertara nela o desejo de ter filhos, mas não o revelara a Marco Túlio. Imaginou-se naquele instante correndo atrás de um casal de crianças, se escondendo, brincando... "Ninguém vive só, nem os ermitões", pensou, lembrando-se de Marco Polo. Se não temos personagens concretos, nós os criamos em nossas mentes. Mas queria sair da esfera da virtualidade e apalpar, sentir o cheiro, beijar a pele de seus filhos. Zombando de si mesma, falou em voz alta.

– Ter filhos... Que ilusão! Com quem?

Uma voz apareceu por trás dela e lhe sugeriu:

– Comigo!

Camille levou um susto. O coração disparou. Era Marco Túlio. Pega de surpresa, imediatamente ela se recolheu e, como nas últimas semanas, não se atreveu a lhe dirigir a palavra.

– Perdoe-me, Camille. Ainda que me risque completamente de sua história, pelo menos me perdoe.

Ela fixou-o bem nos olhos, suspirou lenta e suavemente e lhe deu uma notícia que, se não era ideal, era agradável:

– Eu o compreendo. Eu o compreendo...

Mais animado com as palavras dela, ele se arriscou a dizer:

– Vim aqui para lhe pedir duas coisas.

Ela virou o rosto. Teve compaixão por ele pela primeira vez. Era o homem dos números, sabia como poucos ganhar dinheiro, mas era péssimo em negociar tranquilidade. O tempo, cruel como sempre, o havia maltratado. Não parecia um homem de 45, mas de 55 anos. Deixou Camille assombrada com o primeiro pedido:

– Vim lhe pedir emprego.

Ela ficou intrigada. Ele não era de mentir ou dissimular.

– O quê? Como assim? – indagou com os olhos arregalados e a face compenetrada.

– Todas as ações do banco estão sendo colocadas numa fundação. Vamos trabalhar para a humanidade. Vamos ajudar as crianças no mundo todo a prevenir drogas, violência, educar a emoção, tal como você queria...

– Você está brincando comigo?

– Nunca falei tão sério! A única coisa que sobrou foi esta fazenda, que não é mais minha.

– Não?

– Está em seu nome. Por isso, vim lhe pedir emprego.

– E a segunda coisa? – perguntou ela, envolta numa esfera de admiração.

Ele se ajoelhou e declarou, com os olhos marejados de lágrimas:

– Que se case novamente comigo e me dê filhos.

Ela se manteve em silêncio, não como um ato de reprovação, mas de admiração. Lágrimas serpenteavam pela sua face. Em seguida, ela cantou:

– *Eu sei que vou te amar... por toda a minha vida eu vou te amar... mesmo que me decepcione eu vou te amar...*

O que ele tinha feito fora gravíssimo. Era um homem imperfeito e contraditório, mas um ser humano incrível. Ela abriu os porões mais profundos da sua alma e o perdoou. Nunca o viu tão lindo, desde a época da lua de mel. Corajosa e imbuída de uma intensa sensibilidade, depois de cantar breves frases comentou:

– Eu é que peço perdão, Marco Túlio. A emoção é contagiosa. Eu o fiz ficar doente. O fiz tão infeliz nos últimos anos.

– Não diga isso! Você é a mulher mais linda que existe.

– Com 38 anos?

– O tempo passa diferente para as mulheres.

– Zenão?

– Fui eu quem ensinou isso a ele – afirmou, brincando.

– Eu aceito seu elogio. Tenho muitos defeitos, mas ninguém vai amá-lo mais que eu nesta vida.

– Vamos ter filhos...? – insistiu ele.

– Vários!

Camille caiu em seus braços e se beijaram muitas vezes.

Depois de alguns momentos, eis que inesperadamente apareceu, sem que percebessem, uma plateia para estragar a festa: meninos e meninas da fazenda se puserem ao redor deles, aplaudindo-os. Mas não se importaram. Fizeram daquele episódio um memorial eterno.

No dia seguinte, Camille, que raramente entrava nas redes sociais, escreveu uma poesia e a enviou para todas as suas amigas e colegas, intitulada *Saudades de mim*.

Tenho saudades...
De quando o medo não me controlava
Nem a crítica me perturbava,
Do tempo em que comia chocolate sem me preocupar
E livre andava sob a chuva e não ligava de me molhar.

Ah, que saudades...
De quando tomava sorvete com o nariz escorrendo,
Do som "o papai chegou!" que me fazia sair correndo,
Do tempo em que me doava sem me importar em receber
E, livre, não usava a culpa para me prender.

Ah, que saudades...
De quando não sofria por antecipação
Por nada e ninguém vendia a paz do coração,

Do tempo em que meus sonhos faziam o mundo parar
E, livre, não tinha medo de chorar nem de arriscar.

De muitas coisas tenho saudades,
Mas a que mais cala fundo é
A saudade que tenho de mim...
E quando bate essa saudade no peito, penso...

Se eu pudesse viver outra vez,
Arriscaria mais ser feliz,
Deixaria o vento revoar meus cabelos,
Teria menos medo de ser estúpida
E apostaria mais em quem falha,
Pois não há mentes difíceis, mas chaves erradas.
E, tolerante, cobraria pouco dos outros.
E, generosa, muito menos de mim.
Mas não. Como não posso viver outra vez...
Quero ao menos dilatar o tempo,
Fazer de cada dia um mês,
Deixar de ser escrava do futuro,
Homenagear cada minuto no presente
E agradecer cada pessoa que amo por existir.
Mas, acima de tudo, quero trair a morte.
Como? Sendo uma eterna amante da vida...

Fim

Agradecimentos

Agradeço a todos os milhares de pacientes que atendi em sessões de psicoterapia e consultas psiquiátricas. Eles me ajudaram a compreender o psiquismo humano e a desenvolver a Teoria da Inteligência Multifocal, que estuda o complexo processo de construção de pensamentos e os papéis do Eu como autor da própria história. Hoje, essa teoria é objeto de estudos de pós-graduação em algumas universidades.

Numa sociedade altamente estressante, o normal é ser ansioso e impaciente e o anormal é ser tranquilo e sereno. Descobri ao longo dessa jornada que nós, psiquiatras e psicoterapeutas, devemos ser mais do que profissionais que tratam de doenças mentais ou emocionais, mas garimpeiros em busca de tesouros soterrados nos escombros dos que sofrem.

Se agirmos assim, descobriremos fascinados que, em muitos aspectos, esses pacientes são mais "ricos" e, não poucas vezes, mais cultos do que nós – tal como Camille, a protagonista deste livro, cuja riquíssima personalidade é uma composição de vários personagens reais que encontrei pelo caminho. Camille representa inúmeros pacientes que me ensinaram que toda mente é um cofre e que não há mentes herméticas, mas chaves erradas.

Augusto Cury

Bibliografia

BONAVIDES, Paulo. "Democracia e liberdade". In: Estudos em homenagem a J. J. Rousseau. Rio de Janeiro: Fundação Getúlio Vargas, 1962.

BRASIL. Relatório do Ministério da Educação do Brasil, 2001.

CURY, Augusto. 100 teses da Teoria da Inteligência Multifocal. [No prelo].

_____. A fascinante construção do Eu. São Paulo: Planeta, 2011.

_____. Inteligência Multifocal. São Paulo: Cultrix, 1999.

_____. Freemind: Mente livre, emoção saudável. Rio de Janeiro: Sextante, 2012.

_____. O código da inteligência. Rio de Janeiro: Ediouro, 2008.

DESCARTES, René. Discurso do método. Brasília: Editora UNB, 1981.

DUARTE, A. "A dimensão política da filosofia kantiana segundo Hannah Arendt". In: ARENDT, H. Lições sobre a filosofia política de Kant. Rio de Janeiro: Relume Dumará, 1993.

DURANT, Will. A história da filosofia. Rio de Janeiro: Nova Fronteira, 1996.

FREUD, Sigmund. Obras Psicológicas Completas de Sigmund Freud. Rio de Janeiro: Imago, 1969.

HOLZER, Harold. Lincoln at Cooper Union: The Speech That Made Abraham Lincoln President. Nova York: Simon & Schuster, 2004.

HUBERMAN, Leo. História da riqueza do homem. Rio de Janeiro: Guanabara, 1986.

MATTOS, Olgária C. F. "Nietzsche: vida e obra." In: Os pensadores – Nietzsche. São Paulo: Abril, 2001.

MOUTINHO, Luiz D. S. Sartre: existencialismo e liberdade (Coleção Logos). São Paulo: Moderna, 1996.

NIETZSCHE, F. Humano demasiado humano. Lisboa: Relógio D'Água, 1997.

ROUSSEAU, Jean-Jacques. Do contrato social. São Paulo: Abril Cultural, 1978.

_____. Oeuvres complètes, 3 vols. Paris: Gallimard/Bibliothèque de la Plêiade, 1959.

SARTRE, Jean Paul. L'existentialisme est un humanisme. Paris: Nagel, 1970.

_____. O ser e o nada – Ensaio de ontologia. Petrópolis: Vozes, 1997.

SCHOPENHAUER, Arthur. Os pensadores. São Paulo: Nova Cultural, 1999.

SHORTER, E. A History of Psychiatry: From the Era of the Asylum to the Age of Prozac. New York: John Wiley & Sons, Inc. 1997.

STOKES, Philip. Os 100 pensadores essenciais da filosofia. Rio de Janeiro: Bertrand Brasil, 2012.

VOLTAIRE. (1764) Dictionnaire philosophique. Paris: Flammarion, s/d.

_____. (1825) "Lettre au Prince de Brunswick sur l'Encyclopédie". In: Oeuvres complètes de Voltaire, vol II. Paris: Baudouin Frères, s/d.

WAHBA, Liliana Liviano. Camille Claudel: criação e loucura. Rio de Janeiro: Rosa dos tempos, 2002.

CONHEÇA OS TÍTULOS DE AUGUSTO CURY

Ficção
Coleção O homem mais inteligente da história
O homem mais inteligente da história
O homem mais feliz da história
O maior líder da história

O futuro da humanidade
A ditadura da beleza e a revolução das mulheres
Armadilhas da mente

Não ficção
Coleção Análise da inteligência de Cristo
O Mestre dos Mestres
O Mestre da Sensibilidade
O Mestre da Vida
O Mestre do Amor
O Mestre Inesquecível

Nunca desista de seus sonhos
Você é insubstituível
O código da inteligência
Os segredos do Pai-Nosso
A sabedoria nossa de cada dia
Revolucione sua qualidade de vida
Pais brilhantes, professores fascinantes
Dez leis para ser feliz
Seja líder de si mesmo

sextante.com.br